一笑
古龍自署

國際學術研討會

與

古龍武俠小說　領先時代半世紀

【記者賴素鈴／報導】江湖代有才人出，這廂古龍凋零二十載，那廂今朝懸賞百萬獎新秀，浪淘不盡，唯有武俠熱愛，不隨時間變易，在學術研討會上更見分明。以「一代鬼才：古龍與武俠小說」爲主題，淡江大學第九屆文學與美學國際學術研討會昨起在國家圖書館，展開爲期兩天的議程，紀念武俠小說家古龍逝世二十周年，新生代學者與古龍故舊齊聚一堂，以文論劍話武俠。

日前與淡大中文系教授林保淳共同發表《台灣武俠小說發展史》，武俠小說評論家葉洪生昨天在專題演講中，直批胡適1959年底發表「武俠小說下流論」是「胡說」，學界泰斗的不當發言以及隨即展開的「暴雨專案」，反而促成1960年起台灣武俠新秀的繁興，「武俠小說迷人的地方，恰恰在門道之上。」，葉洪生認定，武俠小說審美四原則在文筆、意構、雜學、原創性，他強調：「武俠小說，是一種『上流美』。」

集多年心血完成《台灣武俠小說發展史》，葉洪生認爲他已爲從十歲起迷上武俠小說的半世紀畫上完美句點，並且宣布他「以後決心退出武俠論壇，封劍退隱江湖」。

雖然葉洪生回顧武俠小說名家此起彼落，套太史公名言「固一世之雄也，而今安在哉？」，認爲這是值得深思的嚴肅課題，昨天意外現身研討會而備受矚目的溫世禮，則爲了紀念同是武俠迷的哥哥溫世仁，推出第一屆「溫世仁武俠小說百萬大賞」，即日起至今年10月3日截止收件，經兩階段評選後於明年12月7日公布首獎得主，預料將會是一場武林新秀的龍虎爭霸戰。

看明日誰領風騷？風雲時代出版社發行人陳曉林眼中的古龍，其實領先他的時代半世紀，以致如今雖然古龍逝世20年，陳曉林認爲大家對古龍的了解仍然有限，預言未來世代更能和古龍的後設風格共鳴。

昨天這場研討會，也凸顯武俠小說作爲一項文學研究門類，仍有待開發學習空間。多位與會者都指出，武俠小說的發表、出版方式和管道具考證難度，學術理論與論文格式的建立待加強。而武俠名家的版權之爭、市場競爭力，也增加出版推廣困難，古龍武俠小說的版權糾紛、司馬翎作品的版權官司也成爲研討會的場外話題。

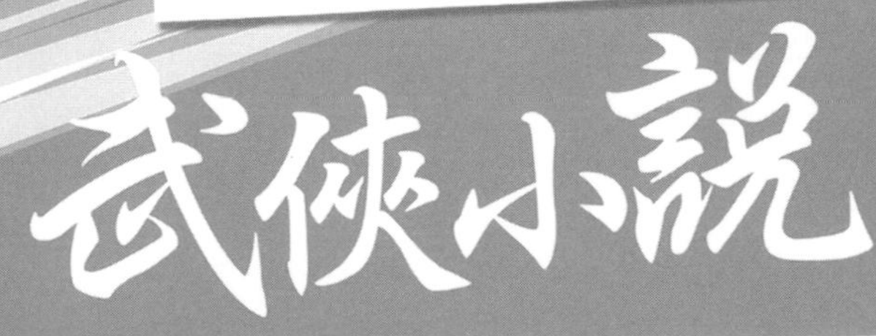

第九屆文學與美

古龍兄為人慷慨豪邁、跌蕩自如，變化多端，文如其人，且復多奇氣，惜英年早逝。余與古兄數年交好，且喜讀其書，今既不見其人，又無新作可讀，深自悼惜。

金庸

一九九六、十、十一　香港

金庸

天涯·明月·刀
(上)

古龍精品集44

天涯・明月・刀(上)

【導讀推薦】

古龍以詩的心靈寫出高峰之作

——《天涯．明月．刀》導讀

著名小說評論家及電影研究專家 陳墨

古龍的小說，有很多很好的書名。

其中最好的書名是以下兩部：

——《流星．蝴蝶．劍》，

——《天涯．明月．刀》！

這兩個書名不僅字面形式對仗工整，堪稱佳對；而且二者的意境也形成了極其有趣的對比。

流星閃耀、蝴蝶飛過、劍光電火，都是瞬間的美麗、剎那的輝煌。人的欲望、功利、歡樂甚至人的生命本身，難道不也是如此？

天涯在地、明月在天、刀痕在意，則是永恒的惆悵、不朽的銘記。人的情感、精神、痛苦以及人的生命價值，難道不應是如此？

——這兩個書名幾乎概括了古龍小說的全部精神實質：短暫與長久、剎那與永恒，本就是對人生的最凝練的概括；是對人生的悲歡離合、生老病死的最大的覺悟；也是人生的歡樂與悲傷、痛苦與追求的最深的動機與根源。

好書經歷的滄桑

人生混沌如太極，剎那與永恒就是它的兩儀。太極生兩儀、兩儀生四相、四相生八卦、八卦生萬物，古龍的人生感悟與其創作動力正是由此而來——

對流星、蝴蝶、劍的體驗與感悟；

對天涯、明月、刀的想像與思索。

然後情動於心、發而為文，寫出精彩的武俠小說來。

在《流星．蝴蝶．劍》和《天涯．明月．刀》這兩部書中，我當然更喜歡後者。這不僅因為《流星．蝴蝶．劍》有美國小說《教父》的影子在，也因為這部小說寫得太輕盈、太輕巧了。

《天涯．明月．刀》卻絕非如此。

古龍說：「一部在我一生中使我覺得最痛苦、受挫折最大的便是《天涯．明月．刀》」**（見《誰來跟我乾杯》，風雲時代二〇〇八年七月初版）！**

《天涯．明月．刀》是古龍的一部刻意求新、嘔心瀝血之作。

然而這部小說的出版非但沒有給古龍帶來新的榮譽、新的讚譽和新的鼓舞，卻反而給他帶來了批評、壓力、乃至沉痛的打擊！——當時有不少人不喜歡這部小說，甚至也不喜歡古龍的求變與求新，而「不喜歡」的理由主要是——

「看不懂」！

人們理直氣壯地認爲，「看不懂」的小說就一定不是好小說，卻很少有人問自己是如何看、以及應該「如何看」。

實際上，有很多讀者都只想看、也只能看那些童話式的故事，那些他們熟悉的、習慣的、老一套的故事；而對那些他們不熟悉、不習慣的求新求變的小說自然就看不懂、也看不慣。

於是，對那些人而言，「看不懂」就等於「不好看」。

而「不好看」自然就是「不好」！

甚至有人認爲，《天涯．明月．刀》這部小說是古龍的小說創作從高峰期走向衰落期的標誌，理由是，此後的小說雖然還有不少，但極少有傑作——古龍小說的名作大多是在此以前的作品。

這話當然太過武斷。

問題是，《天涯．明月．刀》這部小說本身是「高峰」還是「衰退」？

肯定有人認爲是衰退的標誌。

而我卻認爲，這部小說是古龍小說創作的最高峰。

其後若有所謂衰退與下坡，正是相對於這一高峰而言。

正是因爲古龍爲這部小說花費了太多太多的心血，從而「內力」大損。

正是因爲古龍的這部小說沒有得到應有的公正準確的評價，從而使古龍從此意興闌珊，求新求變成了他的一杯喝來十分苦澀的酒！

說《天涯．明月．刀》是古龍小說創作的最高峰，當然不是隨便說的。我有很好的理由。理由是：這部小說求新出新、求變有變。

即在形式上將電影的畫面、小說的情節、詩歌的語言真正地熔於一爐，並且將詩化敍述的「古龍文體」發揮到最新最純；而在內容上將人物的個性、人生的體驗、人性的探索真正地融會貫通，並且將人我合一的「古龍風格」發揮到最精最深。

小說的「楔子」的這種寫法，絕對爲古龍所獨創：沒有故事、沒有情節，甚至也沒有人物出現；有的只是一段對話，而且還不知道是誰的對話。這是採取了電影的「旁白」的形式，說的是人物的心理和精神、人生的寓言和哲理，卻又是小說的情節與主題——關於天涯、關於明月、關於刀和刀手的命運——

天涯不遠。

明月在心。

歸程在即。

——人的生命本就是一段歷程，生命的意義在於這一歷程本身。

只要你去找，你就一定能夠找到。

古龍的無雙絕技

「他的刀如天涯般遼闊寂寞，如明月般皎潔憂鬱，有時一刀揮出，又彷彿是空的」——這樣的話當然是說傅紅雪，當然也只有古龍才能說出。

這樣的「楔子」看起來似乎很玄，但我們真的看完了這部小說，就不會這麼覺得了。

關於這部小說的語言，我想我不必舉很多的例子，讀者隨時都能看到——

它的特點是簡潔而又充滿感性，彷佛都可以觸摸。

另一個特點是生動而又充滿智性，隨時都能使人受觸動。

可貴的是，這部小說的語言較少那種為幽默而幽默、為機智而機智的造句，一切都是圍繞小說的人物、情節、環境本身而寫。自然而然，彷佛是從心裏直接流出來的。

更值得注意的是，小說語言中的詩意與哲理的含量極其豐富，處處充滿作者對人生的慨歎與感悟，卻又都是因境而生、緣情而發。似乎這些語言都是從小說中自己生發出來的。

古龍小說中的人物對話的精彩，一向為人所稱道。

這部小說當然也不例外。

對話很多、或常以對話推動情節，是古龍小說的一個特點。這一特點是從電影劇本的寫法中學來的，電影的情節需要很多的對話。不僅交流人物之間的感情、傳達必要的資訊、刻畫人物的性格，而且還能通過對話來交代情節背景、參與小說的敘事。

所以，古龍小說的對話藝術，可謂無雙絕技。

當然也有人說，古龍濫用對話。這種情況容或也是有的，但「濫用」與不濫用的標準卻不大好定。一種是根據書中的人物是否有可能說那麼多，還有一種是根據讀者是否感到太多太濫，這兩種標準就不大好統一。

我們不用說別的，只說這部小說，我以爲對話雖然很多，但絕不能說它太濫。因爲這已是古龍小說的一種敘事風格，是其敘事方法的一個重要組成部分。

更重要的是，文學是語言的藝術。

對話是一種語言操練的手段。

古龍從對話的敘事選擇中學習了很多的技巧與藝術，甚至因此而悟了道：古龍小說從根本上來說就是「對話的藝術」。

——他用這種方法與形式來與讀者進行交流。

——他把敘事的藝術改造成爲「交流的藝術」！

所以，在古龍的小說中，不僅作者與人物同在；而且作者也與讀者同在。

——古龍小說的作者、人物同時在等待讀者加入對話與交流。

如果明白這一點，我們就不會覺得古龍的小說對話太多太濫、更不會覺得它難讀難懂。

可以說，這是一種新的語言藝術，新的小說形式。

生命的尊嚴與淬煉

古龍有一句名言：「誰規定武俠小說一定要怎麼寫？」

那麼，古龍這麼寫，又有什麼不好？

《天涯．明月．刀》之與眾不同當然不僅是它的創造性的語言形式，還有通過其語言形式所傳達出的新穎獨特的敘事內容，和生動可感的思想主題。

小說的主人公傅紅雪是古龍筆下最獨特的人物形象。他雖可以說是沈浪、李尋歡、葉開等人組成的「浪子」系列中的一個，但卻與上述人物迥然不同。

他不是「小李飛刀」的傳人，他的刀法自成體系。

他也不是「愛之刀」的傳人，他學的是「仇恨之刀」。

他的人就像他的刀，刀在人在、刀亡人亡，真正是人刀合一。

他的人就像他的刀，不僅鋒利而且脆弱。鋒利時只要刀光一現就會有人喪命；脆弱時人刀同抖、一觸即折。

他的人就像他的刀，不僅神秘而且痛苦。他的身世就像他的刀那樣從不給人看；他的痛苦也像他的刀那樣只有自己默默消受。

他的人就像他的刀，不僅殺人而且剜割自己。有形的刀用以殺人；無形的刀卻在同時剜割自己。

他是一個跛子，卻有走不盡的復仇之旅、生命長途。

爲了保持清醒，他幾乎從不喝酒，但卻偏偏有要命的羊癲瘋。

爲了記住仇恨，他幾乎從不愛人，但卻又偏偏爲了愛而受到了最大的傷害。

快樂與他無緣，痛苦才是他的標誌。

因爲他的名字「紅雪」——紅色的雪、血染的紅雪——本身就是殘酷、痛苦、仇恨的銘記。

——在這部書中，我們能看到他的這些特徵；在古龍後來寫的這部書的「前傳」《邊城浪子》中，我們更能看到這些特徵。

然而《天涯．明月．刀》並不僅僅是要刻畫這樣的傅紅雪的形象。而是要寫，在人生的長旅中，傅紅雪的性格變化和變化中的傅紅雪。寫他如何從仇恨走向寬容；如何從脆弱變爲堅韌；如何從痛苦之中悟出人生的真諦；如何在絕望中樹立新的人生信念；如何從漫漫長旅之中散播愛與寬容的種子。

燕南飛要殺他，他卻非但不殺燕南飛，反而一直保護對方，並多次救了燕南飛的性命。

蕭四無與他爲敵，三次向他偷襲，他三次都放過了對手，直到他自己已無法控制自己時。

雖然他不愛卓玉貞，但當卓玉貞要他當她孩子的父親時，他毫不猶豫地答應了；後來他發現卓玉貞是個騙子、殺害了他的朋友並要殺害他而且侮辱他時，他還是沒有殺她。

他早知道明月心是個神秘人物，而且發現她欺騙他，但他並沒有想到要向她討回公道。他知道公子羽是他最大的敵人，是他痛苦的來源，甚至幾乎摧毀了他的身體和精神；但在他可以殺掉公子羽時，他非但沒有殺他，反而使公子羽迷途知返、頓悟人生。

周婷是一個卑賤的妓女，傅紅雪以其人格力量喚醒了她的愛與尊嚴；周婷的愛與自尊又深深地打動了傅紅雪，從而使他找到愛的寄託與人生的歸宿。

從卑污處找到了潔淨，從痛苦中找到了幸福。

傅紅雪的存在，已變成了一種巨大的精神力量。

他不僅是人生路上的悟道者，同時也以自己的行為，成了一個偉大的傳道者。

他珍惜自己的生命，也珍惜他人的生命。

不僅珍惜生命本身，更重視和珍惜生命存在的價值。

最可貴的是，傅紅雪的傳道，沒有說教。

輝煌背後的虛假

燕南飛與傅紅雪是一種鮮明的對比。

他不僅身體健康、武功一流，壓根就沒有傅紅雪那種病痛與不幸。所到之處，總有鮮花、好酒、音樂、美人相伴；他似乎就是幸福與快樂的象徵。

然而，既生瑜、何生亮，自從傅紅雪崛起江湖，燕南飛的厄運便由此開始。他必須戰勝傅紅雪才能保住自己的幸福與快樂；否則，他就只有死路一條。因爲保持武功第一，乃是他的幸福與快樂的必要條件。因爲他的幸福快樂必須建立在維護公子羽的榮譽與尊嚴的基礎上。

因爲他只是公子羽的替身。

他的身體在享受著無盡的快樂，但他卻根本無法主宰自己的命運。

他的精神世界只是一個空殼。

他偏偏無法戰勝傅紅雪。

傅紅雪偏偏又不殺他。

不僅不殺他，而且還保護他。

不僅不將他當成敵人，反而將他當成朋友。

戰勝不了傅紅雪，他就只有死。

常年受死亡的恐懼，他當然不會感到幸福。

在最後的決鬥中傅紅雪還是沒有殺他，而他卻自己選擇了死亡。

這是因爲他已明白，與其那樣虛假的活著，還不如死去。

他還明白，即使他戰勝了傅紅雪，他也沒有真正的幸福。

真正的幸福要自己去尋找、自己去體驗，而不能靠別人賜予、更不是爲別人而活著。

真正的幸福或許正在生活的痛苦之中，要靠自己去提煉。

——傅紅雪沒殺他，只是使他明白了這些。使他明白了人生的真諦。

——所以他選擇了死。

選擇死亡，才能證明他自己曾經真正地活過。

死亡是生命存活過的最後的證明。

獨創的藝術形象

公子羽絕對是古龍獨創的一個藝術形象。

就算是在古龍的小說中，公子羽的形象也絕對是獨一無二的。

他是當時武林中最有名的名人，也是最有權勢的人。他本應是這部「小李飛刀系列」作品的絕對的正面主人公；然而古龍偏偏大變奇招，讓這一人物走向他的反面，成為一個可怕的「影子武士」。

公子羽與燕南飛互為表裡。他是權力、財富、榮耀的象徵。

然而他也是權力、財富、榮耀的奴隸。

他用權力與財富去引誘燕南飛、收買燕南飛，讓燕南飛為他去拚命，也讓燕南飛代他享受自己的人生。看起來是那麼聰明的辦法，卻不知喪失了自己的生活樂趣和生命滋味。

他讓燕南飛維護了「公子羽」的空名，卻自己丟掉了公子羽的生命意義與真正的價值。

所以他雖與傅紅雪同為三十七歲，但傅紅雪還是一個青年，而公子羽卻像是一個不折不扣的老人。

所以他只能成天生活在沒有生命的算計之中，未老先衰、了無生趣。他第一次露面時是在一個鐵櫃子裡面；第二次是在鏡子後面，這正是他的生活和生命的最好的象徵——「鐵櫃中」、「鏡子後」！

——這還算是個真正的人嗎？

傅紅雪拒絕當他的替身，因爲傅紅雪已經看透，他雖有權力卻沒有生趣；雖有財富卻沒有生活；雖有武功卻沒有鬥志；雖有智慧卻沒有靈性；雖有名聲卻沒有生命自我。

所以他最後宣佈：「公子羽」已死！

「名」死了，人還活著。

只有「名」死了，人才能真正地活著。

有人爲「名」而生，自然就有人爲「名」而死。

小說中的苗天王就是典型的一例。他是一個只有三尺八寸的侏儒，這本是他的不幸；更不幸的是，他硬要將他自己想像成一個身材偉岸的大丈夫，而且還要天下人都這麼認爲。

於是他找了一個替身，一個真正的魁偉身材的人當「苗天王」。而他自己卻躲在大個子的背後殺人，並以此享受「苗天王」的虛假的快樂和榮耀。他不知道以他的武功完全可以換得世人的尊敬，換得真正的榮譽和快樂。

爲此他心理膨脹而至變態。爲此他的「天王斬鬼刀」最後斬斷了自己可憐的身體，更斬斷了可能屬於他的真正榮耀與幸福。

他想欺騙天下的人，卻沒有發現，他的幻想只能欺騙他自己。

他與公子羽一樣，走進了生命或人生的誤區。

小說中還有許多人都像公子羽、苗天王一樣，不知不覺地走進了人生與生命的誤區。

小說中的女主人公明月心就是一例。

然而這又不過是一種假相：因為「明月無心」，明月心並不存在。明月心只是一個化名。就像卓夫人、卓子、甚至唐藍，也都是、或可能是她的化名一樣。

她是誰？

她到底想要甚麼？

我們不知道。

更要命的是，她自己也未必真的知道。

她像這個世界上千千萬萬渾渾噩噩的人一樣，自以為得意，自以為自己知道自己是誰、自己要甚麼，風風火火、機關算盡，到頭來還是不知道自己是誰、自己到底要甚麼。

她只不過是「永遠的卓夫人」。

一個高級妓女。

一個工具。

善良的古龍，最後給了她一條出路，說她最愛的是公子羽——那位將她製造成工具的人。

尋找生命的真諦

這部小說的真意與深意，就是要揭露這一生命的誤區。

通過傅紅雪與燕南飛的對比；通過傅紅雪與公子羽的對比；通過傅紅雪與苗天王的對比；以及傅紅雪與其他人的對比。還通過傅紅雪與周婷的對比；再通過周婷與明月心（卓夫人）的對比。

小說的主題是讓人尋找人生的價值，尋找生命的真諦。

首先則是要尋找人的自我。

自己的人生路是要自己走的，喪失了自我，就喪失了一切。

痛苦與幸福都要自己去品嘗，他人無法取代。

名聲、榮譽、財富、權力都不代表幸福，不代表生命的價值。

欲望、幻想、欺騙或自欺欺人當然更不能代表。

天涯不遠。

明月有心。

刀能殺人，也能救人。

水能載舟，也能覆舟。

幸福需要自己去尋找，人生的價值需要自己去建立。

傅紅雪雖然是一個跛子，但他站得穩、行得遠。他能，別的人為什麼不能？

詩的心靈與意境

《天涯・明月・刀》的故事情節，是寫傅紅雪與一個「看不見的影子」——公子羽及其龐大勢力——之間的錯綜複雜的矛盾衝突及生死較量。這不僅使小說情節緊張激烈，而且使之神秘離奇，使小說具有極大的可讀性。

古龍的想像力與創造性在此發揮到了極大的限度。

因為這部小說不是按通常的武俠小說的敍事模式，講述一個老套的故事。不是復仇、也不是奪寶；不是推理、也不是偵探；而是在「寫作藝術」上只此一家的全新的故事。

古龍創造了一個全新的故事模式。我們誰也沒見過公子羽這樣的人，當然也就沒見過公子羽一手「導演」的這種離奇的故事。如此神秘曲折、懸念四起、精彩紛呈的故事，當然是一個好故事。

這不僅是一個好故事，而且還是一個好寓言。由許多小些的寓言組成的大寓言，關於痛苦與歡樂、仇恨與寬容、幸福與不幸，人生和生命、價值與真諦。而且這一寓言還是「開放式的」：讀者可與之對話、與之交流。寓言的深意，還要讀者自己去挖掘。

實際上，這不僅是一個好故事、好寓言，而且還可以說是一部美麗的詩篇。

——它不僅是用詩的語言寫出來的，更是用詩的心靈寫出來的。

——它不僅具有詩的形式，更具有詩的意境。

因此，小說《天涯・明月・刀》是古龍的高峰之作。

【自序】

寫在《天涯・明月・刀》之前

古龍

一

在很多人心目中，武俠小說非但不是文學，甚至也不能算是小說，對一個寫武俠小說的人來說，這實在是件很悲哀的事，幸好還有一點事實是任何人都不能否認的——一樣東西如果能存在，就一定有它存在的價值。

武俠小說不但存在，而且已存在了很久！

關於武俠小說的起源，有很多種不同的說法：「從太史公的遊俠列傳開始，中國就有了武俠小說。」

這當然是其中最堂皇的一種，可惜接受這種說法的人並不多。

因爲武俠小說是傳奇的，如果一定要將它和太史公那種嚴肅的傳記文學相提並論，就未免有點自欺欺人。

在唐人的小說筆記中，才有些故事和武俠小說比較接近。「唐人說薈」卷五，張鷟的「耳目記」中，就有段故事是非常「武俠」的。

「隋末，深州諸葛昂，性豪俠，渤海高瓚聞而造之，為設雞肫而已，瓚小其用，明日大設，屈昂數十人，烹豬羊等長八尺，薄餅闊丈餘，裡餡粗如庭柱，盤作酒盌行巡，自作金剛舞以送之。

昂至後日，高瓚所屈客數百人，大設，車行酒，馬行炙，挫椎斬膾，皚轢蒜虀，唱夜叉歌獅子舞。

瓚明日，復烹一雙子十餘歲，呈其頭顱手足，座客皆喉而吐之。

昂後日報設，先令美妾行酒，妾無故笑，昂叱下，須臾蒸此妾坐銀盤，仍飾以脂粉，衣以錦繡，遂擘腿肉以啖，瓚諸人皆掩目，昂於奶房間撮肥肉食之，盡飽而止。

瓚羞之，夜遁而去。」

這段故事描寫諸葛昂和高瓚的豪野殘酷，已令人不可思議，這種描寫的手法，也已經很接近現代武俠小說中比較殘酷的描寫。

但這故事卻是片段的，它的形式和小說還是有段很大的距離。

當時民間的小說、傳奇、評話、銀字兒中，也有很多故事是非常「武俠」的，譬如說，盜盒的紅線、崑崙奴、妙手空空兒、虬髯客，這些人物就幾乎已經是現在武俠小說中人物的典型。

武俠小說中最主要的武器是劍，關於劍術的描寫，從唐時就已比現代武俠小說中描寫得更神奇。

紅線，大李將軍、公孫大娘……這些人的劍術，都已被渲染得接近神話，杜甫的「觀公孫大娘弟子舞劍器行」，其中對公孫大娘和她弟子李十二娘劍術的描寫，當然更生動而傳神！

號稱「草聖」的唐代人書法家也曾自言：「始吾聞公主與擔夫爭路，而得筆法之意，後見公孫氏舞劍器，直得其神。」

「劍器」雖然不是劍，但其中的精髓卻無疑是和劍術一脈相通的，由此可見，武俠小說中關於劍術和武功的描寫，並非全無根據。

這些古老的傳說和記載，點點滴滴，都是武俠小說的起源，再經過民間評話、彈詞和說書的改變，才漸漸演變成現在的這種型式。

二

彭公案、施公案、七俠五義、小五義、就是根據「說書」而寫成的，已可算是我們這一代所能接觸到的，最早的一種武俠小說。

可是這種小說中的英雄，大都不是可以令人熱血沸騰的真正英雄，因為在清末那種社會環境裡，根本就不鼓勵人們做英雄，老成持重的君子，才是一般人認爲應該受到表揚的。

這至少證明了武俠小說的一點價值——從一本武俠小說中，也可以看到作者當時的時代背景。

現代的武俠小說呢？

三

現代的武俠小說，若由平江不肖生的《江湖奇俠傳》開始算起，大致可以分成三個時代。寫《蜀山劍俠傳》的還珠樓主，是第一個時代的領袖。寫《七殺碑》的朱貞木，寫《鐵騎銀瓶》的王度廬可以算是第二個時代的代表。

到了金庸寫「射雕」，又將武俠小說帶進了另一個局面。

這個時代，無疑是武俠小說最盛行的時代，寫武俠小說的人，最多時曾經有三百個。

就因爲武俠小說已經寫得太多，讀者們也看得太多，所以有很多讀者看了一部書的前兩本，就已經可以預測到結局。

最妙的是，愈是奇詭的故事，讀者愈能猜到結局。

因爲同樣「奇詭」的故事已被寫過無數次了。易容、毒藥、詐死，最善良的女人就是「女魔頭」——這些圈套都已很難令讀者上鈎。

所以情節的詭奇變化，已不能再算是武俠小說中最大的吸引力。

但人性中的衝突卻是永遠有吸引力的。

武俠小說中已不該再寫神，寫魔頭，已應該開始寫人，活生生的人，有血有肉的人！

武俠小說中的主角應該有人的優點，也應該有人的缺點，更應該有人的感情。

寫《包法利夫人》的大文豪福樓拜爾曾經誇下句海口，他說：「十九世紀後將再無小說。」

因爲他認爲所有的故事情節，所有的情感變化，都已被十九世紀的那些偉大的作家們寫盡了。

可是他錯了。

他忽略了一點！

縱然是同樣的故事情節，但你若從不同的角度去看，寫出來的小說就是完全不同的。

人類的觀念和看法，本就在永不停的改變！隨著時代改變！

武俠小說寫的雖然是古代的事，也未嘗不可注入作者自己新的觀念。

因爲小說本就是虛構的！

寫小說不是寫歷史傳記，寫小說最大的目的，就是要吸引讀者，感動讀者。

武俠小說的情節若已無法變化，爲什麼不能改變一下，寫人類的情感，人性的衝突，由情感的衝突中，製造高潮和動作。

應該怎樣來寫動作，的確也是武俠小說的一大難題。

我總認為「動作」並不一定就是「打」！

小說中的動作和電影畫面的動作，可以給人一種生猛的刺激，但小說中描寫的動作就是沒有電影畫面中這種鮮明刺激的力量了。

小說中動作的描寫，應該是簡單，短而有力的，虎虎有生氣的，不落俗套的。

小說中動作的描寫，應該先製造衝突，情感的衝突，事件的衝突，盡力將各種衝突堆構成一個高潮。

然後你再製造氣氛，緊張的氣氛，肅殺的氣氛。

用氣氛來烘托動作的刺激。

武俠小說畢竟不是國術指導。

武俠小說也不是教你如何去打人殺人的！

血和暴力，雖然永遠有它的吸引力，但是太多的血和暴力，就會令人反胃了。

四

最近我的胃很不好，心情也不佳，所以除了維持《七種武器》和《陸小鳳》兩個連續性的故事外，已很久沒有開新稿。

近月在報刊上連載的《歷劫江湖》和《金劍殘骨令》，都是我十五年前的舊書，我並不反對把「舊書新登」，因爲溫故而知新，至少可以讓讀者看到一個作家寫作路線的改變！

《天涯．明月．刀》，是我最新的一篇稿子，我自己也不知道它是不是能給讀者一點「新」的感受，我只知道我是在盡力朝這個方向走！

每在寫一篇新稿之前，我總喜歡寫一點自己對武俠小說的看法和感想，零零碎碎已寫了很多，拋磚引玉，我希望讀者倒也能寫一點自己的感想，讓武俠小說能再往前走一步。走一大步。

一九七四、四、十七、夜、夜深

一 楔子

「天涯遠不遠？」

「不遠！」

「人就在天涯，天涯怎麼會遠？」

「明月是什麼顏色的？」

「是藍的，就像海一樣藍，一樣深，一樣憂鬱。」

「明月在哪裡？」

「就在他心裡，他的心就是明月。」

「刀呢？」

「刀就在他手裡！」

「那是柄什麼樣的刀？」

「他的刀如天涯般遼闊寂寞，如明月般皎潔憂鬱，有時一刀揮出，又彷彿是空的！」

「空的？」

「空空濛濛，縹緲虛幻，彷彿根本不存在，又彷彿到處都在。」

「可是他的刀看來並不快。」

「是的。」

「不快的刀，怎麼能無敵於天下？」

「因爲他的刀已超越了速度的極限！」

「他的人呢？」

「人猶未歸，人已斷腸。」

「何處是歸程？」

「歸程就在他眼前。」

「他看不見？」

「他沒有去看。」

「所以他找不到？」

「現在雖然找不到，遲早總有一天會找到的！」

「一定會找到？」

「一定！」

二 人在天涯

一

夕陽西下。

傅紅雪在夕陽下。夕陽下只有他一個人，天地間彷彿已只剩下他一個人。

萬里荒寒，連夕陽都似已因寂寞而變了顏色，變成一個空虛而蒼涼的灰白色。

他的人也一樣。

他的手裡緊緊的握著一把刀；蒼白的手，漆黑的刀！

蒼白與漆黑，豈非都正是最接近死亡的顏色！死亡豈非就正是空虛和寂寞的極限。

他那雙空虛而寂寞的眼睛裡，就彷彿真的已看見了死亡！

難道死亡就在他眼前？

他在往前走。他走得很慢，可是並沒有停下來，縱然死亡就在前面等著他，他也絕不會停下來。

他走路的姿態怪異而奇特，左腳先往前邁出一步，右腳再慢慢的跟上去，看來每一步都走得很艱苦。可是他已走過數不盡的路途，算不完的里程，每一步路都是他自己走出來的。

這麼走，要走到何時爲止？

他不知道，甚至連想都沒有去想過！

現在他已走到這裡，前面呢？前面真的是死亡？

當然是！他眼中已有死亡，他手裡握著的也是死亡，他的刀象徵著的就是死亡！

漆黑的刀，刀柄漆黑，刀鞘漆黑。

這柄刀象徵著的雖然是死亡，卻是他的生命！

天色更黯，可是遠遠看過去，已可看見一點淡淡的市鎮輪廓。

他知道那裡就是這邊陲荒原中唯一比較繁榮的市鎮「鳳凰集」。

他當然知道，因爲「鳳凰集」就是他所尋找的死亡所在地。

但他卻不知道，鳳凰集本身也已死亡！

二

街道雖不長，也不寬，卻也有幾十戶店鋪人家。

世界上有無數個這麼樣的小鎮，每一個都是這樣子，簡陋的店鋪，廉價的貨物，善良的人家，樸實的人。唯一不同的是，這鳳凰集雖然還有這樣的店鋪人家，卻已沒有人。

一個人都沒有。

街道兩旁的門窗，有的關著，卻都已殘破敗壞，屋裡屋外，都積著厚厚的灰塵，屋角簷下，已結起蛛網。一條黑貓被腳步聲驚起，卻已失去了牠原有的機敏和靈活，喘息著，蹣跚爬過長街，看來幾乎已不像是一隻貓。

飢餓豈非本就可改變一切？

難道它就是這小鎮上唯一還沾著的生命？

傅紅雪的心冰冷，手也冰冷，甚至比他手裡握著的刀鋒更冷！

他就站在這條街道上，這一切都是他自己親眼看見的，但他卻還是不能相信，不敢相信，也不忍相信！

——這地方究竟發生了什麼災禍？

——這災禍是怎麼發生的？

有風吹過，街旁一塊木板招牌被風吹得「吱吱」的響，隱約還可以分辨出上面寫著的八個字是：「陳家老店，陳年老酒！」

這本是鎮上很體面的一塊招牌，現在也已殘破乾裂，就像是老人的牙齒一樣。

可是這陳家老店本身的情況，卻還比這塊招牌更糟得多。

傅紅雪靜靜的站著，看著招牌在風中搖曳，等風停下來的時候，他就慢慢的走過去，推開了門，走進了這酒店，就像是走入了一座已被盜墓賊挖空了的墳墓。

他以前到這裡來過！

這地方的酒雖然也不太老，也不太好，卻絕不像醋，這地方當然更不會像墳墓。

就在一年前，——整整一年前，這酒店還是個很熱鬧的地方，南來北往的旅客，經過鳳凰集時，總會被外面的招牌吸引，進來喝幾杯老酒！

老酒下了肚，話就多了，酒店當然就會變得熱鬧起來，熱鬧的地方，總是有人喜歡去的。

所以這並不算太狹窄的酒店裡，通常都是高朋滿坐，那位本來就很和氣的陳掌櫃，當然也通常都是笑容滿面的。

可是現在，笑容滿面的陳掌櫃已不見了，乾淨的桌上已堆滿灰塵，地上到處都是破碎的酒罐，撲鼻的酒香已被一種令人作嘔的腐臭味代替。

堂前的笑鬧喧嘩，猜拳賭酒聲，堂後的刀杓鏟動，油鍋爆響聲，現在都已聽不見，只有風吹破窗，「啦落啦落」的響，聽來又偏偏像是地獄中的蝙蝠在振動雙翅。

天色已將近黑暗。

傅紅雪慢慢的走過去，走到角落裡，背對著牆，面對著門，慢慢的坐下來。

一年前他來的時候，就是坐在這地方。可是現在這地方已如墳墓，已完全沒有一點可以令人留戀之意。

他爲什麼還要坐下來？他是在懷念往事？還是在等待？

若是在懷念，一年前這地方究竟發生過什麼足以讓他懷念的事？

若是在等待，他等待的究竟是什麼？

是死亡？真的是死亡？

三

夜色終於已籠罩大地。

沒有燈，沒有燭，沒有火，只有黑暗。

他憎惡黑暗，只可惜黑暗也正如死亡，都是絕對無可避免的！

現在黑暗又來臨，死亡呢？

他動也不動的坐在那裡，手裡還是緊緊的握著他的刀，也許你還能看見他蒼白的手，卻已看不見他的刀；他的刀已與黑暗溶爲一體。

難道他的刀也像是黑暗的本身一樣？難道他的刀揮出時，也是無法避免的？

死一般的黑暗靜寂中，遠處忽然隨風傳來了一陣悠揚的弦樂聲。

此時此刻，此情此景，這樂聲聽來，就像是從天上傳下來的仙樂。

可是他聽見這樂聲時，那雙空虛的眼睛裡，卻忽然現出種奇異的表情——無論那是種什麼樣的表情，都絕不是歡愉的表情。

樂聲漸近，隨著樂聲同時而來的，居然還有一陣陣馬車聲。

除了他之外，難道還會有別人特地趕到這荒涼的死鎮上來？

他的眼睛已漸漸恢復冷漠，可是他握刀的手，卻握得更緊。

難道他知道來的是什麼人？

難道他等的就是這個人？

難道這個人就是死亡的化身？

仙樂是種什麼樣的樂聲？沒有人聽過！

可是假如有一種令人聽起來覺得可以讓自己心靈溶化，甚至可以讓自己整個人溶化的樂聲，他們就會認爲這種樂聲是仙樂。

傅紅雪並沒有溶化。

他還是靜靜的坐在那裡，靜靜的聽著，忽然間，八條腰繫彩綢的黑衣大漢快步而入，每個人手裡都捧著個竹簍，竹簍裡裝著各式各樣奇怪的東西，甚至其中還包括了抹布和掃帚。

他們連看都沒有去看傅紅雪一眼，一衝進來，就立刻開始清潔整理這酒店。

他們的動作不但迅速，而且極有效率。

就像是奇蹟一樣，這凌亂破舊的酒店，頃刻間就已變得煥然一新。

除了傅紅雪坐著那個角落外，每個地方都已被打掃得一塵不染，牆上貼起了壁紙，門上掛起了珠簾，桌上鋪起了桌布，甚至連地上都鋪起了紅氈。

等他們八個人退出去肅立在門畔時，又有四個彩衣少女，手提著竹籃走進來，在桌上擺滿了鮮花和酒餚，再將金杯斟滿。

然後就是一行歌伎手揮五弦，漫步而來。

這時樂聲中突又響起一聲更鼓，已是初更，從窗戶遠遠看出去，就可以看見一個白衣人手提著更鼓，幽靈般站在黑暗裡。

更夫又是哪裡來的？

他是不是隨時都在提醒別人死亡的時刻？

他在提醒誰？

更鼓響過，歌聲又起：

「天涯路，未歸人，

人在天涯斷魂處，未到天涯已斷魂……」

歌聲未歇，燕南飛已走進來，他走進來的時候，就似已醉了。

三　天涯薔薇

一

「花未凋，
月未缺，
明月照何處？
天涯有薔薇。」

燕南飛是不是真的醉了？

他已坐下來，坐在鮮花旁，坐在美女間，坐在金杯前。

琥珀色的酒，鮮艷的薔薇。

薔薇在他手裡，花香醉人，酒更醉人。

他已醉倒在美人膝畔，琥珀樽前。

美人也醉人，黃鶯般的笑聲，嫣紅的笑臉。

他的人還少年。

少年英俊，少年多金，香花美酒，美人如玉，這是多麼歡樂的時刻，多麼歡樂的人生？

可是他爲什麼偏偏要到這死鎮上來享受？

難道他是爲了傅紅雪來的？

他也沒有看過傅紅雪一眼，就彷彿根本沒有感覺到這地方還有傅紅雪這麼樣一個人存在。

傅紅雪彷彿也沒有感覺到他們的存在。

他的面前沒有鮮花，沒有美人，也沒有酒，卻彷彿有一道看不見的高牆，將他的人隔絕在他們的歡樂外。

他久已被隔絕在歡樂外。

更鼓再響，已是二更！

他們的酒意更濃，歡樂也更濃，似已完全忘記了人世間的悲傷、煩惱和痛苦。

杯中仍然有酒，薔薇仍然在手，有美人拉著他的手問：「你爲什麼喜歡薔薇？」

「因爲薔薇有刺。」

「你喜歡刺？」

「我喜歡刺人，刺人的手，刺人的心。」

美人的手被刺疼了，心也被刺痛了，皺著眉，搖著頭：「這理由不好，我不喜歡聽。」

「你喜歡聽什麼？」

燕南飛在笑：「要不要我說一個故事給你聽。」

「當然要。」

「據說在很久很久以前，第一朵薔薇在很遠很遠的地方開放的時候，有一隻美麗的夜鶯，因爲愛它竟不惜從花枝上投池而死。」

「這故事真美！」美人眼眶紅了：「可惜太悲傷了些。」

「你錯了。」燕南飛笑得更愉快：「死，並不是件悲傷的事，只要死得光榮，死得美，死又何妨？」

美人看著他手裡的薔薇，薔薇彷彿也在笑。

她癡癡的看著，看了很久，忽然輕輕的說：

「今天早上，我也想採幾枝薔薇給你。

我費了很多時候，才拴在我的衣帶裡。

衣帶卻已鬆了，連花都繫不起！

花落花散，飄向風中，落入水裡。

江水東流，那些薔薇也隨水而去，一去永不復返。

江水的浪花，變成了鮮紅的，我的衣袖裡，卻只剩下餘香一片。」

她的言詞優美，宛如歌曲。

她舉起她的衣袖：「你聞一聞，我一定要你聞一聞，作爲我們最後的一點紀念。」

燕南飛看著她的衣袖，輕輕的拉起她的手。

就在這時，更鼓又響起！

是三更！

二

「天涯路，

未歸人，

夜三更，

人斷魂。」

燕南飛忽然甩脫她的手。

樂聲急然停頓。

燕南飛忽然揮手，道：「走！」

這個字就像是句魔咒，窗外那幽靈般的白衣更夫剛敲過三更，這個字一說出來，剛才還充滿歡樂的地方，立刻變得只剩下兩個人。

連那被薔薇刺傷的美人都走了，她的手被刺傷，心上的傷卻更深。

車馬遠去，大地又變爲一片死寂。

屋子裡只剩下一盞燈，黯淡的燈光，照著燕南飛發亮的眼睛。

他忽然抬起頭，用這雙發亮的眼睛，筆直的瞪著傅紅雪。

他的人縱然已醉了，他的眼睛卻沒有醉。

傅紅雪還是靜靜的坐在那裡，不聞、不見、不動。

燕南飛卻已站起來。

他站起來的時候，才能看見他腰上的劍，劍柄鮮紅，劍鞘也是鮮紅的！

比薔薇更紅，比血還紅。

剛才還充滿歡樂的屋子裡，忽然間變得充滿殺氣。

他開始往前走，走向傅紅雪。

他的人縱然已醉了，他的劍卻沒有醉。

他的劍已在手。

蒼白的手，鮮紅的劍。

傅紅雪的刀也在手——他的刀從來也沒有離過手。

漆黑的刀，蒼白的手！

黑如死亡的刀，紅如鮮血的劍，刀與劍之間的距離，已漸漸近了。

他們人與人之間的距離，也漸漸近了。

殺氣更濃。

燕南飛終於走到傅紅雪面前，突然拔劍，劍光如陽光般輝煌燦爛，卻又美麗如陽光下的薔薇。

劍氣就在傅紅雪的眉睫間。

傅紅雪還是不聞、不見、不動！

劍光劃過，一丈外的珠簾紛紛斷落，如美人的珠淚般落下。

然後劍光就忽然不見了。

劍還在，在燕南飛手裡，他雙手捧著這柄劍，捧到傅紅雪面前。

這是柄天下無雙的利劍！

他用的是天下無雙的劍法！

現在他為什麼要將這柄劍送給傅紅雪？

他遠來，狂歡，狂醉。

他拔劍，揮劍，送劍。

這究竟為的是什麼？

三

蒼白的手，出鞘的劍在燈下看來也彷彿是蒼白的！

傅紅雪的臉色更蒼白。

他終於慢慢的抬起頭，凝視著燕南飛手裡的這柄劍。

他的臉上全無表情，瞳孔卻在收縮。

燕南飛也在凝視著他，發亮的眼睛裡，帶著一種很奇怪的表情，也不知那是種已接近解脫時的歡愉？還是無可奈何的悲傷？

傅紅雪再抬頭，凝視著他的眼睛，就彷彿直到此刻才看見他。

兩個人的目光接觸，彷彿觸起了一連串看不見的火花。

傅紅雪忽然道：「你來了。」

燕南飛道：「我來了。」

傅紅雪道：「我知道你會來的！」

燕南飛道：「我當然會來，你當然知道，否則一年前你又怎會讓我走？」

傅紅雪目光重落，再次凝視著他手裡的劍，過了很久，才緩緩道：「現在一年已過去。」

燕南飛道：「整整一年。」

傅紅雪輕輕嘆息，道：「好長的一年。」

燕南飛也在嘆息，道：「好短的一年。」

一年的時光，究竟是長是短？

燕南飛忽然笑了笑，笑容中帶著種尖針般的譏誚，道：「你覺得這一年太長，只因爲你一直在等，要等著今天。」

傅紅雪道：「你呢？」

燕南飛道：「我沒有等！」

他又笑了笑，淡淡的接道：「雖然我明知今日必死，但我卻不是那種等死的人。」

傅紅雪道：「就因爲你有很多事要做，所以才會覺得這一年太短？」

燕南飛道：「實在太短。」

傅紅雪道：「現在你的事是否已做完？你的心願是否已了？」

劍光漫天，劍如閃電。

刀卻彷彿很慢。

可是劍光還沒到，刀已破入了劍光，逼住了劍光。

然後刀已在咽喉。

傅紅雪的刀，燕南飛的咽喉！

現在刀在手裡，手在桌上。

燕南飛凝視著這柄漆黑的刀，過了很久，才緩緩道：「一年前，我敗在你的刀下！」

傅紅雪淡淡道：「也許你本不該敗的，只可惜你的人太年輕，劍法卻用老了。」

燕南飛沉默著，彷彿在咀嚼著他這兩句話，又過了很久，才緩緩道：「那時你就問我，是不是還有什麼心願未了？」

傅紅雪道：「我問過！」

燕南飛道：「那時我就告訴過你，縱然我有心願未了，也是我自己的事，我自己的事，一向都由我去做。」

傅紅雪道：「我記得。」

燕南飛道：「那時我也告訴過你，你隨時都可以殺我，卻休想逼我說出我不願的事。」

傅紅雪道：「現在……」

燕南飛道：「現在我還是一樣！」

傅紅雪道：「一樣不肯說？」

燕南飛道：「你借我一年時光，讓我去做我自己想做的事，現在一年已過去，我……」

傅紅雪道：「你是來送死的！」

燕南飛道：「不錯，我正是來送死的！」

他捧著他的劍，一個字一個字的接著道：「所以現在你已經可以殺了我！」

他是來送死的！

他來自江南，跋涉千里，竟只不過是桿來送死的！

他金杯引滿，擁伎而歌，也只不過是爲了享受死前一瞬的歡樂！

這種死，是多麼莊嚴，多麼美麗！

劍仍在手裡，刀仍在桌上。

傅紅雪道：「一年前此時此地，我就可以殺了你！」

燕南飛道：「你讓我走，只因爲你知道我必定會來？」

傅紅雪道：「你若不來，我只怕永遠找不到你。」

燕南飛道：「很可能。」

傅紅雪道：「但是你來了。」

燕南飛道：「我必來！」

傅紅雪道：「所以你的心願若未了，我還可以再給你一年。」

燕南飛道：「不必！」

傅紅雪道：「不必？」

燕南飛道：「我既然來了，就已抱定必死之心！」

傅紅雪道：「你不想再多活一年？」

燕南飛忽然仰面而笑，道：「大丈夫生於世，若不能鋤強誅惡，快意恩仇，就算再多活十年百年，也是生不如死！」

他在笑，可是他的笑聲中，卻帶著種說不出的痛苦和悲傷。

傅紅雪看著他，等他笑完了，忽然道：「可是你的心願還未了。」

燕南飛道：「誰說的？」

傅紅雪道：「我說的，我看得出。」

燕南飛冷笑道：「縱然我的心願還未了，也已與你無關。」

傅紅雪道：「可是我……」

燕南飛打斷了他的話，冷冷道：「你本不是個多話的人，我也不是來跟你說話的！」

傅紅雪道：「你只求速死？」

燕南飛道：「是！」

傅紅雪道：「你寧死也不肯把你那未了的心願說出來？」

燕南飛道：「是！」

這個「是」字說得如快刀斬釘，利刃斷鐵，看來世上已絕沒有任何人能改變他的決心。

傅紅雪握刀的手背上，已凸出青筋。

只要這柄刀一出鞘，死亡就會跟著來了，這世上也絕沒有任何人能抵擋。

現在他的刀是不是已準備出鞘？

燕南飛雙手捧劍，道：「我寧願死在自己的劍下。」

傅紅雪道：「我知道！」

燕南飛道：「但你還是要用你的刀？」

傅紅雪道：「你有不肯做的事，我也有。」

燕南飛沉默著，緩緩道：「我死了後，你能不能善待我這柄劍？」

傅紅雪冷冷道：「劍在人在，人亡劍毀，你死了，這柄劍也必將與你同在。」

燕南飛長長吐出口氣，閉上眼睛，道：「請！請出手。」

傅紅雪的刀已離鞘，還未出鞘，忽然，外面傳來「骨碌碌」一陣響，如巨輪滾動，接著，又是「轟」的一聲大震。

本已腐朽的木門，忽然被震散，一樣東西「骨碌碌」滾了進來，竟是個大如車輪，金光閃閃的圓球。

四

傅紅雪沒有動，燕南飛也沒有回頭。

這金球已直滾到他背後，眼看著就要撞在他身上。

沒有人能受得了這一撞之力，這種力量已絕非人類血肉之軀能抵擋。

就在這時，傅紅雪已拔刀！

刀光一閃，停頓。

所有的聲音，所有的動作全部停頓。

這來勢不可擋的金球，被他用刀鋒輕輕一點，就已停頓。

也就在這同一瞬間，金球突然彈出十三柄尖槍，直刺燕南飛的背。

燕南飛還是不動，傅紅雪的刀又一動。

刀光閃動，槍鋒斷落，這看來重逾千斤的金球，竟被他一刀劈成四半。

金球竟是空的，如花筒般裂開，現出了一個人。

一個像侏儒般的小人，盤膝坐在地上，花瓣般裂開的球殼慢慢倒下，他的人卻還是動也不動的坐在那裡。

剛才那一刀揮出，就已能削斷十三柄槍鋒，就已能將金球劈成四半，這一刀的力量和速度，彷彿已與天地間所有神奇的力量溶爲一體。

那甚至已超越了所有刀法的變化，已足以毀滅一切。

可是，槍斷球裂後，這個侏儒般的小人還是好好的坐著，非但連動都沒有動，臉上也完全沒有任何表情，就像是個木頭人。

門窗撞毀，屋瓦也被撞鬆了，一片瓦落下來，恰好打在他身上，發出「噗」的一聲響。

原來他真的是個木頭人。

傅紅雪冷冷的看著他，他不動，傅紅雪也不動！

木頭人怎麼會動？

這個木頭人卻突然動了！

他動得極快，動態更奇特，忽然用他整個人向燕南飛後背撞了過去。

他沒有武器。

他就用他自己的人做武器，全身上下，手足四肢，都是武器。

無論多可怕的武器，都要人用，武器本身卻是死的！

他這種武器，本身就已是活的！

也就在這同一瞬間，乾裂的土地，突然伸出一雙手，握住了燕南飛的雙足。

這一著也同樣驚人。

現在燕南飛就算要閃避，也動不了。

地下伸出的手，突然動起來的木頭人，上下夾攻，木頭人的腿也夾住了他的腰，一雙手已準備挾制他的咽喉！

他們出手一擊，不但奇秘詭異，而且計劃周密，已算準這一擊絕不落空。

只可惜他們忘了燕南飛身旁還有一柄刀！

傅紅雪的刀！

天上地下，獨一無二的刀！

刀光又一閃！只一閃！

四隻手上都被劃破道血口，木頭人手裡原來也有血的。

從他手裡流出來的血，也同樣是鮮紅的，可是他枯木般的臉，已開始扭曲。

手鬆了，四隻手都鬆開，一個人從地下彈丸般躍出，滿頭灰土，就像是個泥人。

這泥人也是個侏儒。

兩個人同時飛躍，凌空翻身，落在另一個角落裡，縮成一團。

沒有人追過來。

傅紅雪的刀靜下，人也靜下。燕南飛根本就沒有回頭。

泥人捧著自己的手，忽然道：「都是你害我，你算準這一著必定不會失手的。」

木頭人道：「我算錯了。」

泥人恨道：「算錯了就該死。」

木頭人道：「這件事做不成，回去也一樣是死，倒不如現在死了算了。」

泥人道：「你想怎樣死？」

木頭人道：「我是個木頭人，當然要用火來燒。」

泥人道：「好，最好燒成灰。」

木頭人嘆了口氣，真的從身上拿出個火摺子，點著了自己的衣服。

火燒得真快，他的人一下子就被燃燒了起來，變成了一堆火。

泥人已遠遠避開，忽又大喝道：「不行，你現在還不能死，你身上還有三千兩的銀票，被燒成灰，就沒用了。」

火堆中居然還有聲音傳出：「你來拿。」

泥人道：「我怕燙。」

火堆中又傳出一聲嘆息，忽然間，一股清水從火堆中直噴出來，雨點般灑落，落在火堆上，又化成一片水霧。

火勢立刻熄滅，變成了濃煙。

木頭人仍在煙霧中，誰也看不見他究竟已被燒成什麼樣子。

傅紅雪根本就連看都沒有看，他所關心的只有一個人。

燕南飛卻似已不再對任何人關心。

煙霧四散，瀰漫了這小小的酒店，然後又從門窗中飄出去。

外面有風。

煙霧飄出去，就漸漸被吹散了。

剛才蹣跚爬過長街的那隻黑貓，正遠遠的躲在一根木柱後。

一縷輕煙，被風吹了過去，貓突然倒下，抽搐萎縮……

經過了那麼多沒有任何人能忍受的災難和飢餓後，牠還活著，可是這淡淡的一縷輕煙，卻使牠在轉眼間就化做了枯骨。

這時傅紅雪和燕南飛正在煙霧中。

四 高樓明月

一

濃煙漸漸散了。

這是奪命的煙，江湖中已不知有多少聲名赫赫的英雄，無聲無息的死在這種濃煙裡。

濃煙消散的時候，木頭人的眼睛裡正在發著光，他相信他的對手無疑已倒了下去。

他希望還能看見他們在地上做最後的掙扎，爬到他面前，求他的解藥。

甚至連石霸天和銅虎都曾經跪在他面前，苦苦哀求過。

他們本都是江湖中最兇悍的強人，可是到了真正面臨死亡時，就連最有勇氣的人都會變得懦怯軟弱。

別人的痛苦和絕望，對他說來，總是種很愉快的享受。

可是這一次他失望了。

傅紅雪和燕南飛並沒有倒下去，眼睛裡居然也在發著光。

木頭人眼睛裡的光卻已像他身上的火焰般熄滅。燒焦的衣服也早已隨著濃煙隨風而散，只剩下一身漆黑的骨肉，既像是燒不焦的金鐵，又像是燒焦了的木炭。

燕南飛忽然道：「這兩人就是五行雙殺。」

傅紅雪道：「哼。」

「金中藏木，水火同源」，「借土行遁，鬼手捉腳」，本都是令人防不勝防的暗算手段，五行雙殺也正是職業刺客中身價最高的幾個人中之一，據說他們早已都是家財巨萬的大富翁。

只可惜世上有很多大富翁，在某些人眼中看來，根本一文不值。

泥人搶著陪笑道：「他是金木水火，我是土，我簡直是條土驢，是個土豆，是隻土狗。」

他看著傅紅雪手裡的刀。

刀已入鞘。漆黑的刀柄，漆黑的刀鞘。

泥人嘆息著，苦笑道：「就算我們不認得傅大俠，也該認得出這柄刀的。」

木頭人道：「可是我們也想不到傅大俠會幫著他出手。」

傅紅雪冷冷道：「他這條命已是我的。」

木頭人道：「是。」

傅紅雪道：「除了我之外，誰也不能傷他毫髮。」

木頭人道：「是。」

泥人道：「只要傅大俠肯饒了我這條狗命，我立刻就滾得遠遠的。」

傅紅雪道：「滾。」

這個字說出來，兩個人立刻就滾，真是滾出去的，就像是兩個球。

燕南飛忽然笑了笑，道：「我知道你絕不會殺他們。」

傅紅雪道：「哦？」

燕南飛道：「因爲他們還不配。」

傅紅雪凝視著手裡的刀，臉上的表情，帶著種說不出的寂寞。

他的朋友本不多，現在就連他的仇敵，剩下的也已不多。

天上地下，值得讓他出手拔刀的人，還有幾個？

傅紅雪緩緩道：「我聽說過，他們殺了石霸天，代價是十三萬兩。」

燕南飛道：「完全正確。」

傅紅雪道：「你的命當然比石霸天値錢些。」

燕南飛道：「値錢得多。」

傅紅雪道：「能出得起這種重價，要他們來殺你的人卻不多。」

燕南飛閉上了嘴。

傅紅雪道：「你沒有問，只因爲你早已知道這個人是誰。」

燕南飛還是閉著嘴。

沉默無言。

傅紅雪道：「你的未了心願，就是爲了要對付這個人？」

燕南飛突然冷笑，道：「你已問得太多！」

傅紅雪道：「你不說？」

燕南飛道：「不說。」

傅紅雪道：「那麼你走！」

燕南飛道：「更不能走！」

傅紅雪道：「莫忘記我借給你一年，這一年時光，就是你欠我的。」

燕南飛道：「你要我還？怎麼還？」

傅紅雪道：「去做完你該做的事。」

燕南飛道：「可是我……」

傅紅雪霍然抬頭，盯著他道：「你若真是個男子漢，就算要死，也得死得光明磊落。」

他抬起頭，燕南飛卻垂下頭，彷彿不願讓他看見自己臉上的表情。

誰都無法解釋那是種什麼樣的表情？——是悲憤？是痛苦？還是恐懼？

傅紅雪道：「你的劍還在，你的人也未死，你爲什麼不敢去？」

燕南飛也抬起頭，握緊手裡的劍，道：「好，我去，可是一年之後，我必再來。」

傅紅雪道：「我知道！」

桌上還有酒！

燕南飛突然轉身，抓起酒罐子，道：「你還是不喝？」

傅紅雪道：「不喝！」

燕南飛也盯著他，道：「不喝酒的人，真的能永遠清醒？」

傅紅雪道：「未必。」

燕南飛仰面大笑，把半罐子酒一口氣灌進肚子裡，然後就大步走了出去。他走得很快。

因爲他知道前面的路不但艱難，而且遙遠，遠得可怕。

二

死鎮，荒街，天地寂寂，明月寂寂。

今夕月正圓。

人的心若已缺，月圓又如何？

燕南飛大步走在圓月下，他的步子邁得很大，走得很快。

但傅紅雪卻總是遠遠的跟在他後面，無論他走得多快，只要一回頭，就立刻可以看見孤獨的殘廢，用那種笨拙而奇特的姿態，慢慢的在後面跟著。

星更疏，月更淡，長夜已將過去，他還在後面跟著，還是保持著同樣的距離。

燕南飛終於忍不住回頭，大聲道：「你是我的影子？」

傅紅雪道：「不是。」

燕南飛道：「你爲什麼跟著我？」

傅紅雪道：「因爲我不願讓你死在別人手裡。」

燕南飛冷笑，道：「不必你費心，我一向能照顧自己。」

傅紅雪道：「你真的能？」

他不讓燕南飛回答，立刻又接著道：「只有真正無情的人，才能照顧自己，你卻太多情。」

燕南飛道：「你呢？」

傅紅雪冷冷道：「我縱然有情，也已忘了，忘了很久。」

他蒼白的臉上還是全無表情，又有誰能看得出這冷酷的面具後究竟隱藏著多少辛酸的往事？痛苦的回憶？

一個人如果真的心已死，情已滅，這世上還有誰再能傷害他？

燕南飛凝視著他，緩緩道：「你若真的認為你已能照顧自己，你也錯了。」

傅紅雪道：「哦？」

燕南飛道：「這世上至少還有一個人能傷害你。」

傅紅雪道：「誰？」

燕南飛道：「你自己。」

晨，日出。

陽光已照亮了黑暗寒冷的大地，也照亮了道旁石碑上的三個字：「鳳凰集」。

只有這石碑，只有這三個字，還是和一年前完全一樣的。

傅紅雪本不是個容易表露傷感的人，可是走過這石碑時，還是忍不住要回頭去多看一眼。

滄海桑田，人世間的變化本就很大，只不過這地方的變化也未免太快了些。

燕南飛居然看透了他的心意，忽然問：「你想不到？」

傅紅雪慢慢的點了點頭，道：「我想不到，你卻早已知道！」

燕南飛道：「哦？」

傅紅雪道：「你早已知道這地方已成死鎮，所以才會帶著你的酒樂歌伎一起來。」

燕南飛並不否認。

傅紅雪道：「你當然也知道這地方是怎麼會變成這樣子的？」

燕南飛道：「我當然知道！」

傅紅雪道：「是爲了什麼？」

燕南飛眼睛裡忽然露出種混合了痛苦和憤怒的表情，過了很久，才緩緩道：「是爲了我。」

傅紅雪道：「是爲了你？你怎麼會將一個繁榮的市鎮變爲墳墓？」

燕南飛閉上了嘴。

他閉著嘴的時候，嘴部的輪廓立刻變得很冷，幾乎已冷得接近殘酷。

所以只要他一閉上嘴，任何人都應該看得出他已拒絕再談論這問題。

所以傅紅雪也閉上了嘴。

可是他們的眼睛並沒有閉上，他們同時看見了一騎快馬，從旁邊的岔路上急馳而來，來得極快。

馬是好馬，馬上人的騎術精絕，幾乎就在他們看見這匹馬時，人馬就已到了面前。

燕南飛忽然一個箭步竄出去，凌空翻身，從馬首掠過，等他再落地時，已抄住了馬韁，勒住。

他整個人都已像釘子般釘在地上，就憑一隻手，就勒住了奔馬。

馬驚嘶，人立而起。

馬上騎士怒叱揮鞭，一鞭子往燕南飛頭上抽了下去。

鞭子立刻也被抄住，騎士一個觔斗跌在地上，一張汗水淋漓的臉，已因憤怒恐懼而扭曲，吃驚的看著燕南飛。

燕南飛在微笑：「你趕路很急，是爲了什麼？」

騎士忍住氣，看見燕南飛這種驚人的身手，他不能不忍，也不敢不答：「我要趕去奔喪。」

燕南飛道：「是不是你的親人死了？」

騎士道：「是我的二叔。」

燕南飛道：「你趕去後，能不能救活他？」

不能！當然不能。

燕南飛道：「既然不能，你又何必趕得這麼急？」

騎士忍不住問道：「你究竟要什麼？」

燕南飛道：「我要買你這匹馬。」

騎士道：「我不賣！」

燕南飛隨手拿出包金葉子，拋在這人面前：「你賣不賣？」

騎士更吃驚，呆呆的看著這包金葉子，終於長長吐出口氣，喃喃道：「人死不能復生，我又何必急著要趕去？」

燕南飛笑了，輕撫著馬鬃，看著傅紅雪，微笑道：「我知道我甩不脫你，可是現在我已有六條腿。」

傅紅雪無語。

燕南飛大笑揮手：「再見，一年後再見！」

千中選一的好馬，製作精巧的馬鞍，他正想飛身上馬，忽然間，刀光一閃。

傅紅雪已拔刀。

刀光一閃，又入鞘。

馬沒有受驚，人也沒有受到傷害，這一閃刀光，看來就像是天末的流星，帶給人的只是美和希望，而不是驚嚇和恐懼。

燕南飛卻很吃驚，看著他手裡漆黑的刀：「我知道你一向很少拔刀。」

傅紅雪道：「嗯。」

燕南飛道：「你的刀不是給人看的。」

傅紅雪道：「嗯。」

燕南飛道：「這一次你爲什麼要無故拔刀？」

傅紅雪道：「因爲你的腿。」

燕南飛不懂：「我的腿？」

傅紅雪道：「你沒有六條腿，只要一上這匹馬，你就沒有腿了，連一條腿都沒有。」

燕南飛瞳孔收縮，霍然回頭，就看見了血！

赤紅色的血正開始流出來，既不是從人身上流出來，也不是從馬身上流出來。

血是從馬鞍裡流出來的。

一直坐在地上的騎士，突然躍起，箭一般竄了出去。

傅紅雪沒有阻攔，燕南飛也沒有，甚至連看都沒回頭去看。

他的眼睛盯在馬鞍上，慢慢的伸出兩根手指，提起了馬鞍——只提起一片。

這製作精巧的馬鞍，竟已被剛才那一閃刀光削成了兩半。

馬鞍怎麼會流血？

當然不會。

血是冷的，是從蛇身上流出來，蛇就在馬鞍裡。

四條毒蛇，也已被剛才那一閃刀光削斷。

假如有個人坐到馬鞍上，假如馬鞍旁有好幾個可以讓蛇鑽出來的洞，假如有人已經把這些洞的活塞拔開，假如這四條毒蛇鑽出來咬上了這個人的腿。

那麼這個人是不是還有腿？

想到這些事，連燕南飛手心都不禁沁出了冷汗。

他的冷汗還沒有流出來，已經聽到了一聲慘呼，淒厲的呼聲，就像是胸膛上被刺了一劍。

剛才逃走的騎士，本已用「燕子三抄水」的輕功，掠出七丈外。

可是他第四次躍起時，突然慘呼出聲，自空中跌下。

剛才那刀光一閃，非但削斷了馬鞍，斬斷了毒蛇，也傷及了他的心、他的脾、他的肝。

他倒下，倒在地上，像蛇一般扭曲痙攣。

沒有人回頭去看。

燕南飛輕輕的放下手裡的半片馬鞍，抬起頭，凝視著傅紅雪。

傅紅雪的手在刀柄，刀在鞘。

燕南飛又沉默良久，長長嘆息，道：「只恨我生得太晚，我沒有見過！」

傅紅雪道：「你沒見到葉開的刀？」

燕南飛道：「只恨我無緣，我……」

傅紅雪打斷了他的話，道：「你無緣，卻有幸，以前也有人見到他的刀出手……」

燕南飛搶著道：「現在那些人都已死了？」

傅紅雪道：「就算他們的人未死，心卻已死。」

燕南飛道：「心已死？」

傅紅雪道：「無論誰，只要見過他的刀出手，終身不敢用刀。」

燕南飛道：「可是他用的是飛刀！」

傅紅雪道：「飛刀也是刀。」

燕南飛承認，只有承認。

刀有很多種，無論哪種刀都是刀，無論哪種刀都能殺人！

傅紅雪又問：「你用過刀？」

燕南飛道：「沒有。」

傅紅雪道：「你見過多少真正會用刀的人？」

燕南飛道：「沒有幾個。」

傅紅雪道：「那麼你根本不配談論刀。」

燕南飛笑了笑，道：「也許我不配談論刀，也許你的刀法並不是天下無雙的刀法，我都不能確定，我只能確定一件事。」

傅紅雪道：「什麼事？」

燕南飛道：「現在我又有了六條腿，你卻只有兩條。」

他大笑，再次飛身上馬。

鞍已斷，蛇已死，馬卻還是像生龍活虎般活著。

馬行如龍，絕塵而去。

傅紅雪垂下頭，看著自己的腿，眼睛裡帶著種無法形容的譏誚沉吟：「你錯了，我並沒有兩條腿，我只有一條。」

三

每個市鎮都有酒樓，每間可以長期存在的酒樓，一定都有它的特色。

萬壽樓的特色就是「貴」，無論什麼酒菜都至少比別家貴一倍。

人類有很多弱點，花錢擺派頭無疑也是人類的弱點之一。

所以特別貴的地方，生意總是特別的好。

燕南飛從萬壽樓走出來，看到繫在門外的馬，就忍不住笑了。

兩條腿畢竟比不上六條腿的。

每個人都希望能擺脫自己的影子，這豈非也正是人類的弱點之一？

可是他從拴馬石上解開了韁繩，就笑不出了。

因爲他一抬頭，就又看見了傅紅雪。

傅紅雪正站在對街，冷冷的看著他，蒼白的臉，冷漠的眼，漆黑的刀。

燕南飛笑了。

他打馬，馬走，他卻還是站在那裡，微笑著，看著傅紅雪。

一匹價值千金的馬，只在他一拍手間，就化作了塵土。

千金、萬金、萬萬金，在他眼中看來又如何？也只不過是一片塵土。

塵土消散，他才穿過街，走向傅紅雪，微笑著道：「你終於還是追來了。」

傅紅雪道：「嗯。」

燕南飛道：「無論你想盯住什麼人，那個人是不是都一定跑不了？」

傅紅雪道：「嗯。」

燕南飛嘆了口氣，道：「幸好我不是女人，否則豈非也要被你盯得死死的，想不嫁給你都不行。」

傅紅雪蒼白的臉上，突然露出種奇異的紅暈，紅得可怕。甚至連他的瞳孔都已因痛苦而收縮。

他心裡究竟有什麼痛苦的回憶？這普普通通的一句玩笑話，爲什麼會令他如此痛苦？

燕南飛也閉上了嘴。

他從不願傷害別人，每當他無意間刺傷了別人時，他心裡也會同樣覺得很難受。

兩個人就這樣面對面的站著，站在一家糕餅店的屋簷下。

店裡本有個乾枯瘦小的老婆婆，帶著一男一女兩個孩子在買糕餅，還沒有走出門，孩子們已吵著要吃糕了，老婆婆嘴裡雖然說：「在路上不許吃東西」，還是拿出了兩塊糕，分給了孩子。

誰知道孩子們分了糕之後，反而吵得更兇。

男孩子跳著道：「小萍的那塊爲什麼比我的大？我要她那塊。」

女孩子當然不肯，男孩子就去搶，女孩子就逃，老婆婆攔也攔不住，只有搖著頭嘆氣。

女孩子跑得當然沒有男孩子快，眼看著要被追上，就往燕南飛身子後面躲，拉住燕南飛的衣角，道：「好叔叔，你救救我，他是個小強盜。」

男孩子搶著道：「這位叔叔才不會幫你，我們都是男人，男人都是幫男人的。」

燕南飛笑了。

這兩個孩子雖然調皮，卻實在很聰明，很可愛，燕南飛也有過自己的童年，只可惜那些黃金般無憂無慮的日子，如今已一去不返，那個令他永遠忘不了的童年遊伴，如今也不知是不是已嫁了。

從這兩個孩子身上，他彷彿又看見了自己那些一去不返的童年往事。

他心裡忽然充滿了溫柔與傷感，忍不住拉住了這兩個孩子的手，柔聲道：「你們都不吵，叔叔再替你們買糕吃，一個人十塊。」

孩子們臉上立刻露出了天使般的笑容，搶著往他懷裡撲過來。

燕南飛伸出了雙手，正準備把他們一手一個抱起來。

就在這時，刀光一閃。

從來不肯輕易拔刀的傅紅雪，突又拔刀！

刀光閃過，孩子們手裡的糕已被削落，跌在地上，跌成兩半。

孩子們立刻全都被嚇哭了，大哭著跑回他們外婆的身邊去。

燕南飛也怔住，吃驚的看著傅紅雪。

傅紅雪的刀已入鞘，臉上連一點表情都沒有。

燕南飛忽然冷笑，道：「我現在才明白，你這把刀除了殺人之外還有什麼用！」

傅紅雪道：「哦？」

燕南飛道：「你還會用來嚇孩子。」

傅紅雪冷冷道：「我只嚇一種孩子。」

燕南飛道：「哪種？」

傅紅雪道：「殺人的孩子！」

燕南飛又怔住，慢慢的轉回頭，老婆婆正帶著孩子往後退。

孩子們也不再哭了，瞪大了眼睛，恨恨的看著燕南飛。

他們的眼睛裡竟彷彿充滿了怨毒和仇恨。

燕南飛垂下頭，心也開始往下沉，被削落在地上的糖糕裡，竟有光芒閃動。

他拾起一半，就發現了藏在糕裡的機簧釘筒－五毒飛釘。

他的人忽然飛鳥般掠起，落在那老婆婆面前－道：「你就是鬼外婆？」

老婆婆笑了，乾枯瘦小的臉，忽然變得說不出的猙獰惡毒：「想不到你居然也知道我。」

燕南飛盯著她，過了很久，才緩緩道．「你當然也知道我有種習慣。」

鬼外婆道：「什麼習慣？」

燕南飛道：「我從不殺女人。」

鬼外婆笑道：「這是種好習慣。」

燕南飛道：「你雖然老了，畢竟也是個女人．」

鬼外婆嘆了口氣，道：「只可惜你沒有見過我年輕的時候，否則……」

燕南飛冷冷道：「否則我還是要殺你！」

鬼外婆道：「我記得你好像剛才還說過，從不殺女人的。」

燕南飛道：「你是例外。」

鬼外婆道：「爲什麼我要例外？」

燕南飛道；「孩子們是純潔無辜的，你不該利用他們，害了他們一生。」

鬼外婆又笑了，笑得更可怕：「好外婆喜歡孩了，孩子們也喜歡替好外婆做事，跟你有什麼關係？」

燕南飛閉上了嘴。

他已不願繼續再談論這件事，他已握住了他的劍！

鮮紅的劍，紅如熱血！

鬼外婆獰笑道：「別人怕你的薔薇劍，我……」

她沒有說下去，卻將手裡的一包糖糕砸了下去，重重的砸在地上。

只聽「轟」的一聲大震，塵土飛揚，煙硝四激，還夾雜著火星點點。

燕南飛凌空翻身，退出兩丈。

煙硝塵土散時，鬼外婆和孩子都已不見了，地上卻多了個大洞。

人群圍過來，又散了。

燕南飛還是呆呆的站在那裡，過了很久，才轉身面對傅紅雪。

傅紅雪冷如雪。

燕南飛終於忍不住長長嘆息，道：「這次你又沒有看錯。」

傅紅雪道：「我很少錯。」

燕南飛嘆道：「但孩子們還是無辜的，他們一定也從小就被鬼外婆拐出來……」

黑暗的夜，襁褓中的孩子，乾枯瘦小的老婆婆夜半敲門……

傷心的父母，可憐的孩子……

燕南飛黯然道：「她一定用盡了各種法子，從小就讓那些孩子學會仇恨和罪惡。」

傅紅雪道：「所以你本不該放她走的。」

燕南飛道：「我想不到她那包糖糕裡竟藏著江南霹靂堂的火器。」

傅紅雪道：「你應該想得到，糕裡既然可能有五毒釘，就可能有霹靂子！」

燕南飛道：「你早已想到？」

傅紅雪不否認。

燕南飛道：「你既然也認爲不該放她走的，爲什麼不出手？」

傅紅雪冷冷道：「因爲她要殺的不是我，也因爲想不到你會這麼蠢。」

燕南飛盯著他，忽然笑了，苦笑：「也許不是我太蠢，而是你太精！」

傅紅雪道：「哦？」

燕南飛道：「直到現在我還不明白，那煙中的毒霧，鞍裡的毒蛇，你是怎麼看出來的？」

傅紅雪沉默著，過了很久，才緩緩道：「殺人的法子有很多種，暗殺也是其中一種，而且是最爲可怕的一種。」

燕南飛道：「我知道！」

傅紅雪說道：「你知不知道暗殺的法子又有多少種？」

燕南飛道：「不知道！」

傅紅雪道：「你知不知道這三百年來，有多少不該死的人被暗殺而死？」

燕南飛道：「不知道！」

傅紅雪道：「至少有五百三十八個人。」

燕南飛道：「你算過？」

傅紅雪道：「我算過，整整費了我七年時光才算清楚。」

燕南飛忍不住問：「你爲什麼要費這麼大功夫，去算這些事？」

傅紅雪道：「因爲我若沒有去算過，現在至少已死了十次，你也已死了三次。」

燕南飛輕輕吐出口氣，想開口，又忍住。

傅紅雪冷冷接道：「我說的這五百三十八人，本都是武林中的一流高手，殺他們的人，本不是他們的對手。」

燕南飛道：「只不過這些人殺人的法子都很惡毒巧妙，所以才能得手。」

傅紅雪點點頭，道：「被暗殺而死的雖有五百三十八人，殺他們的刺客卻只有四百八十三個。」

燕南飛道：「因爲他們其中有些是死在同一人之手的。」

傅紅雪又點點頭，道：「這些刺客殺人的法子，也有些是相同的。」

燕南飛道：「我想得到。」

傅紅雪說道：「他們一共只用了兩百二十七種法子。」

燕南飛道：「這兩百二十七種暗殺的法子，當然都是最惡毒、最巧妙的。」

傅紅雪道：「當然。」

燕南飛道：「你知道其中多少種？」

傅紅雪道：「兩百二十七種。」

燕南飛嘆了口氣，道：「這些法子我本來連一種都不懂！」

傅紅雪道：「現在你至少知道三種。」

燕南飛道：「不止三種！」

傅紅雪道：「不止？」

燕南飛笑了笑，道：「你知不知道這半年來我已被人暗殺過多少次？」

傅紅雪搖搖頭。

燕南飛道：「不算你見過的，也有三十九次。」

傅紅雪道：「他們用的法子都不同？」

燕南飛道：「非但完全不同，而且都是我想不到的，可是我直到現在還活著。」

這次閉上嘴的人是傅紅雪。

燕南飛已大笑轉身，走入了對街的橫巷，巷中有高樓，樓上有花香。

是什麼花的香氣？

是不是薔薇？

四

高樓，樓上有窗，窗前有月，月下有花。

花是薔薇，月是明月。

沒有燈，月光從窗外照進來，照在燕南飛身畔的薔薇上。

他身畔不但有薔薇，還有個被薔薇刺傷的人。

「今夕何夕？

月如水，人相倚。

有多少訴不盡的相思？

有多少說不完的柔情蜜意？」

夜已深了，人也該醉了。

燕南飛卻沒有醉，他的一雙眼睛依舊清澈如明月，臉上的表情卻彷彿也被薔薇刺傷了。

薔薇有刺，明月呢？

明月有心，所以明月照人。

她的名字就叫做明月心。

夜更深，月更清，人更美，他臉上的表情卻彷彿更痛苦。

她凝視著他，已良久良久，終於忍不住輕輕問：「你在想什麼？」

燕南飛也沉默良久，才低低回答：「我在想人，兩個人。」

明月心聲音更溫柔：「你想的這兩個人裡面，有沒有一個是我？」

燕南飛道：「沒有。」

他的聲音冰冷接道：「兩個人都不是你。」

美人又被刺傷了，卻沒有退縮，又問道：「不是我，是誰？」

燕南飛道：「一個是傅紅雪。」

明月心道：「傅紅雪？就是在鳳凰集上等著你的那個人？」

燕南飛道：「嗯。」

明月心道：「他是你的仇人？」

燕南飛道：「不是。」

明月心道：「是你的朋友？」

燕南飛道：「也不是。」

他忽然笑了笑，又道：「你永遠想不到他爲什麼要在鳳凰集等著我的。」

燕南飛道：「他在等著殺我。」

明月心輕輕吐出口氣，道：「可是他並沒有殺了你。」

燕南飛笑容中帶著種說不出的譏誚，道：「非但沒有殺我，而且還救了我三次。」

明月心又輕輕嘆了口氣，道：「你們這種男人做的事，我們女人好像永遠也不會懂的。」

燕南飛道：「你們本來就不懂。」

明月心轉過頭，凝視著窗外的明月：「你想的還有一個人是誰？」

燕南飛目中的譏誚又變成了痛苦，緩緩道：「是個我想殺的人，只可惜我自己也知道，我永遠也殺不了他的。」看著他的痛苦，她的眼睛黯淡了，窗外的明月也黯淡了。

一片烏雲悄悄的掩過來，掩住了月色。

她悄悄的站起，輕輕道：「你該睡了，我也該走了。」

燕南飛頭也不抬：「你走？」

明月心道：「我知道你現在的心情，我本該留下來陪你的，可是……」

燕南飛打斷了她的話，冷冷道：「可是你非走不可，因爲雖然在風塵中，你這裡卻從不留客，能讓我睡在這裡，已經很給我面子。」

明月心看著他，眼睛裡也露出痛苦之色，忽然轉過身，幽幽的說：「也許我本不該留你，也許你本不該來的。」

人去樓空，空樓寂寂，窗外卻響起了琴弦般的雨聲，漸近，漸響，漸密。

好大的雨，來得好快，連窗台外的薔薇，都被雨點打碎了。

可是對面的牆角下，卻還有個打不碎的人，無論什麼都打不碎，非但打不碎他的人，也打不碎他的決心。

燕南飛推開窗，就看見了這個人。

「他還在！」雨更大，這個人卻還是動也不動的站在那裡，就算這千千萬萬滴雨點，化作了千千萬萬把尖刀，這個人也絕不會退縮半步的。

燕南飛苦笑，只有苦笑：「傅紅雪，傅紅雪，你爲什麼會是這麼樣的人？」

一陣風吹過來，雨點打在他臉上，冷冷的，一直冷到他心裡。

他心裡卻忽然湧起了一股熱血，忽然竄了出去，從冰冷的雨點中，掠過高牆，落在傅紅雪面前。

傅紅雪的人卻已到了遠方，既沒有感覺到這傾盆暴雨，也沒有看見他。

燕南飛只不過在雨中站了片刻，全身就已濕透，可是傅紅雪不開口，他也絕不開口。

傅紅雪的目光終於轉向他，冷冷道：「外面在下雨，下得很大。」

燕南飛道：「我知道！」

傅紅雪道：「你本不該出來的！」

燕南飛笑了笑，道：「你可以在外面淋雨，我爲什麼不可以？」

傅紅雪道：「你可以。」

說完了這三個字，他就又移開目光，顯然已準備結束這次談話。

燕南飛卻不肯結束，又道：「我當然可以淋雨，任何人都有淋雨的自由。」

傅紅雪的人又似已到了遠方。

燕南飛大聲道：「但我卻不是特地出來淋雨的！」

他說話的聲音實在太大，比千萬滴雨點打在屋瓦上的聲音還大。

傅紅雪畢竟不是聾子，終於淡淡的問了句：「你出來幹什麼？」

燕南飛道：「我想告訴你一件事，一個秘密。」

傅紅雪眼睛裡立刻發出了光，道：「現在你已準備告訴我？」

燕南飛點點頭。

傅紅雪道：「你本來豈非寧死也不肯說的？」

燕南飛承認：「我本來的確已下了決心，絕不告訴任何人。」

傅紅雪道：「現在你爲什麼要告訴我？」

燕南飛看著他，看著他臉上的雨珠，看著他蒼白的臉，道：「現在我告訴你，只因爲我忽然發現了一件事。」

傅紅雪道：「什麼事？」

燕南飛又笑了笑，淡淡道：「你不是人，根本就不是。」

五　黑手的拇指

一

不是人是什麼？

是野獸？是鬼魅？是木石？還是仙佛？

也許都不是。

只不過他做的事偏偏又超越了凡人能力的極限，也超越了凡人忍耐的極限。

燕南飛有很好的解釋：「就算你是人，最多也只能算是個不是人的人。」

傅紅雪笑了，居然笑了。

縱然他並沒有真的笑出來，可是眼睛裡的確已有了笑意。

這已經是很難得的事，就像是暴雨烏雲中忽然出現的一抹陽光。

燕南飛看著他，卻忽然嘆了口氣，道：「令我想不到的是，你這個不是人的人居然也會笑。」

傅紅雪道：「不但會笑，還會聽。」

燕南飛道：「那麼你就跟我來。」

是我的！」

傅紅雪道：「到哪裡去？」

燕南飛道：「到沒有雨的地方去，到有酒的地方去。」

小樓上有酒，也有燈光，在這春寒料峭的雨夜中看來，甚至比傅紅雪的笑更溫暖。

可是傅紅雪只抬頭看了一眼，眼睛裡的笑意就冷得凝結，冷冷道：「那是你去的地方，不是我的！」

燕南飛道：「你不去？」

傅紅雪道：「絕不去。」

燕南飛道：「我能去的地方，你爲什麼不能去？」

傅紅雪道：「因爲我不是你，你也不是我。」

——就因爲你不是我，所以你絕不會知道我的悲傷和痛苦。

這句話他並沒有說出來，也不必說出來。

燕南飛已看出他的痛苦，甚至連他的臉都已因痛苦而扭曲。

這裡只不過是個妓院而已，本是人們尋歡作樂的地方，爲什麼會引起他如此強烈的痛苦？

莫非他在這種地方也曾有過一段痛苦的往事？

燕南飛忽然問道：「你有沒有看見那個陪我到鳳凰集，爲我撫琴的人？」

傅紅雪搖頭。

燕南飛道：「我知道你沒有看見，因爲你從不喝酒，也從不看女人。」

他盯著傅紅雪，慢慢的接著道：「是不是因爲這兩樣事都傷過你的心？」

傅紅雪沒有動，沒有開口，可是臉上每一根肌肉都已抽緊。

燕南飛說的這句話，就像是一根尖針，刺入了他的心。

——在歡樂的地方，爲什麼不能有痛苦的往事？

——若沒有歡樂，哪裡來的痛苦？

——痛苦與歡樂的距離，豈非本就在一線之間？

燕南飛閉上了嘴。

他已不想再問，不忍再問。

就在這時，高牆後突然飛出兩個人，一個人「噗」的跌在地上就不再動了，另一個人卻以「燕子三抄水」的絕頂輕功，掠上了對面的高樓。

燕南飛出來時，窗子是開著的，燈是亮著的！

燈光中只看見一條纖弱輕巧的人影閃了閃，就穿窗而入。

倒在地上的，卻是個臉色蠟黃，乾枯瘦小，還留著山羊鬍子的黑衣老人。

他一跌下來，呼吸就停頓。

燕南飛一發覺他的呼吸停頓，就立刻飛身躍起，以最快的速度，掠上高樓，穿窗而入！

等他穿過窗戶，才發現傅紅雪已站在屋子裡。

屋子裡沒有人，只有一個濕淋淋的腳印。

腳印也很纖巧，剛才那條飛燕般的人影，顯然是個女人。

燕南飛皺起了眉，喃喃道：「會不會是她？」

傅紅雪道：「她是誰？」

燕南飛道：「明月心。」

傅紅雪冷冷道：「天上無月，明月無心，哪裡來的明月心？」

燕南飛嘆了口氣，苦笑道：「你錯了，我本來也錯了，直到現在，我才知道明月是有心的。」

無心的是薔薇。

薔薇在天涯。

傅紅雪道：「明月心就是這裡的主人？」

燕南飛點點頭，還沒有開口，外面已響起了敲門聲。

門是虛掩著的，一個春衫薄薄，面頰紅紅，眼睛大大的小姑娘，左手捧著個食盒，右手拿著一罐還未開封的酒走進來，就用那雙靈活的大眼睛盯著傅紅雪看了半天，忽然道：「你就是我們家姑娘說的那位貴客？」

傅紅雪不懂，連燕南飛都不懂。

小姑娘又道：「我們家姑娘說，有貴客光臨，特地叫我準備了酒菜，可是你看來卻一點也不像是貴客的樣子。」

她好像連看都懶得再看傅紅雪，嘴裡說著話，人已轉過身去收拾桌子，重擺杯筷。

剛才那個人果然就是明月心。

黑衣老人本是想在暗中刺殺燕南飛的，她殺了這老人，先不露面，爲的也許就是想把傅紅雪引到這小樓上來。

燕南飛笑了，道：「看來她請客的本事遠比我大得多了。」

傅紅雪板著臉，冷冷道：「只可惜我不是她想像中那種貴客。」

燕南飛道：「但是你畢竟已來了，既然來了，又何妨留下？」

傅紅雪道：「既然我已來了，你爲什麼還不說？」

燕南飛又笑了笑，走過去拍開了酒罈上完整的封泥，立刻有一陣酒香撲鼻。

「好酒！」他微笑著道：「連我到這裡來，都沒有喝過這麼好的酒！」

小姑娘在倒酒，從罐子裡倒入酒壺，再從酒壺裡倒入酒杯。

燕南飛道：「看來她不但認得你，你是怎麼樣一個人，她好像也很清楚。」

酒杯斟滿，他一飲而盡，才轉身面對傅紅雪，緩緩道：「我的心願未了，只因爲有個人還沒有死。」

傅紅雪道：「是什麼人？」

燕南飛道：「是個該死的人。」

傅紅雪道：「你想殺他？」

燕南飛道：「我日日夜夜都在想。」

傅紅雪沉默著，過了很久，才冷冷道：「該死的人，遲早總要死的，你爲什麼一定要自己動手？」

燕南飛恨恨道：「因爲除了我之外，絕沒有別人知道他該死。」

傅紅雪道：「這個人究竟是誰？」

燕南飛道：「公子羽！」

公子羽！

屋子裡忽然靜了下來，連那倒酒的小姑娘都忘了倒酒！

這三個字本身就彷彿有種令人懾服的力量。

雨點從屋簷上滴下，密如珠簾。

傅紅雪面對著窗戶，過了很久，忽然道：「我問你，近四十年來，真正能算做大俠的人有幾個？」

燕南飛道：「有三個。」

傅紅雪道：「只有三個？」

燕南飛道：「我並沒有算上你，你……」

傅紅雪打斷了他的話，冷冷道：「我知道我不是，我只會殺人，不會救人。」

燕南飛道：「我也知道你不是，因爲你根本不想去做。」

傅紅雪道：「你說的是沈浪、李尋歡和葉開？」

燕南飛點點頭，道：「只有他們三個人才配。」

這一點江湖中絕沒有人能否認，第一個十年是沈浪的時代，第二個十年小李飛刀縱橫天下，第三個十年屬於葉開。

傅紅雪道：「最近十年？」

燕南飛冷笑道：「今日之江湖，當然已是公子羽的天下。」

酒杯又滿了，他再次一飲而盡：「他不但是大皇貴冑，又是沈浪的唯一傳人，不但是文采風流的名公子，又是武功高絕的大俠客！」

傅紅雪道：「但是你卻要殺他？」

燕南飛慢慢的點了點頭，道：「我要殺他，既不是爲了爭名，也不是爲了復仇。」

傅紅雪道：「你爲的是什麼？」

燕南飛道：「我爲的是正義和公道，因爲我知道他的秘密，只有我……」

他第三次舉杯，突聽「波」的一響，酒杯竟在他手裡碎了。

他的臉色也變了，變成種詭秘的慘碧色。

傅紅雪看了他一眼，霍然長身而起，出手如風，將一雙銀筷塞進他嘴裡，又順手點了他心臟四周的八處穴道！

燕南飛牙關已咬緊，卻咬不斷這雙銀筷，所以牙齒間還留著一條縫。

所以傅紅雪才能將一瓶藥倒入他嘴裡，手指在他顎上一挾一托。

銀筷拔出，藥已入腹。

小姑娘已被嚇呆了，正想悄悄溜走，忽然發現一雙比刀鋒還冷的眼睛在盯著她！

酒壺和酒杯都是純銀的，酒罐上的泥封絕對看不出被人動過的痕跡。

可是燕南飛已中了毒，只喝了三杯酒就中毒很深，酒裡的毒是從哪裡來的？

傅紅雪翻轉酒罐，酒傾出，燈光明亮，罐底彷彿有寒星一閃。

他拍碎酒罐，就找到了一根慘碧色的毒釘。

釘長三寸，酒罐卻只有一寸多厚，把尖釘從罐底打進去，釘尖上的毒，就溶在酒裡。

他立刻就找出了這問題的答案，可是問題並不止這一個。

——毒是從釘上來的，釘是從哪裡來的？

傅紅雪的目光冷如刀鋒，冷冷道：「這罐酒是你拿來的？」

小姑娘點點頭，蘋果般的臉已嚇成蒼白色。

傅紅雪再問：「你是從哪裡拿來的？」

小姑娘聲音發抖，道：「我們家的酒，都藏在樓下的地窖裡。」

傅紅雪道：「你怎麼會選中這罐酒？」

小姑娘道：「不是我選的，是我們家姑娘說，要用最好的酒款待食客，這罐就是最好的酒！」

傅紅雪道：「她的人在哪裡？」

小姑娘道：「她在換衣服，因爲……」

她沒有說完這句話，外面已有人替她接了下去：「因爲我剛才回來的時候，衣服也已濕透。」

她的聲音很好聽，笑得更好看，她的態度很幽雅，裝束很清淡。

也許她並不能算是個傾國傾城的絕色美人，可是她走進來的時候，就像是暮春的晚上，一片淡淡的月光照進窗戶，讓人心裡覺得有種說不出的美，說不出的恬靜幸福。

她的眼波也溫柔如春月，可是當她看見傅紅雪手裡拈著的那根毒釘時，就變得銳利了。

「你既然能找出這根釘，就應該能看得出它的來歷。」她的發音也變得尖銳了些：「這是蜀中唐家的獨門暗器，死在外面的那個老人，就是唐家唯一的敗類唐翔，他到這裡來過，這裡也並不是禁衛森嚴的地方，藏酒的地窖更沒有上鎖。」

傅紅雪好像根本沒有聽見她說的這些話，只是癡癡的看著她，蒼白的臉突然發紅，呼吸突然急促，臉上的雨水剛乾，冷汗已滾滾而落。

明月心抬起頭，才發現他臉上這種奇異的變化，大聲道：「難道你也中了毒？」

傅紅雪雙手緊握，還是忍不住在發抖，突然翻身，箭一般竄出窗戶。

小姑娘吃驚的看著他人影消失，皺眉道：「這個人的毛病倒真不少。」

明月心輕輕嘆了口氣，道：「他的毛病的確已很深。」

小姑娘道：「什麼病？」

明月心道：「心病。」

小姑娘眨眨眼，道：「他的病怎麼會在心裡？」

明月心沉默了很久，才嘆息著道：「因爲他也是個傷心人。」

二

只有風雨，沒有燈。

黑暗中的市鎮，就像是一片荒漠。

傅紅雪已倒下來，倒在一條陋巷的陰溝旁，身子蜷曲抽搐，不停的嘔吐。

也許他並沒有吐出什麼東西來，他吐出的只不過是心裡的酸苦和悲痛。

他的確有病。

對他說來，他的病不但是種無法解脫的痛苦，而且是種羞辱。

每當他的憤怒和悲傷到了極點時，他的病就會發作，他就會一個人躲起來，用最殘酷的方法去折磨他自己。

因爲他恨自己，恨自己爲什麼會有這種病？

冷雨打在他身上，就像是一條條鞭子在抽打著他。
他的心在流血，手也在流血。
他用力抓起把砂土，和著血塞進自己的嘴。
他生怕自己會像野獸般呻吟呼號。
他寧可流血，也不願讓人看見他的痛苦和羞辱。
可是這條無人的陋巷裡，卻偏偏有人來了。

一條纖弱的人影，慢慢的走了過來，走到他面前。他沒有看見她的人，只看見了她的腳。
一雙纖巧而秀氣的腳，穿著雙柔軟的緞鞋，和她衣服的顏色很相配。
她衣服的顏色總是清清淡淡的，淡如春月。
傅紅雪喉嚨裡突然發出野獸般的低吼，就像是條腹部中刀的猛虎。
他寧可讓天下人都看見他此刻的痛苦和羞辱，也不願讓這個人看見。
他掙扎著想跳起來，怎奈他全身的肌肉都在痙攣收縮。
她在嘆息，嘆息著彎下腰。
他聽見了她的嘆息，他感到一隻冰冷的手在輕撫他的臉。
然後他就突然失去了知覺，他所有的痛苦和羞辱也立刻得到解脫。

等他醒來時，又已回到小樓。

她正在床頭看著他，衣衫淡如春月，眸子卻亮如秋星。

看見了這雙眸子，他心靈深處立刻又起了一陣奇異的顫抖，就彷彿琴弦無端被撥動。

她的神色卻很冷，淡淡道：「你什麼話都不必說，我帶你回來，只不過因爲我要救燕南飛，他中的毒很深了。」

傅紅雪閉上眼，也不知是爲了要避開她的眼波，還是因爲不願讓她看見他眼中的傷痛。

明月心道：「我知道江湖中最多只有三個人能解唐家的毒，你就是其中之一。」

傅紅雪沒有反應，可是他的人忽然就已站了起來，面對著窗戶，背對著她。

他身上穿的還是原來的衣服，他的刀還在手邊，這兩件事顯然讓他覺得安心了些，所以他這次並沒有掠窗而出，只冷冷的問了句：「他還在？」

「還在，就在裡面的屋子裡！」

「我進去，你等著。」

她就站在那裡，看著他慢慢的走進去，看到他走路的姿勢，她眸子也不禁流露出一種難以解釋的痛苦和哀傷。

過了很久，才聽見他的聲音從門簾後傳出：「解藥在桌上。」聲音還是冰冷的：「他中的毒並不深，三天之後，就會清醒，七天之後，就可以復原了。」

「但是你現在還不能走！」她說得很快，好像知道他立刻就要走：「就算你很不願意看見我，現在還是不能走！」

風從窗外吹進來，門上的簾子輕輕波動，裡面一點回應都沒有。

他的人走了沒有？

「我很了解你，也知道你過去有段傷心事，讓你傷心的人，一定長得很像我。」明月心的聲音很堅定接道：「可是你一定要明白，她就是她，既不是我，也不是別的人。」

——所以你用不著逃避，任何人都用不著逃避。

後面一句話她並沒有說出來，她相信他一定能明白她的意思。

風還在吹，簾子還在波動，他還沒有走！

她聽見了他的嘆息，立刻道：「如果你真的想讓他再活一年，就應該做到兩件事。」

他終於開口：「什麼事？」

「這七天內你絕不能走！」她眨了眨眼，才接著說下去：「中午的時候，還得陪我上街去，我要帶你去看幾個人。」

「什麼人？」

「絕不肯再讓燕南飛多活三天的人！」

中午。

一輛馬車停在後園的小門外，車窗上的簾子低垂。

「爲什麼要坐車？」

「因爲我只想讓你看見他們，並不想讓他們看見你。」明月心忽然笑了笑道：「我知道你也不想看見我，所以我已準備在臉上戴個面具。」

她戴的是個彌陀佛面具，肥肥胖胖的臉，笑得好像是個胖娃娃，襯著她纖柔苗條腰肢，看來實在很滑稽。

傅紅雪還是連看都沒有看她一眼，蒼白的手裡，還是緊握著那柄漆黑的刀。

在他眼中看來，這世上彷彿已沒有任何事能值得他笑一笑。

明月心的一雙眸子卻在面具後盯著他，忽然問道：「你想不想知道我第一個要帶你去看的人是誰？」

傅紅雪沒有反應。

明月心道：「是杜雷，『一刀動風雷』的杜雷。」

傅紅雪沒有反應。

明月心嘆了口氣，道：「看來你脫離江湖實在已太久了，居然連這個人你都不知道！」

傅紅雪終於開口，冷冷道：「我爲什麼一定要知道他？」

明月心道：「因爲他也是榜上有名的人。」

傅紅雪道：「什麼榜？」

明月心道：「江湖名人榜！」

傅紅雪臉色更蒼白。

他知道已經在江湖中混出了名的人，是誰也不肯向誰低頭的！

昔年百曉生作「兵器譜」，品評天下高手，雖然很公正，還是引起了一連串兇殺，後來甚至有人說他是故意在江湖中興風作浪。

如今這「江湖名人榜」又是怎麼來的？是不是也別有居心？

明月心道：「據說這名人榜是出自公子羽的手筆，榜上一共只有十三個人的名字。」

傅紅雪忽然冷笑，道：「他自己的名字當然不在榜上。」

明月心道：「你猜對了。」

傅紅雪目光閃動，又問道：「葉開呢？」

明月心道：「葉開的名字也不在，這也許只因爲他已完全脫離了江湖，已經是人外的人，已經在天外的天上。」

傅紅雪沉默著，目光似已忽然到了遠方。

遠方天畔，涼風習習，一個人衣袂獨舞，彷彿正待乘風而去。

明月心道：「我知道葉開是你唯一的朋友，難道你也沒有他的消息？」

傅紅雪的目光忽又變得刀鋒冷酷，冷冷道：「我沒有朋友，一個都沒有。」

明月心在心裡嘆了口氣，轉回話題，道：「你爲什麼不問我，榜上有沒有你的名字？」

傅紅雪不問，只因爲他根本不必問。

明月心道：「也許你本來就不必問的，榜上當然有你的名字，也有燕南飛的！」

她沉吟著，又道：「這名人榜雖然注明了排名不分先後，可是一張紙上寫了十三個名字，總有先後之分。」

傅紅雪終於忍不住問：「排名第一的是誰？」

明月心道：「是燕南飛！」

傅紅雪握刀的手一陣抽緊，又慢慢放鬆。

明月心道：「他在江湖中行走，爲什麼永無安寧的一日，你現在總該明白了。」

傅紅雪沒有開口，馬車已停下，正停在一座高樓的對面。

會賓樓的樓高十丈。

「我知道杜雷每天中午都在這裡吃飯，每天都要吃到這時候才走！」明月心道：「他每天吃的都是四樣菜和兩碗飯，一壺酒，連菜單都沒有換過！」

傅紅雪蒼白的臉上還是全無表情，瞳孔卻已開始收縮。

他知道自己這次又遇見了一個極可怕的對手。

江湖中高手如雲，何止千百，榜上有名的卻只不過十三個。

這十三個人，當然都是極可怕的人物。

明月心將車窗上的窗簾撥開一點，向外眺望，忽然道：「他出來了。」

三

日正當中。

杜雷從會賓樓走出來的時候，他自己的影子正好他自己踩在腳下。

他腳上穿的價值十八兩銀子一雙的軟底靴，還是嶄新的！

每當他穿著嶄新的靴子踐踏自己的影子時，他心裡就會感到有種奇特的衝動，想脫掉靴子，把全身都脫得光光的，奔到街心去狂呼。

他當然不能這麼樣做，因爲他現在已是名人，非常有名。

現在他做的每件事都像夜半更鼓般準確。

無論到了什麼地方，無論要在那地方耽多久，他每天都一定在同樣的時候起居飲食，吃的也一定是同樣的菜飯。

有時他雖然吃得要發瘋，卻還是不肯改變！

因爲他希望別人都認爲他是個準確而有效率的人，他知道大家對這種人總懷有幾分敬畏之心，這就是他最大的愉快和享受。

經過十七年的苦練，五年的奮鬥，大小四十二次血戰後，他所希望得到的，就是這一點。

他一定要讓自己相信，他已不再是那個終年赤著腳沒鞋穿的野孩子。

鑲著寶玉的刀在太陽下閃閃發光，街上有很多人都在打量著他這柄刀，對面一輛黑漆馬車裡，好像也有兩雙眼睛在盯著他。

近年來他已習慣被人盯著打量了，每個名人都得習慣這一點。

可是今天他又忽然覺得很不自在，就好像一個赤裸的少女站在一大群男人中間。

這是不是因爲對面車輛裡的那兩雙眼睛，已穿透他鍍金的外殼，又看見了那個赤著腳的野孩子？

——一刀劈裂車廂，挖出那兩雙眼睛來。

他有這種衝動，卻沒有去做，因爲他到這裡來，並不是來找這種麻煩的。

近年來他已學會忍耐。

他連看都沒有向那邊看一眼，就沿著陽光照耀的長街，走向他住的客棧，每一步跨出去，都準確得像老裁縫替小姑娘量衣服一樣，一寸不多，一寸不少，恰巧是一尺二寸。

他希望別人都能明白，他的刀也同樣準確。

明月心輕輕放下了撥開的窗簾，輕輕吐出口氣，道：「你看這個人怎麼樣？」

傅紅雪冷冷道：「一年內他若還沒有死，一定會變成瘋子。」

明月心嘆了口氣，道：「只可惜他現在還沒有瘋……」

四

車馬又在「一品香」對面停了下來。

一品香是個很大的茶館，茶館裡通常都有各式各樣的人，愈大的茶館裡人愈多。

明月心又撥窗簾，讓傅紅雪看了很久，才問道：「你看見了什麼？」

傅紅雪道：「人。」

明月心道：「幾個人？」

傅紅雪道：「七個。」

現在正是茶館生意上市的時候，裡面的客人至少也有一兩百個，他爲什麼只看見了七個？

明月心居然一點也不覺得奇怪，眼睛裡反而露出讚美之色，又問道：「你看見是哪七個？」

傅紅雪看見的七個人是——兩個下棋的，一個剝花生的，一個和尚，一個痲子，一個賣唱的小姑娘，還有一個伏在桌上打瞌睡的大胖子。

這七個有的坐在角落裡，有的坐在人叢中，樣子並不特別。

爲什麼他別的人都看不見，偏偏只看見了這七個？

明月心非但不奇怪，反而顯得更佩服，輕輕嘆息著道：「我只知道你的刀快，想不到你的眼更快。」

傅紅雪道：「其實我只要看見一個人就已足夠。」

他正在看著一個人。

剛才還伏在桌上打瞌睡的胖子，現在已醒了，先伸了懶腰，再倒了碗茶漱口，「噗」的把一口茶噴在地上去，打濕了旁邊一個人的褲腳，他就趕緊彎下腰，陪著笑用衣袖替那人擦褲腳。

一個人若長得太胖，做的事總難免會顯得有點愚蠢可笑。

可是傅紅雪在看著他的時候，眼色卻跟剛才看著杜雷時完全一樣。

難道他認爲這胖子也是個很可怕的對手？

明月心道：「你認得這個人？」

傅紅雪搖搖頭。

明月心道：「但是你很注意他。」

傅紅雪點點頭。

明月心道：「你已發現他有什麼特別的地方？」

傅紅雪沉默著，過了很久，才一字字道：「這個人有殺氣！」

明月心道：「殺氣？」

傅紅雪握緊了手裡的刀，道：「只有殺人無數的高手，身上才會帶著殺氣！」

明月心道：「可是他看起來只不過是個臃腫愚蠢的胖子。」

傅紅雪冷冷道：「那只不過是他的掩護而已，就正如刀劍的外鞘一樣。」

明月心又嘆了口氣，道：「看來你的眼比你的刀還利。」

她顯然認得這個人，而且很清楚他的底細。

傅紅雪道：「他是誰？」

明月心道：「他就是拇指。」

傅紅雪道：「拇指？」

明月心道：「你知不知道江湖中近年來出現了一個很可怕的秘密組織。」

傅紅雪道：「這組織叫什麼名字？」

明月心道：「黑手！」

傅紅雪並沒有聽見過這名字，卻還是覺得有種說不出的壓力。

明月心道：「到目前爲止，江湖中了解這組織情況的人還不多，因爲他們做的事，都是在地下的，見不得天日。」

傅紅雪道：「他們做的是些什麼事？」

明月心道：「綁票、勒索、暗殺！」

一隻手有五根手指，這組織也有五個首腦。

這胖子就是拇指，黑手的拇指！

馬車又繼續前行，窗簾已垂下。

明月心忽然問道：「一隻手上，力量最大的是哪根手指？」

傅紅雪道：「拇指。」

明月心道：「最靈活的是哪根手指？」

傅紅雪道：「食指。」

明月心道：「黑手的組織中，負責暗殺的，就是拇指和食指。」

拇指最可怕的地方，就是他有一身別人練不成的十三太保橫練童子功。

因爲他本是宮中的太監，從小就是太監，皇宮大內中的幾位高手，都曾經教過他的武功。

食指的出身更奇特，據說他不但在少林寺當過知客僧，在丐幫負過六口麻袋，還曾經是江南鳳尾幫，十二連環塢的刑堂堂主。

他們手下各有一組人，每個人都有種很特別的本事，而且合作已久。

所以他們暗殺的行動，從來也沒有失敗過。

明月心道：「但是這組織中最可怕的人，卻不是他們兩個。」

傅紅雪道：「是誰？」

明月心道：「是無名指。」一隻手上，最笨拙的就是無名指。

傅紅雪道：「無名指爲什麼可怕？」

明月心道：「就因爲他無名。」

傅紅雪承認。

聲名顯赫的武林豪傑，固然必有所長，可是一些無名的人卻往往更可怕。

因爲你通常都要等到他的刀已刺入你心臟時，才知道他的可怕。

明月心道：「江湖中從來也沒有人知道誰是無名指，更沒有人見過他。」

傅紅雪道：「連你也不知道？」

明月心苦笑道：「說不定我也得等到他的刀已刺入我心口時才知道！」

傅紅雪沉默著，又過很久，才問道：「現在你還要帶我去看什麼人？」

明月心並沒有直接回答這句話，道：「這小城本來並不是個很熱鬧的地方，可是最近這幾天，卻突然來了很多陌生的江湖客。」

現在她對這些人已不再陌生，因爲她已調查過他們的來歷和底細。

傅紅雪並不驚奇。

他早已發現她絕不像她外表看來那麼樣單純柔弱，在她那雙纖纖玉手裡，顯然也掌握著一股巨大的力量，遠比任何人想像中都大得多。

明月心道：「我幾乎已將他們每個人的底細都調查得很清楚，只有一個人是例外。」

傅紅雪道：「誰？」

明月心還沒有開口，忽然間，拉車的健馬一聲長嘶，人立而起，車廂傾斜，幾乎翻倒。

她的人卻已在車廂外，只見一個青衣白襪的中年人，倒在馬蹄下。

已人立而起的健馬，前蹄若是踏下來，他就算不死，骨頭也要被踩斷。

趕車的已拉不住這匹馬，倒在地上的人身子縮成一團，更連動都不能動了。眼看著馬蹄已將踏下，明月心非但連一點出手相救的意思都沒有，甚至連看都沒有去看。她在看著傅紅雪。傅紅雪也已到了車廂外，蒼白的臉上全無表情，更沒有出手的意思。

人群一陣驚呼，馬蹄終於踏下，地上的青衣人明明就倒在馬蹄下，每個人都看得清清楚楚，但他卻偏偏沒有被馬蹄踩到。等到這匹馬安靜下來時，這個人也慢慢的從地上爬了起來，不停的喘著氣。

他的臉雖然已因驚懼而變色，看來卻還是很平凡，他本來就是個很平凡的人，連一點特殊的地方都沒有。

可是傅紅雪看著他的時候，眼神卻變得更冷酷。

他見過這個人。剛才被拇指一口茶打濕了褲腳的，就是這個人。

明月心忽然笑了笑，道：「看起來你今天的運氣真不好，剛才被人打濕了褲子，現在又跌得一身都是土。」

這人也笑了笑，淡淡道：「今天我運氣不好，比我運氣更壞的人還不知道有多少？今天我倒楣，明天還不知道有多少人比我更倒楣，人生本來就是這樣子的，姑娘又何必看得太認真？」

六 孔雀

一

馬並未傷人，車並未翻倒。

這個平平凡凡的外來客，也很快就在人叢中消失不見了，就像是一個泡沫消失在大海中，本來是絕對引不起別人注意的。

傅紅雪慢慢的抬起頭，明月心正在看著他微笑，笑得很奇怪，也很甜。

他卻像是突然被抽了一鞭子，突然轉過身，奔向車廂。

明月心不但看到了他的驚悸和痛苦，甚至也感到他內心深處那種無可奈何的悲傷。

本已如流水般逝去的往事，本已如輕煙般消散了的人，現在爲什麼又重回到他眼前？

她忍不住抬起手，輕撫著自己的臉。

那個泥菩薩的面具已在掠出車廂時被摘了下來，她又讓他看見了她的臉。

她忽然覺得有點恨自己，恨自己爲什麼長得如此像那個女人。

她更恨那個女人爲什麼要給人如此深邃的痛苦？

——人與人之間，爲什麼總是要彼此傷害？愛得愈深，傷害得也愈重。

她的指尖輕撫到自己眼瞼，才發現自己的眼睛已濕了。

這是爲了誰？

是爲了人類的愚昧？還是爲了這個孤獨的陌生人？

她悄悄的擦乾眼睛，走入車廂時，臉上又已戴上了那個總是笑口常開的面具，心裡只希望自己也能像這無憂無慮的胖菩薩一樣，能忘記世上所有的悲傷和痛苦，那怕只忘記片刻也好。

——只可惜人不是神。

——就算神佛，只怕也難免會有他們自己的痛苦，他們的笑臉，也許只不過是故意裝出來給世人們看的。

她又在心裡安慰著自己。

傅紅雪蒼白的臉還在抽搐著，她勉強抑制了自己心裡的刺痛，忽然道：「剛才那個人，你當然也看見過了吧？」

他當然看見過。

明月心道：「可是你並沒有注意到他，因爲他實在太平凡……」

平凡得就像是大海中的一個泡沫，雜糧中的一顆豆子，任何人都不會注意到他的。

可是等到海水灌入你的咽喉時，你就會突然發現，這個泡沫已變成了一根黑色的手指，從你的咽喉裡刺入了你的心臟。

明月心嘆息著，道：「所以我一直認爲這種人最可怕，若不是他剛才自己露出了行跡，也許你直到現在還不會注意他。」

傅紅雪承認。

——可是他剛才爲什麼要故意露出行跡來呢？

明月心道：「因爲他要查探我們的行跡。」

拇指一定早已發現了對面馬車裡有人在窺望，所以故意打濕了他的褲腳，就在陪著笑擦褲腳時，已將消息遞給了他。

他故意倒在馬蹄下，只因爲他知道只有這麼樣做，車廂裡的人才會出來。

明月心苦笑道：「現在我們還沒有看出他的來歷，他已看見了我們，不出一個時辰，他就會查出燕南飛在什麼地方。」

傅紅雪忽然問道：「黑手也和燕南飛有仇？」

明月心道：「沒有，他們從不會因爲自己的仇恨而殺人。」

傅紅雪道：「他們只爲什麼殺人？」

明月心道：「命令。」

只要命令一到，他們立刻就殺人，不管誰都殺！

傅紅雪道：「他們也聽人的命令？」

明月心道：「只聽一個人的。」

傅紅雪道：「誰？」

明月心道：「公子羽！」

傅紅雪的手握緊。

明月心道：「就憑黑手他們五個人，還沒有成立這種組織的力量。」

他們的組織裡，幾乎已將江湖中所有的刺客和兇手全都網羅，五行雙殺和鬼外婆當然也是屬於這組織的。

這種人本身行動的收入已很高，要收買他們並不容易。

明月心說道：「普天之下，只有一個人有這種力量。」

傅紅雪道：「公子羽？」

明月心道：「只有他！」

傅紅雪凝視著自己握刀的手，瞳孔已開始收縮。

明月心也沉默著，過了很久，才緩緩道：「以殺止殺，你剛才本該殺了那個人的。」

傅紅雪冷笑。

明月心道：「我知道你從不輕易拔刀，可是他已值得你拔刀。」

傅紅雪道：「你認爲他就是無名指？」

明月心慢慢的點了點頭，道：「我甚至懷疑他就是孔雀。」

傅紅雪道：「孔雀？」

明月心道：「孔雀是種鳥，很美麗的鳥，尤其是牠的翎……」

傅紅雪道：「但你說的孔雀卻不是鳥？」

明月心承認：「我說的不是鳥，是人，是個很可怕的人。」

她的瞳孔也在收縮，慢慢的接著道：「我甚至認爲他就是天下最可怕的人。」

傅紅雪：「爲什麼？」

明月心道：「因爲他有孔雀翎！」

孔雀翎！

她說到這三個字時，眼睛竟突然露出種敬畏恐懼之色。

傅紅雪的臉色居然也變了。

孔雀有翎，正如羚羊有角，不但珍貴，而且美麗。

但他們說的孔雀翎，卻不是孔雀的羽毛，而是種暗器！

一種神秘而美麗的暗器。

一種可怕的暗器。

沒有人能形容它的美麗，也沒有人能避開它，招架它！

在暗器發射的那一瞬間，那種神秘的輝煌和美麗，不但能令人完全暈眩，甚至能令人忘記死的可怕！

據說所有死在這種暗器下的人，臉上都帶著種神秘而奇特的微笑。

所以有很多人，都認為他們是心甘情願的死在這種暗器下的，就好像有些人明知薔薇有刺，卻還是要去採擷。

因為這種輝煌的美，已非人力所能抗拒！

「你當然也知道孔雀翎！」

「我知道。」

「但你卻絕不會知道，孔雀翎已不在『孔雀山莊』裡。」

傅紅雪一向是個很難動聲色的人，可是聽了這句話，卻顯得大吃一驚。

他不但知道孔雀翎，而且還到孔雀山莊去過。

當時他的心情，幾乎就像是朝聖者到了聖地一樣。

那時正是初秋，秋夜。

他從來也沒有看到過那麼瑰麗，那麼莊嚴的地方，在夜色中看來，孔雀山莊的美麗，幾乎接近神話中的殿堂。

「這裡一共有九重院落，其中大部份是在三百二十年前建造的，經歷了無數代，才總算使這地方看來略具規模。」

接待他的人是「孔雀山莊」莊主的幼弟秋水清。

秋水清是個說話很保守的人。

其實這地方又何止略具規模而已，看來這簡直已經是奇蹟。

「這的確是奇蹟，經過了多次戰亂劫火，這地方居然還太平無恙。」

後院的照壁前，懸著十二盞彩燈。

輝煌的燈光，照著壁上一幅巨大的圖畫——

數十個面目猙獰的大漢，拿著各種不同的武器，眼睛裡卻充滿了驚惶和恐懼。

因為一個白面書生手裡的黃金圓筒裡，已發出了彩虹般的光芒。

比彩虹更輝煌美麗的光芒。

「這已是多年前的往事，那時黑道上的三十六殺星，為了要毀滅這地方，結下血盟，合力來攻，他們三十六人聯手，據說已無敵於天下。」

「可是這三十六人沒有一個能活著回去。」

「自從那一役之後，江湖中就沒有人敢來輕犯孔雀山莊，孔雀翎這三個字，也從此傳遍天下！」

直到此刻，秋水清當時說的話，彷彿還在他耳邊響動著。

他做夢也想不到孔雀翎已不在「孔雀山莊」。

「這就是個秘密。」明月心道：「江湖中從來也沒有人知道這秘密。」

孔雀翎已被秋家的第十三代主人遺失在泰山之巔！

「這秘密直到現在才漸漸有人知道，因爲孔雀翎忽然又在江湖中出現了。」

只出現過兩次，只殺了兩個人！

被殺的當然都是名重一時的高手，殺人的卻不是孔雀山莊的子弟。

「只要孔雀翎存在一天，江湖中就沒有人敢來輕犯孔雀山莊，否則這地方就會被毀滅。」

「孔雀山莊三百年的聲名，八十里的基業，五百條人命，其實都建築在一個小小的孔雀翎上！」

可是現在孔雀翎竟已到了一個來歷不明的陌生人手裡！

傅紅雪忍不住問：「這個人就是孔雀？」

「是的！」

二

羚羊被捕殺，只因爲羚羊有角，墳墓被挖掘，只因爲墓中有殉葬的金銀。

樸拙的弱者，總比較容易免於災禍，醜陋的處女，總比較容易保持童貞。

所以也只有最平凡，最無名的人，才能保有孔雀翎這樣的武器！

「孔雀」明白這道理。

其實他本來並不是這種人，他本來也像大多數人一樣，渴望著財富和名聲。

自從他在那個燠熱的夏夜裡，看見他最鍾情的少女被一個富家子壓在草地上扭動喘息後，他就下了決心，要得到別人夢想不到的財富和名聲。

他得到的東西遠比他夢想中更珍貴——他得到的是孔雀翎！

所以他的決心又變了，因爲他是個聰明人，他不想像羚羊般被捕殺！

他要殺人！

每當他想起那個燠熱的夏夜，想起那女孩在流著汗扭動喘息時的樣子，他就要殺人。

今天他並沒有殺人！

他並非不想，而是不敢！

面對著那個臉色蒼白，眼神冷酷的人，他心裡忽然覺得有些畏懼。

自從他有了孔雀翎之後，這是他第一次對一個人生出畏懼之心。

他所畏懼的，並不是那柄漆黑的刀，而是這個拿著刀的人，這個人雖然只不過靜靜的站在那裡，卻遠比一柄出了鞘的刀還鋒利。

看見這個人的眼神，他的心就開始在跳，直等他回到自己的屋子，他的心還在跳。

他心跳也不僅是因爲緊張畏懼。

他興奮！

因爲他實在想試一試，試一試孔雀翎是不是能殺得了這個人。

可是他又偏偏沒有這種勇氣！

一間很簡單的屋子，只有一床一几，一桌一椅。

他一進門立刻就倒了下去，倒在床上，又冷又硬的床板，並沒有讓他冷靜下來，他忽然發現自己褲襠裡有樣東西已連根豎起。

他實在太興奮，因爲他又想殺人，又想起了那個燠熱的夏夜……

殺人的慾望竟會引起他性的衝動，這連他自己都覺得很不可思議。

最難受的是，這種衝動只要一被引起來，就無法抑止！

他沒有女人。

他從不信任女人，絕不讓任何女人接近他，他解決這種事唯一的法子，就是殺人。

只可惜現在他所想殺的人，又偏偏是他不敢去殺的。

這春天的下午，竟突然變得夏夜般燠熱，他慢慢的伸出流著汗的手——

現在他只有用手去解決，然後他就伏在床邊，不停的嘔吐！

流著淚嘔吐！

黃昏，將近黃昏，未到黃昏。

一個人悄悄的推開門，悄悄的走進來，身材雖然臃腫且笨拙，行動卻輕捷如狸貓。

孔雀還是動也不動的躺在床上，冷冷的看著這個人，他一直不喜歡這個愚蠢的胖子，現在心裡更生出種說不出的痛恨。

——這個人只不過是個太監，是個廢物，是個豬！

可是這條豬卻偏偏不會被性慾折磨，永遠都不會嘗試到那種被煎熬的痛苦。

看著這張胖胖的笑臉，他幾乎忍不住想要一拳打破他的鼻子！

可是他只有忍住。

因爲他是他的夥伴，是他的拇指。

拇指還在笑，悄悄在床邊的椅子上坐下來，帶著笑道：「我就知道你一定有法子引他們出來的，你做的事從來沒有失敗過。」

孔雀淡淡道：「你看見了他們？」

拇指點點頭，道：「女的是明月心，男的是傅紅雪。」

傅紅雪！

孔雀的手又握緊。

他聽過這名字，也知道這個人，更知道這個人手裡的刀！

天下無雙的快刀！

拇指道：「燕南飛還能活到現在，就因爲傅紅雪，所以……」

孔雀忽然跳起來，道：「所以要殺燕南飛，一定要先殺傅紅雪！」

他的臉已因興奮而發紅，連眼睛都已發紅。

拇指吃驚的看著他，從來也沒有人見過他如此興奮激動。

——冷靜的孔雀，平凡的孔雀，無名的孔雀，殺人的孔雀。

拇指試探著問道：「你很想殺傅紅雪？」

孔雀笑了，淡淡道：「我一向喜歡殺人，傅紅雪也是人。」

拇指道：「但他卻不是個普通人，要殺他並不是件容易事。」

孔雀道：「我知道，所以我並不想自己動手。」

拇指道：「你不動，還有誰敢動？」

孔雀又笑了笑，道：「我不動，只因爲我不是名人，也不想出名。」

拇指也笑了，瞇著眼笑了：「你想叫杜雷先去拚命，你好在後面撿便宜？」

孔雀悠然道：「無論他們是誰死在誰手裡，至少我都不會難受的。」

三

明月心很難受，難受得就像是條已躲在殼裡很久都沒有出來曬太陽的蝸牛。

她臉上戴的面具，還是去年朝會時買的，做得雖然很精巧，戴得太久了，臉上還是會發癢。

臉上一癢起來，全身上下都不會覺得太舒服。

但她卻並不想把這面具摘下來，現在她好像也很怕讓傅紅雪看見她的臉。

這是種很微妙的感情，非但連她自己都分不清，甚至連想都不願去想。

他們走進來的時候，斜陽正照在窗前的薔薇上，雨後的薔薇，顏色更艷麗。

燕南飛的臉色卻蒼白如紙。

「燕公子醒過沒有？」

「沒有。」一直守在燕南飛身畔的，還是那個眼睛大大的小姑娘。

「你餵他吃過藥？」

「也沒有。」小姑娘抿著嘴，忍住笑。「沒有姑娘的吩咐，我連碰都不敢碰他。」

「為什麼？」

「因為……」小姑娘終於忍不住笑出來：「因為我怕姑娘吃醋！」

明月心狠狠的瞪了她一眼，轉過去問傅紅雪：「現在是不是已到了應該吃藥的時候？」

傅紅雪面對著窗戶，慢慢的點了點頭。

斜陽滿窗。

新糊的窗紙邊，窗框也是新漆的，亮得就像是鏡子。

兩扇窗戶斜斜支起，下面的一邊木框，倒映著一片薔薇，上面的一邊木框，卻映著屋子裡的倒影——

有那小姑娘的影子，也有明月心的。

明月心正站在床頭，手裡拿著解藥的小瓶，倒出了一顆藥，用溫水化開。

她一舉一動都很小心，彷彿生怕匙裡的藥會濺出一點，減弱了藥力。

可是她並沒有把這匙藥給燕南飛吃下去！

傅紅雪還是背對著她們，她悄悄的瞟了他一眼，忽然將一匙藥全都倒在那小姑娘的袖子裡，然後才扶起燕南飛，把空匙遞上他的嘴。

這是什麼意思？

她找傅紅雪來，爲的本是要救燕南飛，可是一隻空匙卻救不了任何人的。

傅紅雪還是靜靜的站在那裡。

他雖然沒有回頭，面前的窗框卻亮如明鏡，她的一舉一動，他本都應該看得很清楚。

可是他連一點反應都沒有。

明月心又悄悄的瞟了他一眼，才慢慢的放下燕南飛，喃喃道：「吃過了這次藥，再好好的睡一覺，我想他明天早上就應該醒過來了。」

其實她心裡當然也知道他絕不會醒的。

她雖然在嘆息，那雙皎潔如明月的眼睛裡，卻已露出種詭譎的笑意。

就在這時，門外忽然有人在說：「傅大俠有信。」

信封和信紙都是市面上所能買到的，最昂貴的那一種！

信寫得很簡短，字寫得很整齊：

「明日下午，倪家廢園，六角亭外，帶你的刀來！一個人，一把刀！」

傅紅雪幾乎用不著再看下面的署名，就知道這封信一定是杜雷寫的。

他看得出杜雷是個雖然極有規律，卻又喜歡奢侈炫耀的人。

他沒有看錯。

明月心長長吐出一口氣，道：「我知道杜雷一定會找上你的，卻想不到他來得這麼快！」

傅紅雪用一隻沒有握刀的手，摺好這封信，才問道：「倪家廢園在哪裡？」

明月心道：「就在對面。」

傅紅雪道：「很好。」

明月心道：「很好？」

傅紅雪冷冷道：「我是個跛子，我不喜歡在決戰前走得太遠！」

明月心道：「你準備去？」

傅紅雪道：「當然。」

明月心道：「一個人去？」

傅紅雪道：「一個人，一把刀！」

明月心忽然冷笑，道：「很好，好極了！」

這是句很難讓人聽懂的話，她的冷笑也很奇特，傅紅雪也不懂，卻沒有問。

明月心道：「今天晚上，你可以好好睡一覺，明天吃過早飯，只要走幾步路，就到了倪家廢園，一定還有足夠的時間，先去看看那裡的地形。」

高手相爭，先佔地利，也是決定勝負的一個重要關鍵。

明月心道：「杜雷是個什麼樣的人，你也已觀察得很清楚，他卻完全不了解你。」

能知己知彼，當然比先佔地利更重要。

明月心道：「所以這一戰你實在已佔盡了先機，到時候只要你一拔你的刀，江湖名人榜上，就只剩下十二個人了，就算你並不十分喜歡殺人，這也應該算是件很愉快的事！」

她忽然又冷笑，大聲道：「可是燕南飛呢？你有沒有想到他？」

傅紅雪淡淡道：「要去決鬥的人，並不是他。」

明月心道：「要死的人卻一定是他！」

傅紅雪道：「一定？」

明月心道：「孔雀和拇指現在一定已知道他的下落，只要你走進倪家廢園，他們就會闖進這屋子。」

傅紅雪的手又握緊，一根根青筋在他蒼白的手背上劃出花脈般的條紋。

明月心冷冷的盯著他，冷冷的接著道：「也許你以前救過他的命，可是這一次若是沒有你，他也許反而會活得長久些。」

傅紅雪手背上的青筋更凸出，忽然問了句不該問的話：「你真心關心他？」

明月心道：「當然。」

她連想都沒有想，立刻就回答，回答得很坦然。

剛才把一匙救命的解藥倒入小姑娘衣袖的人，好像跟她全無關係。

傅紅雪並沒有去看她臉上的表情，就算要看，也看不見。

她臉上還戴著那笑口常開的面具。

在這面具下隱藏著的，究竟是個什麼樣的女人？

又過了很久，傅紅雪才緩緩的道：「難道我不該去？」

明月心道：「當然應該去。」

傅紅雪道：「可是……」

明月心打斷了他的話，道：「可是在你還沒有去之前，就應該先把他送到一個安全的地方。」

傅紅雪道：「什麼地方安全？」

明月心道：「孔雀山莊！」

——世上絕沒有任何人能閃避的暗器。

——比彩虹更輝煌美麗的光芒。

傅紅雪慢慢的吐出口氣，道：「你說過，孔雀翎已不在孔雀山莊。」

明月心道：「不錯。」

傅紅雪道：「那末，孔雀山莊現在還有什麼？」

明月心道：「還有秋水清。」

——一個高大沉默的人。

——一個顯赫的名字。

明月心道：「他雖然一向很保守，可是你送去的人，他是絕不會拒絕的！」

傅紅雪道：「哦？」

明月心道：「因爲他欠你的！」

傅紅雪道：「欠我什麼？」

明月心道：「欠你一條命。」

她不讓傅紅雪否認，接著又道：「你雖然一向很少救人，卻救過他，而且救過他兩次，一次在渭水之濱，一次在泰山之陰。」

傅紅雪不能否認，因爲她知道的實在太多。

明月心道：「現在他已是孔雀山莊的莊主，他已有足夠的力量還債。」

傅紅雪道：「但是他已沒有孔雀翎。」

——孔雀翎若不存在，孔雀山莊也立刻會跟著被毀滅！

明月心道：「大家一直都認爲，孔雀山莊的基業，完全是建築在孔雀翎上的，直到現在，大家才知道秋水清這個人遠比孔雀翎更可怕。」

傅紅雪道：「爲什麼？」

明月心道：「孔雀翎已落入外姓手裡，這消息在江湖中流傳得很快，孔雀山莊的仇家卻很多，這兩年來，至少已有六批人去襲擊過孔雀山莊。」

她慢慢的接著道：「這六批人，一共有七十九個，每個人都是一流高手。」

傅紅雪：「結果呢？」

明月心道：「這七十九位高手，一入了孔雀山莊，就好像石沉大海，連一點消息都沒有了。」

傅紅雪閉上了嘴。

明月心道：「最後一批人，是在去年重陽時去的，自從那一次之後，江湖中就沒有人敢再妄入孔雀山莊一步。」

傅紅雪還是閉著嘴。

明月心用眼角瞟著他，又道：「孔雀山莊距離這裡並不遠，我們輕車快馬趕去，明天正午之前，一定可以趕回來。」

傅紅雪既沒有答應，也沒有拒絕，過了很久，忽然道：「不怕他們在路上攔截？」

明月心道：「江湖中有誰能攔得住你？」

傅紅雪道：「至少有一個人。」

明月心道：「誰？」

傅紅雪道：「帶著孔雀翎的孔雀。」

明月心道：「他絕不敢出手的！」

傅紅雪道：「爲什麼？」

明月心道：「孔雀翎雖然是天下無雙的暗器，他這人卻不是天下無雙的高手，他怕你的刀比他的出手快！」

無論多可怕的暗器，若不能出手，也只不過是塊廢鐵而已。

傅紅雪又閉上了嘴。

明月心道：「你若真的不願讓他死在別人手裡，現在就應該帶我們去。」

傅紅雪終於下了決定，道：「我可以帶你們去，但卻有句話要問你。」

明月心道：「你問吧。」

傅紅雪冷冷道：「你若真的關心他，爲什麼要把他的解藥倒在別人衣袖裡？」

問完了這句話，他就頭也不回的走了出去，好像早已算準了這句話是明月心無法回答的。

明月心果然怔住。

她的確不能回答，也不願回答。

她只能眼睜睜的看著傅紅雪走出去，他走得雖然慢，卻沒有停下來。

只要一開始走，他就絕不會停下來。

四

斜陽漸漸淡了，淡如月亮。

淡淡的斜陽，正照在燕南飛臉上。

風自遠山吹過來，帶著木葉的清香，從明月心站著的地方看出去，就可以看到青翠的遠山。

但是她卻在看著燕南飛。

中毒已深，一直暈迷不醒的燕南飛，居然也睜開了眼睛，看著她。

她居然一點也不奇怪。

燕南飛忽然笑了笑，道：「我說過，我早就說過，要騙他並不容易。」

明月心道：「我也知道不容易，可是我一定要試一試。」

燕南飛道：「現在你已試過了？」

明月心道：「我試過了。」

燕南飛道：「你覺得怎麼樣？」

明月心輕輕嘆了口氣，苦笑道：「我只覺得要騙他實在很不容易。」

燕南飛道：「但我卻還要試一試！」

明月心的眼睛亮了，燕南飛的眼睛裡也在發著光。

他們爲什麼要欺騙傅紅雪？

他們的目的是什麼？

夕陽西下。

傅紅雪在夕陽下。

夕陽下只有他一個人，天地間也彷彿只剩下他一個人。

他本就是完全孤獨的。

七　決鬥之前

一

傅紅雪。

年齡：約三十六、七。

特徵：右足微跛，刀不離手。

武功：無師承門派，自成一格，用刀，出手極快，江湖公認爲天下第一快刀。

身世：家世不詳，出生後即被昔年魔教之白鳳公主收養，是以精通各種毒殺、暗算之法，至今猶獨身未婚，四海爲家，浪跡天涯。

性格：孤僻冷酷，獨來獨往。

杜雷將寫著這些資料的一張紙慢慢的推到「拇指」面前，臉上一點表情也沒有。

拇指道：「你看過了？」

杜雷道：「嗯。」

拇指嘆了口氣，道：「我也知道你絕不會滿意的，但是這已經是我們所能弄到手的全部資料，對傅紅雪這個人，誰也不會知道得更多！」

杜雷道：「很好。」

拇指眨了眨眼，試探著問道：「這些資料對你有沒有用？」

杜雷道：「沒有。」

拇指道：「一點用都沒有？」

杜雷慢慢的點了點頭，站起來，踱著方步，忽又坐下，冷冷道：「你的資料中遺漏了兩點，是最重要的兩點！」

拇指道：「哦？」

杜雷道：「他以前曾經被一個女人騙過，騙得很慘。」

拇指道：「這女人是誰？」

杜雷道：「是個叫翠濃的婊子。」

拇指又嘆了口氣，道：「我總覺得奇怪，爲什麼愈聰明的男人，愈容易上婊子的當？」

孔雀忽然插口，冷笑道：「因爲聰明的男人只喜歡聰明的女人，聰明的女人卻通常都是婊子。」

拇指笑了，搖著頭笑道：「我知道你恨女人，卻想不到你恨得這麼厲害。」

杜雷冷冷道：「看來他一定也上過女人的當。」

孔雀臉色變了變，居然也笑了，改口問道：「你說的第二點是什麼？」

杜雷道：「他有病。」

拇指道：「什麼病？」

杜雷道：「羊癲瘋。」

拇指的眼睛發亮，道：「他的病發作時，是不是也像別人一樣，會口吐白沫，倒在地上打滾？」

杜雷道：「羊癲瘋只有一種！」

拇指嘆道：「一個有羊癲瘋的跛子，居然能練成天下無雙的快刀。」

杜雷道：「他下過苦功，據說他每天至少要花四個時辰練刀，從四五歲的時候開始，每天就至少要拔刀一萬兩千次。」

拇指苦笑道：「想不到你對他這個人知道得比我們還多。」

杜雷淡淡道：「江湖名人榜上的每個人我都知道得很清楚，因為我已花了整整五個月的功夫，去搜集他們的資料，又花了五個月的功夫去研究。」

拇指道：「你用在傅紅雪身上的功夫一定比研究別人都多。」

杜雷承認。

拇指道：「你研究出什麼？」

杜雷道：「他一向刀不離手，只因為他一直用的都是這把刀，至少已用了二十年，現在這把刀幾乎已成了他身體的一部份，他使用這把刀，幾乎比別人使用自己的手指還要靈活如意。」

拇指道：「但我卻知道，他用的那把刀並不十分好。」

杜雷道：「能殺人的刀，就是好刀！」

——對傅紅雪來說，那把刀，已經不僅是一把刀了，他的人與刀之間，已經有了種別人無法了解的感情。

杜雷雖然沒有將這些話說出來，可是他的意思拇指已了解。

孔雀一直在沉思著，忽然道：「如果我們能拿到他的刀……」

杜雷道：「沒有人能拿到他的刀。」

孔雀笑了笑，道：「每件事都有例外的。」

杜雷道：「這件事沒有例外。」

孔雀也沒有再爭辯，卻又問道：「他的病通常都在什麼時候發作？」

杜雷道：「每當他的憤怒和悲哀到了不可忍受時，他的病就會發作。」

孔雀道：「如果你能在他病發時出手……」

杜雷沉下臉，冷笑道：「你以爲我是什麼人？」

孔雀又笑了笑，道：「我也知道你不肯做這種事的，但我們卻不妨叫別人去做，如果我們能找個人先去氣氣他，讓他……」

杜雷霍然長身而起，冷冷道：「我只希望你們明白一件事。」

孔雀在聽著，拇指也在聽著！

杜雷道：「這是我與他兩個人之間的決鬥，無論誰勝誰負，都和別人全無關係。」

拇指忽然問道：「和公子也全無關係？」

杜雷扶在刀柄上的手忽然握緊。

拇指道：「如果你還沒有忘了公子，就至少應該做到一件事。」

杜雷忍不住問道：「什麼事？」

拇指道：「讓他等，多等些時候，等到他心煩意亂時你再去。」

他微笑著，又道：「這一戰你是勝是負，是活是死，我們都不關心，可是我們也不想替你去收屍。」

二

正午，倪家廢園。

陽光正照在六角亭的尖頂上，亭外有一個人，一把刀！

漆黑的刀！

傅紅雪慢慢的走過已被荒草掩沒的小徑，手裡緊握著他的刀。

欄杆上的朱漆雖然已剝落，花樹間的樓台卻還未倒場，在陽光下看來依舊輝煌。

這地方當然也有它輝煌的過去，如今爲什麼會落得如此淒涼？

一雙燕子從遠方飛來，停在六角亭外的白楊樹上，彷彿還在尋找昔日的舊夢。

只可惜白楊依舊，景物卻已全非了。

燕子飛來又飛去，來過幾回？去過幾回？

白楊不問。

白楊無語！

白楊無情。

傅紅雪忽然覺得心在刺痛。

他早已學會白楊的沉默，卻不知要等到何時才能學會白楊的無情！

燕子飛去了，是從哪裡飛來的燕子？庭園荒廢了，是誰家的庭園？

傅紅雪癡癡的站著，彷彿也忘了自己的人在哪裡？是從哪裡來的？

他沒有想下去，因爲他忽然聽見有人在笑。

笑聲清悅甜美如鶯。

是暮春，草已長，鶯卻沒有飛。

鶯聲就在長草間。

長草間忽然有個女孩子站起來，看著傅紅雪吃吃的笑。

她笑得很美，人更美，長長的頭髮烏黑柔軟如絲緞。

髮。

她沒有梳頭，就這麼樣讓一頭絲緞般的黑髮散下，散落在雙肩。

她也沒有裝扮，只不過輕輕鬆鬆的穿了件長袍，既不像絲，又不像緞，卻偏偏像是她的頭髮。

她看著傅紅雪，眼睛裡也充滿笑意，忽然道：「你不問我爲什麼笑？」

傅紅雪不問。

「我在笑你。」她笑得更甜：「你站在那裡的樣子，看起來就像個呆子。」

傅紅雪無語。

「你也不問我是誰？」

「你是誰？」

傅紅雪問了，他本來就想問的！

誰知他剛問出來，這頭髮長長的女孩子就跳了起來，叫了起來。

「我就在等著你問我這句話。」她跳起來的時候，兇得就像是隻被惹惱了的小貓：「你知不知道你現在站著的這塊地，是誰家的地？你憑什麼大搖大擺的在這塊地上走來走去？」

傅紅雪冷冷的看著她，等著她說下去。

「這地方是倪家的。」她用一根手指，指著自己的鼻子：「我就是倪家的二小姐，只要我高興，我隨時都可以趕你出去。」

傅紅雪只有閉著嘴。

一個人在別人家裡晃來晃去，忽然遇見了主人，還有什麼好說的。

倪二小姐用一雙大眼睛狠狠的瞪著他，忽然又笑了，笑得還是那麼甜。

「可是我當然不會趕你出去的，因爲……」她眨了眨眼：「因爲我喜歡你。」

傅紅雪只有聽著！

——你可以不喜歡別人，卻沒法子不讓別人喜歡你。

可是這位倪二小姐已經改變了主意：「我說我喜歡你，其實是假的。」

傅紅雪又忍不住問：「你知道我？」

「當然知道！」

「知道些什麼？」

「我不但知道你的武功，連你姓什麼，叫什麼，我都知道！」

她負著雙手，得意揚揚的從長草間走出來，斜著眼睛，上上下下的打量著傅紅雪。

「別人都說你是個怪物，可是我倒覺得你非但不怪，而且長得還蠻好看的。」

傅紅雪慢慢的轉過身，走向陽光下的角亭，忽又問道：「這地方只剩下你一個人？」

「一個人又怎麼樣？」她眼珠子轉動著：「難道你還敢欺負我？」

「平時你也不在這裡？」

「我爲什麼要一個人耽在這種鬼地方？」

傅紅雪忽又回頭，盯著她：「現在你爲什麼還不走？」

倪二小姐又叫了起來：「這是我的家，我要來就來，要走就走，爲什麼要受別人指揮？」

傅紅雪只好又閉上嘴。

倪二小姐狠狠的盯著他，好像很兇的樣子，卻又忽然笑了：「其實我不該跟你吵架的，我們現在就開始吵架，將來怎麼得了？」

將來？

你——知不知道有些人是沒有將來的？

傅紅雪慢慢的走上石階，遙望著遠方，雖然陽光正照在他臉上，他的臉還是蒼白得可怕。

他只希望杜雷快來。

她卻還是逗他：「我知道你叫傅紅雪，你至少也應該問問我的名字。」

他不問，她只好自己說：「我叫倪慧，智慧的慧，也就是秀外慧中的慧。」她忽然跳過欄杆，站在傅紅雪面前：「我爸爸替我取這名字，只因爲我從小就很有智慧。」

傅紅雪不理她。

「你不信？」她的手叉著腰，頭頂幾乎已碰到傅紅雪的鼻子：「我不但知道你是幹什麼來的，而且還能猜出你等的是什麼人。」

「哦？」

「你一定是到這地方等著跟別人拚命的，我一看你神色就看得出。」

「哦？」

「你有殺氣！」

這個年紀小小的女孩子也懂得什麼叫殺氣？

「我也知道你等的人一定是杜雷。」倪慧說得很有把握：「因爲附近幾百里地之內，唯一夠資格跟傅紅雪鬥一鬥的人，就是杜雷。」

這女孩子知道的確實不少。

傅紅雪看著她那雙靈活的眼睛，冷冷道：「你既然知道，就應該快走！」

他的聲音雖冷，眼神卻沒有平時那麼冷，連眼睛的輪廓都彷彿變得溫柔了些。

倪慧又笑了，柔聲道：「你是不是已經開始在關心我？」

傅紅雪立刻沉下臉道：「我要你走，只不過因爲我殺人並不是給人看的！」

倪慧撇了撇嘴，道：「你就算要我走，也不必太急，杜雷反正不會這麼早來的。」

傅紅雪抬起頭，日正中天。

倪慧道：「他一定會讓你等，等得心煩意亂時再來，你的心愈煩躁，他的機會就愈多。」

她笑了笑，接著道：「這也是種戰略，像你這樣的人，本來早就應該想到的。」

她忽又搖頭：「你不會想到的，因爲你是個君子，我卻不是，所以我可以教給你一種法子，專門對付他這種小人的法子。」

什麼法子？

傅紅雪沒有問，也沒有拒絕聽。

倪慧道：「他要你等，你也可以要他等。」

以牙還牙，以其人之道，還治其人之身！

這是個很古老的法子，很古老的法子通常都很有效。

倪慧道：「我們可以逛一圈再來，我們甚至可以去下兩盤棋，喝兩杯酒，讓他在這裡等你，等得他急死為止。」

傅紅雪沒有反應。

倪慧道：「我先帶你到我們家藏酒的地窖去，如果我們運氣好，說不定還可以找到一兩罈我姑姑出嫁時留下的女兒紅。」

她的興致很高，他還沒有反應，她就去拉他的手——他握刀的手。

沒有人能碰這隻手。

她纖柔美麗的手指，剛剛碰到他的手，就突然感覺到一種奇異而強大的震蕩。

這股震蕩的力量，竟將她整個人都彈了出去。

她想站住，已站不穩，終於一跤跌在地上，跌得很重！

這次她居然沒有叫出來，因為她眼眶已紅了，聲音已哽咽：「我只不過想跟你交個朋友，想替你做點事而已，你何必這麼樣對付我？」

她揉著鼻子，好像隨時都可能哭出來。

她看來就像是個很小很小的小女孩，既可憐，又可愛。

傅紅雪沒有看她，絕沒有看，連一眼都沒有看，只不過冷冷道：「起來，草裡有蛇。」

倪慧更委屈：「我全身骨頭都快摔散了，你叫我怎麼站得起來。」

她又用那隻揉鼻子的手去揉眼睛：「我倒不如索性被毒蛇咬死算了。」

傅紅雪蒼白的臉上還是完全沒有表情，可是他的人已經往這邊走了過來。

他知道他自己剛才發出去的力量——

那並不完全是從他手上發出去的，他的手握著刀，刀上也同樣有力量發出。

這柄刀在他手裡，本身也彷彿有了生命。

有生命，就有力量。

生命的潛力。

這種力量的強大，幾乎已和那種無堅不摧的「劍氣」同樣可怕。

他的確不該用這種力量來對付她的！

倪慧蜷曲在草地上，索性用一雙手蒙住臉。

她的手又白又小。

傅紅雪忍不住伸出手去拉她——伸出的當然是那隻沒有握刀的手。

她沒有抗拒，也沒有閃避。

她的手柔軟而溫暖。

傅紅雪已有很久很久未曾接觸過女孩子的手。

他克制自己的慾望，幾乎比世上所有的苦行僧都徹底。

但他卻是個男人，而且並不太老。

她順從的站了起來，輕輕的呻吟著，他正想扶她站穩，想不到她整個人都已倒在他懷裡。

她的身子更溫暖，更柔軟。

他甚至已可感到自己的心在跳，她當然也可以感覺到。

奇怪的是，就在這同一瞬間，他忽然又有了種很奇怪的感覺。

他忽然覺得有股殺氣。

就在這時，她已抽出了一把刀。

一把七寸長的刀，一刀向他腋下的要害刺了過去。

她的臉看來還是像個很小很小的小女孩，她的出手卻毒辣得像是條眼鏡蛇。

只可惜她這一刀還是刺空了。

傅紅雪的人突然收縮，明明應該刺入他血肉的刀鋒，只不過貼著他的皮膚擦過！

也就在這同一刹那間，她已發覺自己這一刀刺空了，她的人已躍起！

就像是那種隨時都能從地上突然彈起的毒蛇，她的身子剛躍起，就已凌空翻身！

一翻，再一翻，她腳尖已掛住了六角亭的飛簷。

腳上有了著力處，身子再翻出去，就已到了九丈外的樹梢。

她本來還想再逃遠些的，可是傅紅雪並沒有追，她也就不再逃，用一隻腳站在根很柔軟的樹枝上，居然還能罵人。

她的輕功實在很高，罵人的本事更高。

「我現在才知道你以前那個女人爲什麼要甩下你了，因爲你根本不是男人，你不但腿上有毛病，心裡也有毛病。」

她罵得並不粗野，但每個字都像是一根針，刺入了傅紅雪的心。

傅紅雪蒼白的臉上突然起了種奇異的紅暈，手已握緊。

他幾乎已忍不住要拔刀。

可是他沒有動，因爲他忽然發現自己心裡的痛苦，並不如想像中那麼強烈。

他的痛苦本來就像是烙在牛羊身上的火印一樣，永遠是鮮明的！

她的每一個笑靨，每一滴眼淚，每一點真情，每一句謊言，都已深烙在他心裡。

他一直隱藏得很好。

直到他看見明月心的那一刻——所有隱藏在記憶中的痛苦，又都活生生的重現在他眼前。

那一刻中他所承受的打擊，絕沒有任何人能想像。

更令他想不到的是，自從那次打擊後，他的痛苦反而淡了，本來連想都不敢去想的痛苦，現在已變得可以忍受。

——人心裡的痛苦，有時正像是腐爛的傷口一樣，你愈不去動它，它爛得愈深，你若狠狠給它一刀，讓它流膿流血，它反而說不定會收口。

傅紅雪抬起頭來時，已完全恢復冷靜。

倪慧還在樹枝上，吃驚的看著他，他沒有拔刀，只不過淡淡的說了句：「你走吧。」

這次倪慧真聽話，她走得真快。

三

日色偏西，六角亭已有了影子。

傅紅雪沒有動，連姿勢都沒有動。

影子長了，更長。

傅紅雪還是沒有動。

人沒有動，心也沒有動。

一個人若是久已習慣於孤獨和寂寞，那麼對他說來，等待就已不再是種痛苦。

爲了等待第一次拔刀，他就等了十九年，那一次拔刀卻偏偏既無意義，又無結果！

他等了十九年只爲了要殺一個人，爲他的父母家人復仇。

可是等到他拔刀時，他就已發現自己根本不是這家人的後代，根本和這件事全無關係。

這已不僅是諷刺。

無論對任何人來說，這種諷刺都未免太尖酸，太惡毒。

但他卻還是接受了，因爲他不能不接受。

他從此學會了忍耐。

假如杜雷能明瞭這一點，也許就不會要他等了。

——你要我等你的時候，你自己豈非也同樣在等！

世上本就有很多事都像是寶劍的雙鋒。

——你要去傷害別人時，自己也往往會同樣受到傷害。

有時你自己受到的傷害甚至比對方更重！

傅紅雪輕輕吐出口氣，只覺得心情十分平靜。

現在正是未時一刻。

四

這陰暗的屋子，正在一條陰暗的長巷盡頭，本來的主人是個多病而吝嗇的老人，據說一直等到他的屍體發臭時，才被人發覺。

孔雀租下了這屋子，倒不是因爲吝嗇。

他已有足夠的力量去住最好的客棧，可是他寧願住在這裡。

對他說來，「孔雀」這名字也是種諷刺。

他的人絕不像那種華麗高貴，喜歡炫耀的禽鳥，卻像是隻見不得天日的蝙蝠。

拇指進來的時候，他正躺在那張又冷又硬的木板床上。

屋裡唯一的小窗，已被木板釘死，光線陰暗得也正像是蝙蝠的洞穴。

拇指坐下來，喘著氣，他永遠不明白孔雀爲什麼喜歡住在這裡。

孔雀連看都沒有看他一眼，等他喘氣的聲音稍微小了些，才問道：「杜雷呢？」

拇指道：「他還在等。」

孔雀道：「我跟他分手的時候，正是未時。」

孔雀又道：「他準備再讓傅紅雪等多久？」

拇指道：「我已經告訴了他，至少要等到申時才去。」

孔雀嘴角露出惡毒的笑意，道：「站在那鬼地方等兩個時辰，那種罪只怕很不好受。」

拇指卻皺著眉，道：「我只擔心一件事。」

孔雀道：「什麼事？」

拇指道：「傅紅雪雖然在等，杜雷自己也在等，我只擔心他比傅紅雪更受不了。」

孔雀淡淡道：「如果他死在傅紅雪刀下，你有沒有損失？」

拇指道：「沒有。」

孔雀道：「那麼你有什麼好擔心的？」

拇指笑了，用衣袖擦了擦汗，又道：「我還有個好消息告訴你。」

孔雀在聽。

拇指道：「燕南飛真的已中了毒，而且中的毒很不輕。」

孔雀道：「這消息是從哪裡來的？」

拇指道：「是用五百兩銀子買來的！」

孔雀眼睛發亮，道：「能夠值五百兩銀子的消息，通常都很可靠了。」

拇指道：「所以我們隨時都可以去殺了他。」

孔雀道：「我們現在就去。」

現在正是未時一刻。

五

午時已過去很久，陽光卻更強烈熾熱，春已漸老，漫長的夏日即將到來。

傅紅雪不喜歡夏天。

夏天是屬於孩子們的——白天赤裸著在池塘裡打滾，在草地上翻觔斗，摘草莓，捉蝴蝶，到了晚上，坐在瓜棚下吃著用井水浸過的甜瓜，聽大人們談狐說鬼，再捕一袋流螢用紗囊裝起來，去找年輕的姑姑、阿姨換幾顆粽子糖。

黃金般的夏日，黃金般的童年，永遠只有歡樂，沒有悲傷。

傅紅雪卻從來也沒有過一個真正屬於自己的夏天。

他記憶中的夏天，不是在流汗，就是在流血，不是躲在燠熱的矮樹林裡苦練拔刀，就是在烈日沙漠中等著拔刀！

拔刀！

一遍又一遍，永無休止的拔刀！

這簡單的動作，竟已變成了他生命中最重要的一部份。

下一次拔刀是在什麼時候？

——刀的本身，就象徵著死亡。

——拔刀的時刻，就是死亡的時刻。

這次他的刀拔出來，死的是誰？

傅紅雪垂下頭，凝視著自己握刀的手，手冰冷，手蒼白，刀漆黑。

就在這時，他聽見了杜雷的腳步聲。

這時正是未時三刻。

八　決鬥

一

後園的角落裡有扇小門。

傅紅雪是從這扇門進來的，杜雷也是！

他們沒有越牆。

小徑已被荒草掩沒，若是從草地上一直走過來，距離就近得多。

但他們卻寧願沿著曲折的小徑走！

他們都走得很慢，可是一開始走，就絕不會停下來。

從某些方面看來，他們彷彿有很多相同的地方。

但他們卻絕不是同一類的人，你只看見他們的刀，就可看得出。

杜雷的刀鑲滿珠寶，光華奪目！

傅紅雪的刀漆黑。

可是這兩柄刀又偏偏有一點相同之處。

——兩柄刀都是刀，都是殺人的刀！

這兩個人是不是也同樣有一點相同之處？

——兩個人都是人，都是殺人的人！

申時還沒有到，拔刀的時刻卻已到了。

刀一拔出來，就只有死！

不是你死，就是我！

杜雷的腳步終於停下來，面對著傅紅雪，也面對著傅紅雪手裡的那柄天下無雙的刀。

他一心要這個人死在他的刀下，可是在他心底深處，最尊敬的一個人也是他！

傅紅雪卻彷彿還在遙望著遠方，遠方恰巧有一朵烏雲掩住了太陽。

太陽不見了，可是太陽永遠也不會死。

人呢？

杜雷終於開口：「我姓杜，杜雷。」

傅紅雪道：「我知道！」

杜雷道：「我來遲了。」

傅紅雪道：「我知道！」

杜雷道：「我是故意要你等的，要你等得心煩意亂，我才有機會殺你。」

傅紅雪道：「我知道！」

杜雷忽然笑了笑，道：「只可惜我忘了一點。」

他笑得很苦澀：「我要你在等我的時候，我自己也同樣在等！」

傅紅雪道：「我知道！」

杜雷忽又冷笑，道：「你什麼事都知道？」

傅紅雪道：「我至少還知道一件事。」

杜雷說：「你說。」

傅紅雪冷冷道：「我一拔刀，你就死。」

杜雷的手突然握緊，瞳孔突然收縮，過了很久，才問道：「你有把握？」

傅紅雪道：「有！」

杜雷道：「那麼你現在爲什麼還不拔刀？」

現在剛過未時三刻，烏雲剛剛掩住日色，風中剛剛有了一點涼意。

這正是最適於殺人的時候。

二

明月就在明月樓，明月就在明月巷。

拇指和孔雀走進明月巷的時候，恰巧有一陣風迎面吹過來。

好涼快的風。

拇指深深吸了口氣，微笑道：「今天正是殺人的好天氣，現在也正是殺人的好時候。」

孔雀道：「哦？」

拇指道：「現在殺人之後，還可以從從容容的去洗個澡，再去舒舒服服的喝頓酒！」

孔雀道：「然後再去找個女人睡覺。」

拇指笑得瞇起了眼，道：「有時我甚至會去找兩三個。」

孔雀也笑了笑，道：「你說過，明月心也是個婊子。」

拇指道：「她本來就是的！」

孔雀道：「今天晚上，你想不想找她？」

拇指道：「不想。」

孔雀道：「爲什麼？」

拇指並沒有直接回答這句話，卻緩緩道：「婊子也有很多種！」

孔雀道：「她是哪一種？」

拇指道：「她恰巧是我不想找的那一種！」

孔雀又問道：「爲什麼？」

拇指嘆了口氣，苦笑道：「因爲我見過的女人中，最可怕的一個就是她，只要我一閉眼睛，她就會殺了我。」

孔雀道：「你若不閉上眼睛呢？」

拇指又嘆了口氣，道：「我不閉上眼睛，她也一樣能殺我。」

孔雀道：「我知道你的武功很不錯。」

拇指道：「可是這世上至少還有兩個女人可以殺我。」

孔雀道：「她就是其中的一個？」

拇指嘆息著點了點頭。

孔雀道：「還有一個是誰？」

拇指道：「倪二小姐，倪慧。」

他這句話剛說完，就聽見一陣笑聲，清脆的笑聲，美如銀鈴。

巷子的兩邊有高牆，高牆的牆頭有木葉。

春深，木葉也深。

笑聲就是從木葉深處傳出來的！

「死胖子，你怎麼知道我聽得見你說話？」

「我不知道！」拇指立刻否認。

「那麼你爲什麼要故意拍我的馬屁？」

笑聲美，人美，輕功的身法更美，她從牆頭飄落下的時候，就像是一片雲，一片花瓣。

一片剛剛被春風吹落的桃花，一片剛剛從幽谷飛出的流雲。

拇指看見她的人影，她的人又不見了。

拇指目送她人影消失在另一邊木葉深處，眼睛又笑得瞇成了一條線。

「這就是倪二小姐。」

「她爲什麼忽然而來，又忽然而去？」孔雀忍不住問。

「因爲她要我們知道，她比明月心更高。」拇指的目光還留在她人影消失處：「所以我們現在已可以放心去對付燕南飛了。」

「只有一點不懂。」

「哪一點？」

「我們爲什麼一定要殺燕南飛？」孔雀試探著：「他究竟是個什麼人？爲什麼江湖中從來沒有人知道他的身世來歷？」

「這一點你最好不要問！」拇指的態度忽然變得很嚴肅，道：「如你一定要問，就最好先去準備一樣東西。」

「你要我先去準備什麼？」

「棺材。」

孔雀沒有再問，他抬起頭來的時候，恰巧有一片烏雲掩住了月色。

這片烏雲掩住天色的時候，明月心正面對著小窗前的一片薔薇繡花。

她繡的也是薔薇，春天的薔薇。

春已老。

薔薇也已老。

燕南飛動也不動的躺在床上，臉色蒼白得就像是傳紅雪。

風在窗外輕輕的吹，風冷了，冷如殘秋。

她忽然聽見了他們的聲音。

他們的腳步聲比風還輕，他們說話的聲音比風更冷。

「快去叫燕南飛下來。」

「他不下來，我們就上去。」

明月心嘆了口氣，她知道燕南飛絕不會下去，也知道他們一定會上來的。

因爲燕南飛並不想殺他們，是他們想殺燕南飛，所以燕南飛可以舒舒服服的躺在床上，他們卻得帶著他們的武器，穿街過巷，敲門上樓，匆匆忙忙的趕來，生怕失卻了殺人的機會。

——殺人者與被殺者之間，究竟是誰高貴？誰卑賤？誰都沒法子答覆的。

她又低下頭去繡花。

她沒有聽見腳步聲，也沒有聽見敲門聲，可是她知道已有人到了門外。

「進來。」她連頭都沒有抬：「門上沒有門，一推就開了。」

明明是輕輕一推就可以推開的門，卻偏偏沒有人推。

「兩位既然是來殺人的，難道還要被殺的人自己開門迎接？」

她的聲音很溫柔，可是聽在孔雀和拇指耳裡，卻彷彿比針還尖銳。

今天是殺人的好天氣，現在是殺人的好時刻，他們的心情本來很愉快。

可是現在他們卻忽然變得一點也不愉快了，因爲被殺的人好像遠比他們還要輕鬆得多，他們卻像是呆子般站在門外，連心跳都加快了一倍。

——原來殺人並不是件很愉快的事。

孔雀看看拇指，拇指看看孔雀，兩個人心裡都在問自己：燕南飛是不是真的已中了毒？屋裡是不是有埋伏在等著他們上鉤？

其實他們心裡也知道，只要一推開這扇門，所有的問題立刻都可以得到答覆。

可是他們沒有伸手。

「你們進來的時候，腳步最好輕一點。」明月心的聲音更溫柔：「燕公子中了毒，現在睡得正熟，你們千萬不要吵醒他。」

拇指忽然笑了，道：「她是燕南飛的朋友，她知道我們是來殺燕南飛的，卻偏偏好像怕我們不敢進去動手，你說這是爲了什麼？」

孔雀冷冷道：「因爲她是個女人，女人本就隨時都可以出賣男人的。」

拇指道：「不對。」

孔雀道：「你說她是爲了什麼？」

拇指道：「因爲她知道愈是這樣說，我們反而會起疑心，反而不敢進去了。」

孔雀道：「你有理，你一向都比我了解女人。」

拇指道：「那麼我們還等什麼？」

孔雀道：「等你開門。」

拇指道：「殺人的是你。」

孔雀道：「開門的是你。」

拇指又笑了：「你是不是從來都不肯冒險的？」

孔雀道：「是。」

拇指笑道：「跟你這種人合作，實在愉快得很，因爲你一定活得比我長，我死了之後，你至少還可以替我收屍。」

他微笑著，用手指輕輕一點，門就開了。明月心還在窗前繡花，燕南飛還是死人般躺在床上。

拇指吐出口氣，道：「請進。」

孔雀道：「你不進去？」

拇指道：「你殺人，我開門，我的事已做完了，現在已輪到你。」

孔雀盯著他看了很久，忽然道：「有件事我一直都沒有告訴你。」
拇指道：「哦？」
孔雀冷冷道：「我一看見你就噁心，至少已有三次想殺了你。」
拇指居然還在笑：「幸好你這次要殺的不是我，是燕南飛。」
孔雀沉默。
所以拇指又把門推開了些，道：「請。」

屋子裡很安靜，也很暗，窗外的月色已完全被烏雲掩沒。
現在未時已將過去。
孔雀終於走進了屋子，走進來的時候，他的手已縮入衣袖，指尖已觸及了孔雀翎。
冰冷而光滑的孔雀翎，天下無雙的殺人利器。
他的心裡忽然又充滿了自信。
明月心抬起頭來，看著他，忽然笑了：「你就是孔雀？」
孔雀道：「孔雀並不可笑。」
明月心道：「但是你不像，真的不像。」
孔雀道：「你也不像是個婊子。」
明月心又笑了。

孔雀道：「做婊子也不是件可笑的事。」

明月心道：「另外卻有件事很可笑。」

孔雀道：「什麼事？」

明月心道：「你不像孔雀，卻是孔雀，我不像婊子，卻是婊子，騾子明明很像馬，卻偏偏不是。」

她微笑，又道：「世上還有很多事都是這樣子的。」

孔雀道：「你究竟想說什麼？」

明月心道：「譬如說，你身上帶著的暗器明明很像孔雀翎，卻偏偏不是的。」

孔雀大笑了，大笑。

一個人只有在聽見最荒唐無稽的笑話時，才會笑得這樣厲害。

明月心道：「其實你自己心裡也早就在懷疑這一點了，因爲你早已感覺到它的威力並不如傳說中的那麼可怕，所以你才不敢用它去對付傅紅雪。」

孔雀雖然還在笑，笑得卻已有點勉強。

明月心道：「只可惜你心裡存有懷疑，卻一直不能證實，也不敢去證實。」

孔雀忍不住道：「難道你能？……」

明月心道：「我能證實，只有我能，因爲……」

孔雀道：「因爲什麼？」

明月心仍淡淡地道：「像你身上帶著的那種孔雀翎，我這裡還有好幾個，我隨時都可以再送一兩個給你。」

孔雀臉色變了，門外的拇指臉色也變了。

明月心道：「我現在就可以再送一個給你，喏，拿去。」

她居然真的一伸手就從衣袖裡拿出個光華燦爛的黃金圓筒，隨隨便便的就拋給了孔雀，就像是拋出一文錢去施捨乞丐。

孔雀伸手接住，只看了兩眼，就像是被人一腳踏在小肚子上。

明月心道：「你看看這孔雀翎是不是和你身上帶著的完全一樣？」

孔雀沒有回答，也不必回答。

無論誰看見他的表情，都已可猜想到他的回答。

拇指已開始在悄悄的往後退。

孔雀霍然回頭，盯著他，道：「你為什麼不出手殺我？」

拇指勉強笑了笑，道：「我們是夥伴，我為什麼要殺你？」

孔雀道：「因為我要殺你，我本來就要殺你，現在更非殺不可！」

拇指道：「但是我卻不想殺你，因為我根本不必自己出手。」

他真的笑了，笑得眼睛瞇成了一條線：「江湖中只有一個人知道你並不是真孔雀，不出三個時辰，你就要變成個死孔雀。」

孔雀冷冷道：「只可惜你忘了一件事。」

拇指道：「哦？」

孔雀道：「這孔雀翎縱然是假的，要殺你還是綽綽有餘。」

拇指的笑容僵硬，身子撲起。

他的反應雖然不慢，卻還是遲了一步。

孔雀手上的黃金圓筒，已有一片輝煌奪目的光華射去。

落日般輝煌，彩虹般美麗。

拇指醜陋臃腫的身子，立刻被掩沒在這片輝煌美麗的光華裡，又正像是醜陋的泥沙，忽然被美麗的浪潮捲走。

等到這一片光華消失時，他的生命也已被消滅。

一聲輕雷，烏雲間又有雨點落下。

明月心終於嘆了口氣，道：「你說的不錯，這孔雀翎縱然是假的，也有殺人的威力。」

孔雀已回過頭來，盯著她，道：「所以我也可以用它來殺你。」

明月心道：「我知道，連拇指都要殺了滅口，當然更不會放過我。」

孔雀道：「你死了之後，就沒有人知道這孔雀翎是真是假了。」

明月心道：「除了我之外，這秘密的確沒有別人知道。」

孔雀道：「杜雷要等到申時才會去赴約，我殺了你們後，正好趕去，這一戰不管他們是誰勝誰負都一樣，剩下的那一個，反正都一樣要死在我手裡。」

明月心嘆道：「你的計劃很周密，只可惜你也忘了一件事。」

孔雀閉上嘴，等著她說下去。

明月心道：「你忘了問我，我怎麼會知道這孔雀翎是假的。」

孔雀果然立刻就問：「你怎麼會知道？」

明月心淡淡道：「只有我知道這秘密，只因爲假造這些孔雀翎的人就是我。」

孔雀又怔住。

明月心道：「我既然能造得出這樣的孔雀翎，既然隨隨便便的敢送給你，就當然有破它的把握！」

孔雀臉色發白，手已在發抖。

他能殺人，也許並不是因爲他有孔雀翎，而是因爲他有一顆充滿自信的心，和一雙鎮定的手。

現在這兩樣都已被摧毀。

明月心道：「第一個孔雀翎，也是我故意讓你找到的，我選了很久，才選中你做我的孔雀，因爲江湖中比你條件更適合的人不多，所以我也不會隨隨便便就讓你死的，只不過……」

她盯著他，月光般柔美的眼波，突然變得銳利如刀鋒：「你若想繼續做我的孔雀，就得學孔雀一樣順從，你若不信，現在還可以出手。」

孔雀雙手緊握，還是忍不住在發抖。

他看著自己這雙手，突然彎下腰，開始不停的嘔吐！

三

一聲輕雷，烏雲間忽然有雨點落下。

「我不拔刀，就因爲我有把握！」

傅紅雪的聲音彷彿很遠，遠在烏雲裡：「一個人要去殺人的時候，往往就像是去求人一樣，變得很卑賤，因爲他並沒有絕對的把握，所以他才會著急，生怕良機錯失。」

他很少說這麼多話，他說得很慢，彷彿生怕杜雷受不住。

因爲他知道自己說的這些話，每個字都會像刀鋒般刺入杜雷的心。

杜雷整個人都已抽緊，甚至連聲音都已嘶啞：「你有絕對的把握，所以你不急？」

傅紅雪點頭。

杜雷道：「你要到什麼時候才拔刀？」

傅紅雪道：「你拔刀的時候！」

杜雷道：「我若不拔刀呢？」

傅紅雪道：「你一定會拔刀的，而且一定會急著拔刀！」

——因爲是你想殺我，並不是我想殺你！

——所以你真正死亡的時刻，並不是我拔刀時，而是你拔刀時。

杜雷握刀的手上已凸出了青筋。

他沒有拔刀，可是他自己也知道，遲早總會拔刀的！

冰冷的雨點，一滴滴打在他身上，打在他臉上，他面對著傅紅雪，面對著這天下無雙的刀客，心裡竟忽然又想起了他那卑賤的童年。

——大雨滂沱，泥濘滿街。

——他赤著腳在泥濘中奔跑，因爲後面有人在追逐。

——他是從鏢局裡逃出來的，因爲他偷了鏢師一雙剛買來的靴子，靴子太大，還沒有跑出半條街，就已掉了。

——可是那鏢師卻還不肯放過他，追上他之後，就將他脫光了綁在樹上，用藤條鞭打。

現在他面對著傅紅雪，心裡竟忽然又有了那種感覺，被鞭打的感覺。

一種無法形容的刺激和痛苦，一種他永遠都無法忘記的刺激和痛苦。

雨更大，地上的泥土已變爲泥濘。

他忽然脫下了那雙價值十八兩銀子的軟底靴，赤著腳，踏在泥濘上。

——傅紅雪彷彿已變成了那個用藤鞭打他的鏢師，變成了一種痛苦和刺激的象徵。

他突然狂吼，撕裂自己的衣裳。

他赤裸著在暴雨泥濘中狂吼，多年的束縛和抑制，已在這一剎那間解脫。

於是他拔刀！

——拔刀時就是死亡時。

於是他死！

死不但是刺激，是痛苦，這二樣事本是他永遠都無法同時得到，可是「死」的這一瞬間他已同時獲得。

四

雨來得快，停得也快。

小徑上仍有泥濘，傅紅雪慢慢的走在小徑上，手裡緊握著他的刀。

刀已入鞘，刀上的血已洗清了，刀漆黑！

他的瞳孔也是漆黑的，又深又黑，足以隱藏他心裡所有的憐憫和悲傷。

烏雲間居然又有陽光露出來，想必已是今天最後的一線陽光。

陽光照在高牆上，牆後忽然又有人在笑，笑聲清脆，美如銀鈴，卻又帶著種說不出的譏誚。

倪慧已出現在陽光下：「不好看，一點也不好看。」

——什麼不好看？

傅紅雪沒有問，連腳步都沒有停。

可是他走到哪裡，倪慧也跟到哪裡：「你們打得一點也不好看，我本來想看的，是你的刀法，想不到你用的卻是詭計。」

她又解釋：「你讓杜雷先拔刀，好像是讓他一著，其實卻是詭計。」

——爲什麼是詭計？

傅紅雪雖然沒有問，腳步已停下。

倪慧道：「刀在鞘中，深藏不露，誰也不知道它的利鈍，刀出鞘後，鋒刃已現，誰也不敢輕攖其鋒，所以一柄刀只有在將出鞘而未出鞘的時候，才是它最沒有價值的時候。」

她接著道：「你當然明白這道理，所以你讓杜雷先拔刀……」

傅紅雪靜靜的聽著，忽然打斷她的話：「這也是刀法，不是詭計。」

倪慧道：「不是！」

傅紅雪道：「刀法的巧妙各有不同，運用存於一心。」

她的表情很嚴肅：「這就是刀法的巔峰？」

傅紅雪道：「還不是。」

倪慧道：「要做到哪一步才是刀法的巔峰？」

傅紅雪又閉上嘴，繼續往前走！

陽光燦爛。

最後的一道陽光，總是最輝煌美麗的——有時生命也是如此。

倪慧在牆頭癡癡的怔了半天，喃喃道：「難道刀法也得到了沒有變化時，才是刀法的巔峰？」

燦爛的陽光，忽然間就已黯淡。

——沒有變化，豈非就是超越了變化的極限？那麼這柄刀的本身，是不是還有存在的價值？

傅紅雪心裡在嘆息，因爲這問題連他都無法回答。

——刀爲什麼要存在？人爲什麼要存在？

陽光已消失在高牆後，倪慧的人也隨著陽光消失了。

——可是太陽依舊存在，倪慧也依舊存在，這一瞬間所消失的，只不過是他們的影像而已——在傅紅雪主觀裡的影像。

傅紅雪推開高牆下的小門，慢慢的走出去，剛抬起頭，就看見了高樓上的明月心。

五

人在高樓上，傅紅雪的頭反而垂下。

明月心忽然問：「你勝了？」

傅紅雪沒有回答，他還活著，就是回答。

明月心卻嘆了口氣，道：「何苦，這是何苦？」

傅紅雪不懂：「何苦？」

明月心道：「你明知必勝，又何必去？他明知必死，又何苦來？」

這個費人深思的問題，傅紅雪卻能解釋：「因爲他是杜雷，我是傅紅雪！」

他的解釋也像是他的刀，一刀就切入了這問題的要害。

明月心卻還不滿意：「是不是因爲這世上有了傅紅雪，杜雷就得死。」

傅紅雪道：「不是。」

明月心道：「那麼你的意思是……」

傅紅雪道：「這世上有了杜雷，杜雷就得死！」

他的回答看來雖然比問題的本身更費人深思，其實卻極簡單，極合理。

——沒有生，哪裡來的死？

——既然有了生命，又怎麼能不死？

明月心又不禁嘆息，道：「你對於生死之間的事，好像都看得很淡。」

傅紅雪並不否認。

明月心道：「對別人的生死，你當然看得更淡，所以你才會把燕南飛留在這裡。」

傅紅雪沉默著，過了很久，才緩緩問：「孔雀是不是已來過？」

明月心道：「嗯！」

傅紅雪道：「燕南飛是不是還活著？」

明月心道：「嗯！」

傅紅雪淡淡道：「我留下他，也許只因爲我早就知道他不會死的。」

明月心道：「可是你……」

傅紅雪打斷了她的話，道：「只要你們的主意還沒有改變，我答應你們的事也不會改變！」

明月心道：「你答應過什麼？」

傅紅雪道：「帶你們到孔雀山莊去。」

明月心的眼睛亮了：「現在就去？」

傅紅雪道：「現在就去。」

明月心跳起來，又回頭，嫣然道：「你還要不要我帶上那面具？」

傅紅雪冷冷道：「現在你臉上豈非已經戴上了個面具？」

九　孔雀山莊

一

人的臉，本身就是個面具，一個能隨著環境和心情而改變的面具。

——又有誰能從別人臉上，看出他心裡隱藏著的秘密？

——又有什麼樣的面具，能比人的臉更精巧奇妙？

身分愈尊貴，地位愈高的人，臉上戴著的面具往往令人愈看不透。

明月心看到秋水清時，心裡就在問自己：「他臉上戴著的，是個什麼樣的面具？」

不管那是張什麼樣的面具，孔雀山莊的主人能親自出來迎接他們，總是件令人愉快的事。

輝煌而美麗的孔雀翎，輝煌而美麗的孔雀山莊。

碧綠色的瓦，在夕陽下閃動著翡翠般的光，白石長階美如白玉，從黃金般的高牆間穿過去，這地方就好像完全用金珠寶玉砌成。

園中的櫻桃樹下，有幾隻孔雀徜徉，水池中浮著鴛鴦。

幾個穿著彩衣的少女，靜悄悄地踏過柔軟的草地，消失在花林深處，消失在這七彩繽紛的庭園裡。

風中帶著醉人的清香，遠處彷彿有人吹笛，天地間充滿了和平寧靜。

莊裡莊外的三重大門都是開著的，看不見一個防守的門丁。

秋水清就站在門前的白玉長階上，靜靜的看著傅紅雪。

他是個很保守的人，說話做事都很保守，心裡縱然歡喜，也絕不會露於形色。

看見傅紅雪，他只淡淡的笑了一笑，道：「我想不到你會來的，可是你來得正好！」

傅紅雪道：「爲什麼正好？」

秋水清道：「今夜此地還有客來，正好不是俗客。」

傅紅雪道：「是誰？」

秋水清道：「公子羽。」

傅紅雪閉上了嘴，臉上完全沒有表情，明月心居然也不動聲色。

秋水清看了看她，又看了看被人抬進來的燕南飛：「他們是你的朋友？」

傅紅雪沒有承認，也沒有否認——他們之間究竟是敵是友？本就連他們自己都分不清。

秋水清也不再問，只側了側身，道：「請，請進！」

兩個人將燕南飛抬上長階，明月心在後面跟著，忽又停下，盯著秋水清，道：「莊主也不問問我們是爲什麼來的？」

秋水清搖搖頭。

——你們既然是傅紅雪的朋友，我就不必問，既然不必問，就不必開口。

他一向不是個多話的人。

明月心卻不肯閉嘴，又道：「莊主縱然不問，我還是要說。」

她一定要說，秋水清就聽著。

明月心道：「我們一來是爲了避禍，二來是爲了求醫，不知道莊主能不能先看看他的病？」

秋水清終於開口，道：「是什麼病？」

明月心道：「心病。」

秋水清霍然轉頭，盯著她，道：「心病只有心藥才能醫！」

明月心道：「我知道……」

這三個字說出口，擔架床上的燕南飛忽然箭一般竄出。

明月心也已出手。

他們一個站在秋水清面前，一個正在秋水清身後。

他們一前一後，同時出手，一出手就封死了秋水清所有的退路！

世上本沒有絕對完美無瑕的武功招式，可是他們這一擊卻已接近完美。

沒有人能找得出他們的破綻，也沒有人能招架閃避，事實上，根本就沒有人能想到他們會突然出手。

他們的行動無疑已經過極周密的計劃，這一擊無疑已經過很多次訓練配合。

於是名震天下的孔雀山莊主人，竟連還手的機會都沒有，就在自己的大門外被人制住。

就在這一瞬間，他們已點了他雙臂雙腿關節間的八處穴道！

秋水清並沒有倒下去，因爲他們已扶住了他。

他的身子雖然已僵硬，神情卻還是很鎮定，在這種情況下，還能保持鎮定的人，找遍天下也絕不會超過十個。

明月心一擊得手，自己掌心也濕了，輕輕吐出口氣，才把剛才那句話接著說下去：「就因爲我知道心病只有心藥才能醫，所以我們才來找你。」

秋水清連看都沒有看她一眼，只是冷冷的盯著傅紅雪。

傅紅雪還是全無表情。

秋水清道：「你知道他們是爲何而來的？」

傅紅雪搖頭。

秋水清道：「但你卻帶他們來了。」

傅紅雪道：「因爲我也想看看，他們究竟爲什麼要來？」

兩個人只說了三句話，本來充滿和平寧靜的庭園，忽然就變得充滿殺氣！

殺氣是從四十九柄刀劍上發出來的，刀光劍影閃動，人卻沒有動。

莊主已被人所脅，沒有人敢輕舉妄動。

秋水清忽然嘆了口氣，道：「燕南飛，燕南飛，你怎麼會做出這種事？」

燕南飛很意外，道：「你早已知道我是誰？」

秋水清道：「這附近八十里，都是孔雀山莊的禁區，你一入禁區，我就已知道你的來歷底細。」

燕南飛也嘆了口氣，道：「看來這孔雀山莊果然不是可以容人來去自如之地。」

秋水清道：「就因爲我太了解你的來歷底細，所以才被你所逞。」

燕南飛道：「因爲你想不到？」

秋水清道：「我實在想不到。」

燕南飛苦笑，道：「其實連我自己都想不到。」

明月心搶著道：「他這是迫不得已，他實在病得太重了。」

秋水清道：「我有救他的藥？」

明月心道：「你有，只有你。」

秋水清道：「那究竟是什麼藥？」

明月心道：「是個秘密。」

秋水清道：「秘密？什麼秘密？」

明月心道：「孔雀翎的秘密。」

秋水清閉上了嘴。

明月心道：「這並不完全是要挾，也是交換。」

秋水清道：「用什麼交換？」

明月心道：「也是個秘密，也是孔雀翎的秘密。」

二

暮色深沉，燈燃起！

屋子裡幽雅而安靜，秋水清無疑是個趣味很高雅的人。

只可惜他的客人們並沒有心情來欣賞他高雅的趣味，一走進來，明月心立刻說到正題：

「其實我也知道，孔雀翎遠在你的曾祖秋鳳梧那一代就已失落了。」

這就是個秘密，江湖中沒有人知道的秘密。

秋水清第一次動容，道：「你怎麼會知道的？」

明月心道：「因爲秋鳳梧曾經帶著孔雀圖去找過一個人，求他再同樣打造一個孔雀翎。」

孔雀圖本身也是個秘密，就是孔雀翎的構造和圖形。

誰也不知道是先有孔雀圖？還是先有孔雀翎的，可是大家都認爲，有了孔雀圖，就一定可以同樣再打造出來。

明月心道：「但是這想法錯了。」

秋水清道：「你怎麼知道這想法錯了？」

明月心道：「打造機械暗器，也是種很複雜高深的學問。」

那不但要有一雙靈敏穩定的手，還得懂得冶金和暗器的原理。

明月心道：「秋鳳梧去找的，當然是那時候的天下第一名匠。」

秋水清道：「當時的天下第一名匠，據說就是蜀中唐門的徐夫人。」

唐門的毒藥暗器，獨步天下四百餘年，一向傳媳不傳女。

徐夫人就是當時唐門的長媳，繡花的手藝和製作暗器，當世號稱雙絕。

明月心道：「可是徐大人費了六年心血，連頭髮都因心力交瘁而變白了，卻還是無法再同樣打造出一副孔雀翎來。」

秋水清看著她，等著她說下去。

明月心卻先拿出了一個光華燦爛的黃金圓筒，才接著道：「在那六年中，她雖然也曾打造成四對孔雀翎，外表和構造，雖然和孔雀圖上記載的完全一樣，卻偏偏缺少了那種神奇的威力。」

秋水清看著她手裡的黃金圓筒，道：「這就是其中之一？」

明月心道：「是的。」

秋水清道：「近年來江湖中出現了個叫『孔雀』的人……」

明月心道：「他的孔雀翎，也是其中之一。」

秋水清道：「是你給他的？」

明月心道：「我並沒有親手交給他，只不過恰巧讓他能找到而已。」

秋水清道：「因爲你故意要讓江湖中人知道，孔雀翎已失落了的秘密。」

明月心承認。

孔雀翎既然在別人手裡出現，當然就已不在孔雀山莊。

秋水清道：「你爲什麼要這樣做？」

明月心道：「因爲我始終在懷疑一件事。」

秋水清道：「什麼事？」

明月心道：「孔雀翎本是孔雀山莊的命脈所繫，孔雀山莊的歷代莊主，都是極仔細而又穩重的人，所以……」

秋水清道：「所以你始終不相信孔雀翎是真的失落了。」

明月心點點頭，道：「據說孔雀翎是在秋鳳梧的父親秋一楓手中失落的，秋一楓驚才絕藝，怎麼會做出這種粗心大意的事？他故意這麼樣說，也許只不過爲了要考驗考驗他兒子應變的能力。」

她的推測雖然有理，卻一直無法證明。

明月心又道：「所以我就故意洩露了這秘密，讓孔雀山莊的仇家子弟找上門來。」

秋水清冷冷道：「來的人還是沒有一個能活著回去的。」

明月心道：「所以我就認爲我的猜測並沒有錯，孔雀翎一定還在你手裡。」

秋水清又閉上了嘴，一雙銳利如鷹的眼睛，卻始終在盯著明月心。

明月心又補充著道：「秋鳳梧以後並沒有再去找徐夫人，當然是因爲他已找到了孔雀翎。」

秋水清又沉默了很久，才緩緩道：「也許他根本就不該去找她的。」

明月心道：「可是他信任她，徐夫人未嫁之前，他們就已是朋友。」

秋水清冷笑，道：「這世上出賣朋友的人一向不少。」

明月心道：「可是徐夫人並沒有出賣他，這秘密除了唐門長房的嫡系子孫外，本沒有別人知道！」

秋水清眼睛裡的光芒更銳利，道：「你呢？你是唐家的什麼人？」

明月心笑了笑，道：「我說出這秘密時，本就已不打算再瞞你。」

她慢慢的接著道：「我就是唐門長房的長女，我的本名叫唐藍。」

秋水清道：「唐門的子女，怎麼會流落在風塵中的？」

明月心道：「唐門用的雖然是毒藥暗器，規矩卻遠比七大門派還森嚴，唐家的子女，一向不准過問江湖中的事。」

她的聲音平靜而堅決：「可是我們卻決心要出來做一點事。」

秋水清道：「你們的目標是誰？」

明月心道：「是暴力，我們的宗旨只有四個字。」

秋水清道：「反抗暴力？」

明月心道：「不錯，反抗暴力！」

她接著又道：「我們既不敢背叛門規，為了行動方便，只有隱跡在風塵裡，這三年來，我們已組織成一個反抗暴力的力量，只可惜我們的力量還不夠。」

燕南飛道：「因為對方的組織更嚴密，力量更強大。」

秋水清道：「他們的首腦是誰？」

燕南飛道：「是個該死的人。」

秋水清道：「他就是你的心病？」

燕南飛承認。

秋水清道：「你要用我的孔雀翎去殺他？」

燕南飛道：「以暴制暴，以殺止殺！」

秋水清看著他，再看看傅紅雪，忽然道：「拍開我腿上的穴道，跟我來！」

三

走過那幅巨大而美麗的壁畫，穿過一片楓林，一叢斑竹，越過一道九曲橋，燈光忽然疏了。

黑暗的院落裡，帶著種說不出的陰森淒涼之意，連燈光都彷彿是慘碧色的。

和前面那種宮殿般輝煌的樓閣相比，這裡就像是另外一個世界。

高大的屋宇陰森寒冷。

屋子裡點著百餘盞長明燈，陰惻惻的燈光，看來宛如鬼火。

每盞燈前，都有個靈位。

每個靈位上的名字，都是曾經顯赫過一時的，有幾個人就在不久之前，還是江湖中不可一世的風雲人物！

看到這一排排靈位，明月心的表情也變得很嚴肅。

她知道這些都是死在孔雀翎之下的人，她希望這裡能再加一個靈位，一個名字。

「公子羽！」

秋水清道：「先祖們為了怕子孫殺孽太重，所以才在這裡設下他們的靈位，超度他們的亡魂！」

然後他就帶他們走入了孔雀山莊的心臟，是從一條甬道中走進去的。

曲折的甬道，沉重的鐵柵，也不知有多少道！

他們沉默的跟在他身後，只覺得自己彷彿忽然走入了一座古代帝王的陵墓，陰森、潮濕、神秘。

最後的一道鐵門竟是用三尺厚的鋼板做成的，重逾千斤。

門上有十三道鎖。

「十三把鑰匙本來是由十三個人分別掌管的，可是現在值得信任的朋友愈來愈少了。」所以現在已只剩下六個人，都已是兩鬢斑白的老人，其中有孔雀山莊的親信家族，也有曾經在江湖中顯赫過一時的武林名宿。

他們的身分和來歷不同，但他們的友誼和忠誠卻同樣能讓秋水清絕對信任。

他們的武功當然更能令人信任，秋水清只拍了拍手，六個人就忽然幽靈般出現，來得最快的一個，銳眼如鷹，身法也輕捷如鷹，歷盡風霜的臉上刀疤交錯，竟彷彿是昔年威震大漠的「不死神鷹」公孫屠。

鑰匙是用鐵鏈繫在身上的，最後的一把鑰匙在秋水清身上。

明月心看著他開了最後一道鎖，再回頭，這六個人已突然消失，就像是秋氏祖先特地從幽冥中派來看守這禁地的鬼魂。

鐵門後是間寬大的石屋，壁上已長滿蒼苔，燃著六盞長明燈。

燈光陰森，照著四面木架上各式各樣奇異的外門兵刃，有的甚至連燕南飛都從未見過，也不知是秋家遠祖們用的兵刃，還是他們仇家所用的，現在這些兵刃猶在，他們的屍骨卻早已腐朽了。

秋水清又推開一塊巨石，石壁裡還藏著個鐵櫃，難道孔雀翎就在這鐵櫃裡？

每個人都屏住呼吸，看著他打開鐵櫃，恭恭敬敬的取出個雕刻精緻的檀木匣。

誰也想不到木匣裡裝的並不是孔雀翎，而是張蠟黃色的薄皮。

明月心並不想掩飾她的失望，皺起眉道：「這是什麼？」

秋水清的表情更嚴肅恭敬，沉聲道：「這是一個人的臉。」

明月心失聲道：「難道是從一個人臉上剝下來的皮？」

秋水清點點頭，眼神中充滿悲傷，黯然道：「因爲這個人遺失一樣極重要的東西，自覺沒有臉再活下去，自盡前留下遺命，叫人把他臉上的皮剝下來，作爲後人的警惕。」

他並沒有說出這個人的名字，大家卻都已知道他所說的是誰了。

秋一楓突然暴斃，本是當時江湖中的一件疑問，到現在這秘密才被秋水清說出來。

明月心只聽得全身寒慄一粒粒悚起，過了很久，才長長嘆了口氣，道：「這種事你本不該說的！」

秋水清沉著臉道：「我本來也不想說，可是我一定要讓你們相信，孔雀翎久已不在孔雀山莊裡。」

明月心道：「可是最近死在孔雀山莊裡的那些人……」

秋水清打斷了她的話，冷冷道：「殺人的方法很多，並不一定要用孔雀翎。」

明月心看著木匣中的人皮，想到這個人以死贖罪時的悲壯和慘烈，只希望自己根本沒有到這裡來過。

燕南飛心裡顯然也同樣在後悔，就在這時，突聽「叮」的一聲，鐵門已闔起！

接著又是「格、格、格」十三聲輕響，外面的十三道鎖顯然已全都鎖上。

明月心臉色變了，燕南飛嘆了口氣，道：「我們既不該來，也不該知道這秘密，更不該冒瀆前輩的英靈，我們本就該死。」

秋水清靜靜的聽著，臉上全無表情。

燕南飛道：「可是我這條命已是傅紅雪的，傅紅雪並不該死。」

秋水清冷冷道：「我也不該死。」

燕南飛吃驚的看著他，明月心搶著道：「這不是你的意思？」

秋水清道：「不是。」

明月心更吃驚：「是誰在外面把鐵門上了鎖？這麼機密的地方，有誰能進得來？」

秋水清道：「至少有六個。」

明月心道：「但他們都是你的朋友。」

秋水清道：「我說過，這世上出賣朋友的一向不少！」

傅紅雪終於開口，道：「六個人中，只要有一個叛徒就夠了。」

明月心道：「你說的是誰？」

傅紅雪不答，反問秋水清，道：「開第一道鎖的是不是公孫屠？」

秋水清道：「是。」

明月心又搶著問：「是不是那個本已應該死過很多次的『不死神鷹』公孫屠？」

秋水清道：「是。」

燕南飛也問道：「他最後一次死戰，對手是不是公子羽？」

秋水清道：「是。」

燕南飛看了看明月心，明月心看了看傅紅雪，三個人都閉上了嘴。

這問題已不必再問。

公孫屠在公子羽掌下逃生，江湖中本就認爲是個奇蹟。

他們現在才知道，那並不是奇蹟，公子羽故意放了公孫屠，同時也收買了他。

現在唯一應該問的是：「這裡有沒有第二條出路？」

「沒有。」

秋水清回答得很乾脆，收藏重寶的密庫，本就不該有第二條出路！

明月心吐出口氣，整個人都似已虛脫。

這裡有三尺厚的鐵門，六尺厚的石壁，無論誰被鎖在這麼樣的一間石窟裡，唯一能做的事，就只有等死。

燕南飛忽又問道：「這裡有沒有酒？」

秋水清道：「有，只有一罈，一罈毒酒！」

燕南飛笑了笑，道：「毒酒總比沒有酒的好。」

對一個只有等死的人來說，毒酒又何妨？

他找到了這罈酒，拍碎了封泥，忽然間，刀光一閃，酒罈也碎了。

傅紅雪冷冷道：「莫忘記你這條命還是我的，要死，也得讓我動手。」

燕南飛道：「你準備什麼時候動手？」

傅紅雪道：「完全絕望的時候。」

燕南飛道：「現在我們還有什麼希望？」

傅紅雪道：「只要人活著，就有希望！」

燕南飛大笑：「好，說得好，只要我還有一口氣，就絕不會忘了這句話。」

傅紅雪連一個字都不再說了，卻好像忽然對四壁木架上的兵刃發生了興趣。

他慢慢的走過去，對每一件兵刃都看得很仔細。

陰森的石室，漸漸變得悶熱，秋水清吹滅了三盞長明燈，傅紅雪忽然從木架上抽出了一根竹節鞭。

純鋼打成的竹節鞭，份量應該極沉重，卻又偏偏沒有它外表看來那麼重！

傅紅雪沉吟著，問道：「這件兵器是怎麼來的？」

秋水清沒有直接回答，先從壁櫃中找出本很厚的帳簿，吹散積塵，翻過十餘頁，才緩緩道：「這是海東開留下來的。」

傅紅雪又問：「江南霹靂堂的海東開？」

秋水清點點頭道：「霹靂堂的火器，本是威慑天下的暗器，可是孔雀翎出現後，他們的聲勢就弱了，所以海東開糾眾來犯，想毀了孔雀山莊，只可惜他還沒有出手，就已死在孔雀翎下。」

傅紅雪眼睛裡忽然發出了光，重覆一遍，又問道：「他還未出手，就已死在孔雀翎下？」

秋水清又點點頭，道：「那雖然已是百餘年前的往事了，這上面卻記載得很清楚。」

明月心道：「我也聽說過這位武林前輩，我記得他的外號好像是叫做霹靂鞭！」

傅紅雪慢慢的點了點頭，又開始沿著石壁往前走！

他右手握著刀，左手握著鞭，卻閉起了眼睛，他走路的姿態雖怪異，臉上的表情卻彷彿老僧已入定。

每個人又都屏住呼吸，看著他，石室中又變得靜寂如墳墓。

忽然間，刀光一閃。

這一閃刀光比燕南飛以前所看到的任何一次都亮得多。

這一刀傅紅雪顯然用出了全力，他雖然還是閉著眼睛，這一刀卻恰巧刺入了壁上石塊間的裂隙裡。

他並不是用眼睛去看的，他是用心在看！

一刀刺出，竟完全沒入了石壁。

傅紅雪長長吸了一口氣，刀鋒隨著抽出，等到他這口氣才吐出時，左手的竹節鞭也已刺出，硬生生插入了刀鋒劈開的裂隙裡。

就在這時，只聽「轟」的一聲大震，竹節鞭竟在石壁裡爆裂。

用六尺見方的石塊砌成的石壁，也隨著爆裂，碎石紛飛如雨。

然後一切又歸於平靜，完整的石壁已碎裂了一片。

傅紅雪刀已入鞘，只淡淡的說了句：「江南霹靂堂的火器，果然天下無雙。」

秋水清、明月心、燕南飛，靜靜的看著他，眼睛裡充滿尊敬：「你怎麼知道這竹節鞭裡有火器？」

「我不知道！」傅紅雪道：「我只不過覺得它的份量不該這麼輕。所以裡面很可能是空的，我又恰巧想到了海東開。」

海東開夜襲孔雀山莊那一戰，本就是江湖中著名的戰役之一。

當年江湖中最著名的七〇二次戰役，至少有七次是在孔雀山莊發生的！

孔雀山莊一直奇蹟般屹立無恙。可是他們一走出去，就發現曾經劫火仍無恙的孔雀山莊，竟已變作了一片瓦礫——九重院落，三十六座樓台，八十里的基業，都已化爲了一片瓦礫！

四

鮮血還沒有乾透，秋水清就這麼樣站在血跡斑斑的瓦礫間。

八十里基業，五百條人命，三十代聲名，如今都已被毀滅！

也像是奇蹟般被毀滅！

秋水清沒有動，也沒有流淚，這種仇恨已不是眼淚可以洗清的。

現在他只想流血！

可是他看不見造成這災禍的人，天色陰暗，赤地千里，除了他們四個人外，天地間彷彿已沒有別的生命。

燕南飛遠遠的站著，神情竟似比秋水清更悲苦。

傅紅雪已盯著他看了很久，冷冷道：「你在自責自疚，你認爲這是你惹的禍？」

燕南飛慢慢的點了點頭，幾次想說話，又忍住，內心的矛盾掙扎，使得他更痛苦。

他終於不能忍受，忽然道：「這已是第三次了。」

傅紅雪道：「第三次？」

燕南飛道：「第一次是鳳凰集，第二次是倪家花園，這是第三次。」

他說得很快，因爲他已下了決心，要將所有的秘密全都說出來。

「當今天下，武功最高的人並不是你，而是公子羽。」他說得很坦白：「你的刀雖已接近無堅不摧，可是你這個人有弱點。」

「你呢？」傅紅雪問。

「我練的是心劍，意劍，心意所及，無所不至，那本是劍法中境界最高的一種，若是練成了，必將無敵於天下。」

「你練不成？」

「這種劍法也像是扇有十三道鎖的門，我明明已得到所有的鑰匙，可是開了十二道鎖之後，卻找不到最後一把鑰匙了。」

燕南飛苦笑，道：「所以我每次出手，總覺得力不從心，有時一劍擊出，明明必中，到了最後關頭，卻偏偏差了一寸。」

傅紅雪道：「公子羽如何？」

燕南飛說道：「他的武功不但已無堅不摧，而且，無懈可擊，普天之下，也許已只有兩樣東西能對付他。」

傅紅雪道：「一樣是孔雀翎？」

燕南飛道：「還有一樣是天地交征陰陽大悲賦。」

這本書上記載著自古以來，天下最兇險惡毒的七種武功，據說這本書成時，天雨血，鬼夜哭，著書的人寫到最後一個字時，也嘔血而死。

傅紅雪當然也聽過它的傳說：「可是這本書寫成之後，就已失蹤，江湖中根本就沒有人見過！」

燕南飛道：「這本書的確絕傳已久，但最近卻的確又出現了。」

傅紅雪道：「在哪裡出現？」

燕南飛道：「鳳凰集。」

一年前他到鳳凰集去，就是爲了找尋這本書，傅紅雪恰巧也到了那裡。

燕南飛道：「那時我認爲你一定也是爲了這本書去的，認爲你很可能也已被公子羽收買，所以才會對你出手。」

可是他敗了。

他雖想殺傅紅雪，傅紅雪卻沒有殺他，所以才會發生這些悲慘詭秘而兇險的故事。

燕南飛道：「我與你一戰之後，心神交瘁，兩個時辰後，才能重回鳳凰集。」

那時鳳凰集竟已赫然變成了個死鎮，無疑已被公子羽的屬下洗劫過！

可是他並沒有得手，所以才會有第二次慘案發生。

燕南飛道：「當天早上，倪氏七傑中曾經有四位到過鳳凰集，他們匆匆而來，匆匆而去，本沒有引起別人注意，但是我卻忍不住想去找他們，打聽打聽消息，想不到我這一去，竟使他們慘淡經營了十三代的庭院，變成了個廢園。」

他想了想，又補充著道：「也就在那天，我初次見到明月心，那時她才搬去還不到五天。」

傅紅雪雙拳握緊，過了很久，才緩緩道：「你雖然至今還沒有見過這本大悲賦，卻已不知有多少人因此而家破人亡了。」

燕南飛也握緊雙拳，道：「所以我更要殺了公子羽，爲這些人復仇雪恨。」

傅紅雪道：「所以他也非殺了你不可。」

他們沒有再說下去，因爲這時秋水清已慢慢的走了過來。

他臉上還是全無表情，甚至連那雙銳利的眼睛也已變得空虛呆滯。

他站在他們面前，就像是個木頭人般站了很久，才夢囈般喃喃道：「秋家的人都已死了，但他們的屍體全在，其中只少了一個人。」

傅紅雪道：「公孫屠？」

秋水清點點頭，道：「要殺光秋家的人並不容易，他們一定也有傷亡，但卻已全都被帶走！」

燕南飛忍不住道：「這些人做事，一向乾淨俐落，不留痕跡。」

傅紅雪道：「可是這麼多人總不會突然消失的，無論他們怎麼走，多少總有些線索留下。」

秋水清看著他，目中露出感激之色，忽然又道：「我的妻子多病，我在城裡還有個女人，她現在已身懷六甲，若是生下個兒子來，就是我們秋家唯一的後代。」

他慢慢的接著道：「她姓卓，叫卓玉貞，她的父親叫卓東來，是個鏢師。」

傅紅雪靜靜的聽著，每句話都聽得很仔細。

秋水清長長吐出口氣，道：「這些事本該由我自己料理的，可是我已經不行了，若是再忍辱偷生，將來到了九泉下也無顏再見我們秋家的祖先。」

燕南飛叫起來，厲聲道：「你不能死，難道你不想復仇？」

秋水清忽然笑了笑，笑得比哭還悲慘：「復仇？你要我復仇？你知不知道公子羽是個什麼樣的人？你知不知道他有多大力量？」

燕南飛當然知道，沒有人能比他知道得更多。

除了歷史悠久的七大劍派和丐幫外，江湖中其他三十九個勢力最龐大的組織，至少有一半和公子羽有極密切的關係，其中至少有八九個是由公子羽暗中統轄的。

江湖中的一流高手，被他收買了的更不知有多少，他貼身的護衛中，有一兩個人的武功更深不可測。

燕南飛正準備將自己知道的都說出來，秋水清卻已不準備聽了！

他還是動也不動的站著，耳鼻七竅中，卻突然同時有一股鮮血濺出。

他倒下去時，遠方正傳來第一聲雞啼。

五

孔雀山莊兩面依山一面臨水。山勢高峻，帶著傷亡的人絕對無法攀越，水勢湍急，連羊皮筏子都不能渡。

孔雀山莊中禁衛森嚴，不乏高手，要想將他們一舉殲滅，至少也得要有三五十個一流好手。

就算這些人是渡水翻山而來的，走的時候也只有前面一條退路！

前面一片密林，道路寬闊，卻完全找不到一點新留下的車轍馬跡，也沒有一點血痕足印。

明月心咬著牙，道：「不管怎麼樣，今天我們一定要找到第三個人。」

傅紅雪道：「除了卓玉貞和公孫屠外還有誰？」

明月心道：「孔雀，我已收服了他，要他回去臥底，他一定能夠告訴我們一點線索。」

燕南飛冷冷道：「只可惜他說的每條線索，都可能是個圈套。」

明月心道：「圈套？」

燕南飛道：「他怕你，可是我保證他一定更怕公子羽，若不是他洩露了我們的秘密，公子羽怎麼會找到孔雀山莊來，而且來得這麼巧。」

明月心恨恨道：「如果你的推斷正確，我更要找到他。」

傅紅雪道：「但我們第一個要找的不是他，是卓玉貞。」

沒有人知道卓玉貞，卓東來卻是個很有名的人——有名的酒鬼。

現在他就已醉了，醉倒在院子裡的樹蔭下，可是，一聽見秋水清的名字，他又跳起來大罵：「這老畜牲，我當他是朋友，他卻在背地把我女兒騙上了手——」

他們並沒有塞住他的嘴，他罵得愈厲害，愈可以證明這件事情不假，只要能替秋水清保留下這一點骨血，他就算再罵三天三夜也無妨。

可是他的女兒卻受不了，竟已被他罵走了，她閨房裡的妝檯上壓著一封信，一個梳著長辮的小姑娘伏在妝檯上哭個不停。

信上寫的是：「女兒不孝，污辱了家門，爲了肚子裡這塊肉，又不能以死贖罪……」

小姑娘說的是：「所以小姐就只好走了，我拉也拉不住。」

「你也不知道她去了哪裡？」

「我若知道，我早就找去了，怎麼會留在這裡。」

屋子裡若有了個醉鬼，誰也不願意留下來的，所以他們也只好走！

但他們卻還是非找到卓玉貞不可，人海茫茫，你叫他們到哪裡去找？

明月心忽然道：「有個地方一定可以找得到。」

燕南飛立刻問：「什麼地方？」

明月心道：「她父親既然不知道這件事，秋水清一定準備了個地方作爲他們平日的幽會處。」

連那些小布店的老闆都可以在外面找個藏嬌的金屋，何況孔雀山莊的莊主。

只可惜這地方一定很秘密。「秋水清一向是個很謹慎的人，這種事除了他們自己外，還有誰知道？」

「一定還有個人知道！」

「誰？」

「那個梳著大辮子的小姑娘。」明月心說得很有把握：「小姐和貼身丫頭間的感情有時就好像姐妹一樣，我若做了這種事，一定也瞞不過星星的！」

星星就是她的貼身丫頭。

「那小姑娘一臉鬼靈精的樣子，剛才只不過是做戲給我們看的，用不了半個時辰，她一定會偷偷的找去。」

她沒有說錯。

果然還不到半個時辰，這小姑娘就偷偷的從後門裡溜了出來，躲躲藏藏的走入了左面一條小巷。

明月心悄悄的盯著她，傅紅雪和燕南飛盯著明月心。

「一個未出嫁的黃花閨女行動總是不大方便的，所以他們幽會的地方，一定距離她家不遠！」

這點明月心也沒有說錯，那地方果然就在兩條弄堂外的一條小巷裡，高牆窄門，幽幽靜靜的一個小院子，院子裡有棵銀杏樹，牆頭上擺著十來盆月季花。

門沒有閂，好像就是為了等這位小姑娘，她四下張望了兩眼，悄悄的推門走進去，才將門兒閂起。

月季花在牆頭飄著清香，銀杏樹的葉子被風吹得簌簌的響，院子裡卻寂無人聲。

「你先進去，我們在外面等！」

明月心早就知道這兩個男人絕不肯隨隨便便闖進一個女子私宅的，因為他們都是真正的男人，男人中的男人。

他們看著她越入高牆，又等了半天，月季花還是那麼香，靜寂的院子裡卻傳出一聲驚呼。是明月心的呼聲。

明月心絕不是個很容易被驚嚇的女人。

銀杏樹的濃蔭如蓋，小屋裡暗如黃昏，那個梳著大辮子的小姑娘伏在桌上，一條烏油油的大辮子纏在她自己咽喉上，她的手足已冰冷。

明月心的手足也是冰冰冷冷的：「我們又來遲了一步。」

小姑娘已被勒死，卓玉貞已不見了。

沒有人會用自己的辮子勒死自己的，這是誰下的毒手？

燕南飛握緊雙拳：「秋水清和卓玉貞的這段私情，看來並不是個沒有別人知道的秘密。」所以公子羽的屬下又比他們早到了一步！

傅紅雪臉色蒼白，眼睛裡卻露出紅絲。

他在找，他希望這次下手的人在倉促中造成了一點疏忽。

只要有一點疏忽，只要留下了一點線索，他就絕不會錯過！

這次他卻幾乎錯過了，因爲這線索實在太明顯。

妝檯上有面菱花鏡，有人在鏡上用胭脂寫了一個字，字跡很潦草，顯然是卓玉貞在倉猝中留下來的，綁走她的人也沒有注意。

爲什麼明顯的事，人們反而愈不去注意？

血紅的胭脂，血紅的字：「紫陽觀！」

六

紫陽觀是個很普通的名字，有很多道觀都叫紫陽觀，恰好這城裡只有一處。

「她怎麼知道他們要帶她到紫陽觀去？」

「也許是在無意中聽見的，也許那些人之中有紫陽觀的道士，她生長在這裡，當然認得。」

不管怎麼樣，他們好歹都得去看看，就算這是陷阱，他們也得去。

紫陽觀的院子裡居然也有棵濃蔭如蓋的銀杏樹，大殿裡香煙繚繞，看不見人影，可是他們一到後院，就聽見了人聲。

冷清清的院子，冷冰冰的聲音，只說了兩個字：「請進！」

聲音是從左邊一間雲房中傳出來的，裡面的人好像本就在等著他們。

看來這果然是個圈套。可是他們又幾時怕過別人的圈套？

傅紅雪連想沒有想，就走了過去，門是虛掩著的，輕輕一推就開了。

屋裡有四個人。

只要他認為應該做這件事，只要他的刀在手，縱然有千軍萬馬在前面等著，他也絕不退縮半步，何況是四個人！

四個人中，一個在喝酒，兩個在下棋，還有個白衣少年在用一柄小刀修指甲。

屋裡還沒有燃燈，這少年的臉色看來就像是他的刀，白裡透青，青得可怕。

下棋的兩個人，果然有個是道士，鬢髮雖已全白，臉色卻紅潤如嬰兒，另外一個人青衣白襪，裝束簡樸，手上一枚斑指，卻是價值連城的漢玉。

傅紅雪的瞳孔突然收縮，蒼白的臉上突然泛起異樣的紅暈。

因為剛才低著頭喝酒的人，此刻正慢慢的揚起臉。

看見了這個人的臉，明月心的手足立刻又冰冷。

一張刀痕縱橫的臉，鋭眼鷹鼻，赫然竟是「不死神鷹」公孫屠！

他也在看著他們，鋭眼中帶著種殘酷的笑意，道：「請坐。」

雲房中果然還有三張空椅，傅紅雪居然就真的坐了下來。

在生死決於一瞬間的惡戰前，能夠多保存一分體力也是好的。

所以燕南飛和明月心也坐了下來，他們也知道現在已到了生死決於一瞬的時候。

十 一刀賭命

一

院子裡的銀杏樹在風中簌簌作響，棋盤落子聲幽雅如琴弦，修指甲的白衣少年臉上全無表情，下棋的人更連頭都沒有抬起。

明月心忍不住道：「我們並不是來看人下棋的。」

公孫屠道：「我知道你們是來找我的，我就是血洗孔雀山莊的人，你們並沒有找錯。」

明月心的手握緊，指甲已刺入肉裡，道：「他們三位呢？」

公孫屠沒有直接回答，卻先引見了那個修指甲的白衣少年。

「這位就是洛陽蕭家的四無公子。」他顯得像是在示威：「四無的意思，就是飛刀無敵，殺人無算，翻臉無情。」

「還有一無呢？」

「就是不翻臉也無情。」公孫屠道：「他還有個很長很奇怪的名號，叫做：上天入地尋小李，一心一意殺葉開。」

昔年小李飛刀威懾天下，飛刀一出，例不虛發，他的光輝和偉大，至今無人能及。

葉開得自他真傳，談笑江湖三十年，雖然沒有妄殺過一個人，卻也沒有一個人敢輕犯他。

明月心道：「這位無心的公子不但有把握可以殺葉開，還要找小李探花比一比高下？」

公孫屠道：「好像是的。」

明月心也笑了：「他的口氣好大。」

公孫屠道：「口氣大的人，本領通常也不會小。」

明月心道：「好像是的。」

公孫屠微笑道：「其實不對？」

明月心笑道：「口氣愈大，本領愈小，江湖中豈非有很多人都是這樣子的？」

公孫屠的笑像是在挑撥，她的笑卻完全是在挑戰，這句話她本就是對著蕭四無說的。

這傲慢的少年卻好像根本沒有聽見她在說什麼，臉上還是全無表情。他手上的刀也動得很慢，每一個動作都極小心，好像生怕劃破了自己的手。

他的手乾燥穩定，手指長而有力。

傅紅雪從未注意過別人的手，現在卻在注意他的，每一個動作都觀察得很仔細。

修指甲並不是件很有趣的事，並不值得看。

蕭四無卻彷彿被看得很不安，忽然冷冷道：「看人修指甲，就不如看人下棋。」

公孫屠笑道：「尤其下棋的這兩位，都是當今天下的大國手。」

明月心眨了眨眼，道：「這位道長就是紫雲觀的大老闆？」

公孫屠好像又想挑撥，故意問道：「道觀中哪有大老闆？」

明月心笑道：「在道觀裡觀主就是大老闆，在妓院裡老鴇兒就是大老闆，『大老闆』這名稱本就是各種人都可以用的。」

白髮人剛拈起一顆棋子，忽然抬頭向她笑了笑，道：「不錯，我就是這裡的大老闆。」

明月心嫣然道：「最近這裡生意怎麼樣？」

白髮道人道：「還過得去，無論什麼時候，總有些愚夫愚婦來上香進油的，何況每年的春秋佳日，都正好是我們這行的旺季。」

他說話的口氣居然也好像真的是個大老闆了。

明月心笑得更愉快，道：「大老闆本來是無趣的多，想不到你這位大老闆竟如此有趣。」

白髮道人道：「我本就是個百無禁忌的人。」

他也笑得很愉快，明月心的笑卻忽然變得有些勉強：「百無禁忌？大老闆你貴姓？」

白髮道人道：「我姓楊。」

明月心道：「楊無忌？」

白髮道人道：「好像是的。」

明月心忽然笑不出了。

她知道這個人──三十年前，楊無忌就已是和武當掌門、巴山道士齊名的「方外七大劍客」之一。

她已知道江湖中用來形容這道人的四句話──第一句是「百無禁忌」，最後一句也是。

這四句話知道的人很不少。

「百無禁忌，一笑殺人，若要殺人，百無禁忌。」

據說：這道人若是冷冷冰冰的對你，反而拿你當作個朋友，若是對你笑得很和氣，通常就只有一種意思──他要殺你！

據說他要殺人時，不但百無禁忌，六親不認，而且上天入地，也非殺了你不可。

剛才他就笑了，現在還在笑。他準備什麼時候出手？

明月心盯著他，連一刹那都不敢放鬆。

誰知楊無忌卻又轉過頭，「叮」的一響，手指拈著的棋子已落在棋盤上。

這一顆子落下，他就拂袖擾亂了棋局，嘆道：「果然是一代國手，貧道認輸了。」

青衣白襪的中年人道：「這一著只不過是被人分了心而已，怎麼能算輸？」

楊無忌道：「一著下錯，滿盤皆輸，怎麼不算輸？何況下棋正如學劍，本該心無二用，若是被人分了心，怎麼能算高手。」

公孫屠笑道：「幸好道長下棋時雖易被分心，出劍時卻總是一心一意的。」

楊無忌淡淡道：「幸好如此，所以貧道至今還能偷生於人世。」

青衣白襪的中年人卻嘆了口氣，道：「不幸的是，我下棋時雖能一心一意，對劍時一顆心就變得亂如春草般。」

明月心道：「你貴姓？」

青衣人道：「不能說，不能說。」

明月心道：「爲什麼不能說？」

青衣人道：「因爲我本來就是個無名之輩，我只不過是個棋童而已。」

明月心道：「棋童，誰的棋童？」

燕南飛忽然笑了笑，道：「棋童的主人，當然是公子。」

青衣人好像剛看見他，立刻也笑了笑，拱手道：「原來是燕公子。」

燕南飛道：「只可惜我不是你的公子。」

青衣人微笑道：「公子近來可曾著棋？」

燕南飛道：「逃命還來不及，哪有功夫著棋？」

青衣人笑道：「在下卻是爲了著棋，連命都不要了，又何必再去逃命？」

燕南飛大笑，青衣人微笑，原來這兩個人本來就認得的。

棋童已如此，他的公子是個什麼樣的人？

燕南飛又問道：「你的公子近來可曾著棋？」

青衣人道：「不曾。」

燕南飛微笑道：「他不曾著棋，想必不是爲了逃命，他只要人的命。」

青衣人大笑，燕南飛微笑，他們說的這個人是不是公子羽？

燕南飛和公子羽本來也是朋友？

青衣人又拱了拱手，道：「公子再坐坐，在下告辭。」

燕南飛道：「你爲何不再坐坐？」

青衣人道：「我是來著棋，無棋可著，爲何要留下？」

燕南飛道：「爲著殺人！」

青衣人道：「殺人？誰想殺人？」

燕南飛道：「我！」

他忽然沉下臉，冷冷的看著公孫屠：「我要殺的人就是你。」

公孫屠一點也不意外，卻嘆了口氣，道：「爲什麼人人都要殺我？」

燕南飛道：「因爲你殺人殺得太多。」

公孫屠淡淡道：「要殺我的人也不少，我卻還活著。」

燕南飛道：「你已活得太長了，今日只怕已到了死期。」

公孫屠悠然道：「今日本就是死期，卻不知是誰的死期？」

燕南飛冷笑，同時已亮出了衣下的劍，薔薇劍！

這柄軟劍平時居然能像腰帶般藏在衣下，柔軟的皮鞘也不知是用什麼硝紅的，紅得像是春天的薔薇。

看到這柄劍，公孫屠眼睛裡也不禁露出尊敬之色：「我知道這柄劍，百煉千錘，可柔可剛，果然是天下少見的利器！」

燕南飛道：「我也知道你的鉤，你的鉤呢？」

公孫屠笑了笑，道：「你幾時見過用鉤採花的？」

燕南飛道：「採花？」

公孫屠道：「薔薇難道不是花？」

青衣人忽然道：「你若想採薔薇，就不該忘了薔薇有刺，不但會刺傷人的手，也會刺傷人的心。」

公孫屠道：「我已無心可傷。」

青衣人道：「但是你還有手可傷。」

公孫屠又笑了笑，悠然道：「他傷我的手，我就傷他的心。」

青衣人道：「用什麼傷他的心？」

公孫屠道：「用人。」

青衣人道：「什麼人？」

公孫屠道：「卓玉貞。」

青衣人道：「他傷你，你就殺卓玉貞？」

公孫屠點點頭，道：「卓玉貞不能死，所以我也不能死，能死的只有他！」

青衣人道：「這一戰你豈非已立於不敗之地？」

公孫屠道：「本來就是的。」

他微笑著，看著燕南飛：「所以現在你總該明白，今日究竟是誰的死期？」

燕南飛道：「你的！」

他冷冷的接著道：「死人才不能殺人，我要讓卓玉貞活著，更非殺了你不可！」

公孫屠嘆了口氣，道：「看來你還是不太明白，只因爲我剛才說了句話你沒有聽見。」

青衣人道：「我聽見了。」

公孫屠道：「我說的是什麼？」

青衣人道：「你說只要你一見血，就要他立刻殺了卓玉貞。」

公孫屠道：「我是對誰說的？」

青衣人道：「我不認得那個人，只知道你叫他『食指』！」

公孫屠道：「現在他的人呢？」

青衣人道：「帶著卓玉貞走了。」

公孫屠道：「到哪裡去了？」

青衣人道：「我不知道！」

公孫屠道：「誰知道？」

青衣人道：「好像沒有人知道！」

公孫屠道：「本來就沒有人知道！」

他又微笑著，看著燕南飛：「現在你是不是已完全明白。」

燕南飛點點頭，居然還能不動聲色。

公孫屠道：「今日是誰的死期？」

燕南飛道：「你的。」

公孫屠搖頭苦笑，道：「看來這人不但真倔強，而且真蠢，居然到現在還不明白。」

燕南飛道：「不明白的是你，因爲你千算萬算，還是忘了一點。」

公孫屠道：「哦？」

燕南飛道：「你忘了我不能死，更不想死，何況，我若死了，卓玉貞還是救不回來，所以我爲什麼要讓你殺我？爲什麼不能殺你？」

公孫屠怔了怔，道：「既然大家都不能死，你說應該怎麼辦？」

燕南飛道：「亮你的鈎，對我的劍，十招之內，我若不能勝你，我就送你一條命！」

公孫屠道：「誰的命？」

燕南飛道：「我的。」

公孫屠道：「你若勝了我，我也得送你一條命？」

燕南飛道：「當然。」

公孫屠道：「你要誰的命？卓玉貞的？」

燕南飛道：「我要看著你將她恭恭敬敬的送到我面前。」

公孫屠沉吟著，又去問那青衣人，道：「這句話是不是燕南飛親口說的？」

青衣人道：「是。」

公孫屠道：「燕南飛是不是個守信的人？」

青衣人道：「一諾千金，死而無悔。」

公孫屠忽又笑了，大笑道：「其實我說來說去，爲的就是要等他說這句話。」

他的笑聲停頓時，鈎已在手。

二

雪亮的鈎，亮如鷹眼，利如鷹喙，份量雖沉重，變化卻輕巧。

公孫屠微笑道：「你知不知道這柄鈎的好處在哪裡？」

燕南飛道：「你說。」

公孫屠輕撫鈎鋒，道：「這柄鈎雖重，但是在斗室之中，也可以運用自如，卻不知你的劍如何？」

燕南飛道：「我若被你逼出此室，也算輸了。」

公孫屠大笑，道：「好，你還不拔劍？」

燕南飛道：「不必拔劍。」

公孫屠道：「不必？」

燕南飛道：「劍在鞘中，也同樣可以殺人，又何必拔劍？拔出來後，反而未必能殺人了。」

公孫屠道：「爲什麼？」

燕南飛道：「因爲這柄劍最可怕之處，本不在劍鋒，而在劍鞘。」

公孫屠不懂：「難道劍鞘比劍鋒還利？」

燕南飛輕撫著鮮紅的劍鞘，道：「你知不知它是用什麼染紅的？」

公孫屠不知道。

燕南飛道：「是用『血薔薇』的花汁。」

公孫屠顯然也不知道什麼是血薔薇，他根本從來也沒有聽說過。

燕南飛道：「血薔薇就是用五種毒血灌溉成的薔薇。」

公孫屠道：「五種毒血？哪五毒？」

燕南飛道：「七寸陰蛇，百節蜈蚣，千年寒蛟，赤火毒獗。」

公孫屠道：「還有一種呢？」

燕南飛冷冷道：「還有一種就是那些不忠不義的叛徒賊了！」

公孫屠這次居然沒有笑出來。

燕南飛道：「薔薇劍要殺的就是這五毒，若是遇見孝子忠臣，義氣男兒，這柄劍的威力根本就發揮不出。」

公孫屠冷笑道：「劍鞘的威力？」

燕南飛不否認，道：「若是遇見了五毒，血薔薇的花魂就會在劍上復活。」

他盯著公孫屠：「你若是這五毒之一，這時你就會嗅到一種神秘而奇異的香氣，血薔薇的花魂就會在不知不覺中攝去你的魂魄。」

公孫屠大笑，臉上每一條刀疤都笑得扭曲蠕動起來，就像是一條條毒蛇。

燕南飛道：「你不信？」

公孫屠道：「你的劍上有花魂，我的鈎上也有。」

燕南飛道：「有什麼？」

公孫屠道：「厲鬼冤魂。」

他的笑聲嘶裂，笑容猙獰：「也不知有多少條死在這柄鈎下的厲鬼冤魂，都正在等著我爲他們找個替死鬼，好讓他們早早超生。」

燕南飛道：「我相信，我也可以想像到，他們最想找的就是你。」

公孫屠道：「你爲何還不出手？」

燕南飛道：「我已出手！」

公孫屠笑容消失，臉上的毒蛇就像忽然同時被人捏住了七寸，立刻僵死。

燕南飛的劍果然已開始在動，他動得很慢，動作中帶著種奇異的韻律，就彷彿薔薇的花瓣在春風中開放，完全看不出一點可以致命的威力。

公孫屠冷笑，鈎已擊出，他的出手快而準，多年來的無數次生死惡戰，已使得他完全摒絕了那些繁複花俏的招式；他每一招擊出，都絕對有效。

可是他的招式忽然就被捲入了薔薇劍那種奇妙的韻律裡，就好像鋒利的貝殼被捲入海浪。潮退的時候，他所有的攻擊都已消失了威力。

然後他就嗅到了一種神秘的香氣，眼前忽然變得一片鮮紅，除了這片鮮紅的顏色外，別的都已看不見了，又像是忽然有一道紅幕在他眼前垂下。

他的心弦震動，想用手裡的鈎去挑開這片紅幕，去刺穿它，可是他的反應已遲鈍，動作已緩慢，等到這片鮮紅消失時，薔薇劍已在他咽喉上。

他忽然覺得喉嚨發乾，滿嘴苦澀，而且很疲倦，疲倦得幾乎要嘔吐。

「叮」的一響，他的鈎已落在地上。

楊無忌長長吐出口氣，顯然剛才也同樣能感受到劍上那種神秘的壓力。

他學劍四十年，居然看不出燕南飛用的是什麼劍法。

青衣人也吐出口氣，喃喃道：「這就是心劍？劍上真的有花魂復活？」

燕南飛道：「還沒有復活，只不過偶然甦醒了一次而已。」

青衣人動容道：「若是真的復活了呢？」

燕南飛神情嚴肅，緩緩道：「花魂復活，素願得償，我也就死而無憾了。」

青衣人道：「花魂復活時，必有人死？」

燕南飛道：「必死無疑。」

青衣人道：「什麼人死？」

燕南飛道：「至少有兩個人，一個是我，還有一個是……」

他沒有說下去，青衣人也沒有催促他說下去。

兩個人臉上忽然同時露出種很奇怪的表情，忽然同時笑了。

燕南飛笑得更愉快。

薔薇劍仍在公孫屠的咽喉上，他知道一定很快就能見到卓玉貞的。

「套車，備馬，先叫人送卓姑娘上車，再送我們出去。」

他的條件公孫屠完全答應。

明月心微笑著站起來，心裡也不禁鬆了口氣，這一次他們總算沒有失敗。

蕭四無還在修他的指甲，他的手還是同樣穩定，冷酷的眼睛裡卻已露出了焦躁之意。

因爲傅紅雪還在盯著他，甚至在燕南飛出手時，他的目光都沒有移開過。

除了這少年的一雙手之外，世上好像再沒有什麼別的事値得他去看一眼的。

蕭四無的手背已隱隱露出了青筋，彷彿已用出了很大的力量，才能使這雙手保持穩定。

他的動作還是很輕慢，甚至連姿勢都沒有改變，能做到這一點確實很不容易。

傅紅雪忽然道：「你的手很穩。」

蕭四無淡淡道：「一直都很穩。」

傅紅雪道：「你的出手一定也很快，而且刀脫手後，刀的本身還有變化。」

蕭四無道：「你看得出？」

傅紅雪點點頭，道：「我看得出你是用三根手指擲刀的，所以能在刀鋒上留下迴旋之力，我也看得出你是用左手擲刀的，先走偏鋒，再取標的。」

蕭四無道：「你怎麼能看得出？」

傅紅雪道：「你左手的拇指、食指和中指特別有力。」

蕭四無笑容艱澀，冷冷道：「好眼力。」

傅紅雪道：「好刀！」

蕭四無傲然道：「本就是好刀！」

傅紅雪道：「雖是好刀，卻還是比不上葉開。」

蕭四無的動作突然停頓。

傅紅雪也終於站起來，道：「葉開的飛刀出手，當今天下最多只有一個人能破解。」

蕭四無手背的青筋更凸出，道：「我的刀呢？」

傅紅雪淡淡道：「現在這屋子裡最少已有三個人能破你的刀！」

蕭四無道：「你也是其中之一？」

傅紅雪道：「當然是的。」

他慢慢的轉過身，頭也不回的走了出去。

蕭四無看著他走出去，居然沒有動，也沒有再說一個字。

刀在！手也在！可是他的刀絕不輕易出手！

他在看著地上的腳印冷笑。

腳印很深，是傅紅雪留下來的，他走出這扇門時，全身的力量都已集中。

因爲他必須集中全部力量來防備蕭四無的刀。

可是蕭四無的刀並未出手。

傅紅雪走出門，仰面向天，長長吐出口氣，竟似覺得很失望。

不但失望，而且憂慮。

他忽然發現這少年遠比近年來他所遇見的任何人都可怕！

他本已看清了這少年的刀路，本想激這少年出手。

現在出手，他還能接得住，他有把握。

誰知這少年的冷靜，竟比他自己手中的刀更冷，更可怕。

「他三年以後再出手，我是不是還有把握能接得住？」

前面有馬嘶傳來，小院中還是很幽靜，傅紅雪忽然有種衝動，想回頭去殺了這少年，但他沒有回頭。

他慢慢的走了出去。

前面走的是燕南飛和公孫屠。

薔薇劍還在公孫屠咽喉上，燕南飛面對著他，一步步向後退。

公孫屠卻不願面對他，已閉上了眼，他就像是用竹杖什帶著一個瞎子。

可是這瞎子實在太危險，他絕不能有片刻放鬆。

明月心是最後走出禪房的，正想加快腳步，趕上傅紅雪。

這時楊無忌忽然在她身旁出現，道：「你知不知道那道牆後面是什麼？」

明月心搖搖頭。

楊無忌笑了笑，道：「你馬上就會知道的。」

看到這個人的笑，明月心手裡已捏了把冷汗。

楊無忌卻往後退了兩步，微笑著點頭，就在這時，短牆後忽然出現了九個人。

九個人十三種暗器，每種至少有三件，弓弦聲和機簧聲同時一響，三十幾道寒光暴雨般打了過來。

明月心的反應並不慢，弓弦一響，她的身法已展開。

一片刀光閃電般飛過來，爲她掃落了大半暗器。

她展動身形向左退，剩下的暗器已沒有一件能打到她。

她正在暗中鬆了口氣，一柄劍已刺入了她的右肋，她幾乎完全沒有感覺到痛苦。

劍鋒冷而銳利，她只覺得忽然有陣寒意，只看見傅紅雪蒼白的臉上忽然露出種奇怪的表情，忽然伸手把她拉了過去。

然後她就倒在傅紅雪懷裡。

楊無忌用的是一柄松紋古劍，此刻劍已出鞘，劍尖還在滴著血。

他凝視著劍尖的血，臉上忽然變得全無表情。

一擊必中！

他早已算準了傅紅雪會拔刀，早已算準了明月心會往那裡閃避。

他的劍早已在那裡等著。

這件事每一個細節都早已在他計算之中，他早已算準了這一擊必中！

短牆的九個人已全都不見了，傅紅雪並沒有追，只是冷冷的盯著楊無忌。

燕南飛也已停下來，握劍的手彷彿在發抖。

楊無忌忽然道：「你最好小心些，莫要傷了他，他若死了，卓玉貞也死了。」

燕南飛咬緊牙，道：「你是身負重名的劍客，這裡是你的道觀，你竟在這裡用如此卑鄙的手段暗算一個女人，你究竟是什麼東西？」

楊無忌淡淡道：「我是楊無忌，我要殺她！」

青衣人遠遠的站在禪房門側，嘆息著道：「若要殺人，百無禁忌，楊無忌果然是楊無忌！」

楊無忌道：「此刻我若不殺她，良機錯失，以後只怕就永無第二次了。」

傅紅雪盯著他，一隻手握著刀，一隻手抱著早已過去的明月心。

他可以感覺到明月心的身子在漸漸發冷。

楊無忌道：「你們要替她報仇？」

傅紅雪沒有再說一個字，已開始往後退。

燕南飛看著他懷裡的明月心，再看著自己劍下的公孫屠。

公孫屠還是閉著眼，一張刀疤交錯的臉，看來就像是個面具。

燕南飛忽然也開始往後退。

楊無忌也不意外，淡淡道：「馬車已套好，卓玉貞已在車上等著，祝你們一路順風。」

燕南飛忍不住道：「你不怕我上車後殺了公孫屠？」

楊無忌道：「我爲什麼要怕？公孫屠的死活跟我有什麼關係？」

他忽然轉身走向禪房，走到門口時又拉住那青衣人：「走，我們去下棋。」

青衣人立刻點了點頭，微笑道：「我本就是爲了下棋來的。」

車馬果然已套好，一個身懷六甲的少婦，正坐在角落裡低頭垂淚。

傅紅雪帶著明月心上了車，薔薇劍卻仍在公孫屠的咽喉。

燕南飛厲聲道：「張開眼來看著我！」

公孫屠立刻睜開眼。

燕南飛盯著他，恨恨道：「我本想殺了你的。」

公孫屠道：「但你卻不會出手，因爲你是一諾千金的燕南飛。」

燕南飛又狠狠的盯著他看了很久，忽然一腳踢在他小肚子上。

公孫屠的身子立刻蝦米般彎下，眼淚，鼻涕，冷汗，一起流了出來。

燕南飛連看都不再看他一眼，轉身面對著前面的車夫，道：「打馬前行，片刻也不許停留，你若想玩花樣時，最好莫忘記我的劍就在你背後。」

三

車廂寬大，座位柔軟，趕車的技術優良。

這本是輛坐起來很令人愉快的馬車，可是車廂裡的人卻沒有一個是愉快的。

傅紅雪忽然道：「我本該殺了蕭四無。」

燕南飛道：「你並沒有出手。」

傅紅雪道：「因爲我有顧忌，所以……」

燕南飛道：「所以你慢了。」

傅紅雪慢慢的點了點頭，道：「若要殺人，百無禁忌，良機錯失，永不再來。」

他說得很慢，每個字都似已經過仔細咀嚼。

燕南飛沉默了很久，才嘆息著道：「我殺公孫屠的機會只怕也已不多了。」

傅紅雪道：「幸好明月心還沒有死，卓姑娘也安全無恙。」

坐在角落的卓玉貞已收住了淚，看著他，忽然道：「你就是傅紅雪？」

傅紅雪點點頭。

卓玉貞道：「我沒有見過你，可是我常聽秋……秋大哥說起你，他常說你是他唯一可以信任的朋友，他還說……」

傅紅雪道：「說什麼？」

卓玉貞黯然道：「他再三關照我，萬一我在他無法照顧時出了什麼事，就要我去找你，所以他將你的容貌說得很仔細。」

她又低下頭，垂淚道：「想不到的是，現在我還好好活著，他卻已……」

說到這裡她已泣不成聲，索性伏在座位上，放聲痛哭起來。

她是個美麗的女人，她的美麗屬於清秀柔弱那一類型的，本就最容易讓人憐憫同情。

明月心雖然聰明堅強，若不是傅紅雪及時爲她止住了血，現在只怕已香消玉殞。

燕南飛看著她們，忍不住輕輕嘆息：「不管怎麼樣，我們總算已對秋莊主有了交代。」

傅紅雪道：「沒有交代！」

燕南飛很意外：「沒有？」

傅紅雪目光刀鋒般盯著他身旁的女人，冷冷道：「這位姑娘不是卓玉貞，絕不是。」

十一 變化

一

哭聲忽然停止。

卓玉貞抬起頭，吃驚的看著傅紅雪：「我不是卓玉貞？你爲什麼說我不是卓玉貞？」

傅紅雪沒有回答她，卻問了句不該問的話：「你已經有了幾個月的孕？」

卓玉貞遲疑著，終於道：「七個月。」

傅紅雪道：「你已經有了七個月的孕，可是你父親直到今天才發現你的私情？他是個瞎子？」

卓玉貞道：「他不是瞎子，他也不是我親生的父親。」

她的聲音裡充滿懷恨：「他早就知道這件事，我認得秋水清，根本就是他安排的，因爲秋水清是江湖中的大人物，是孔雀山莊的莊主，也是劉總鏢頭最佩服的人。」

燕南飛插口道：「劉總鏢頭？振遠鏢局的劉振國？你父親是振遠的鏢師？」

卓玉貞道：「他本來是的。」

燕南飛道：「現在呢？」

卓玉貞道：「他的酒喝得太多，無論什麼樣的鏢局，都不願用一個醉漢做鏢師的。」

燕南飛道：「劉振國將他解了聘？」

卓玉貞點點頭，道：「劉總鏢師並不反對喝酒，可是喝了酒之後居然把同伴的鏢師當做來劫鏢的，還砍斷了他的一隻手，這就未免太過份了。」

燕南飛道：「他想利用你和秋水清的關係，重回振遠去？」

卓玉貞道：「他想得要命，就算我是他親生的女兒，他也會這麼做的。」

燕南飛道：「只可惜秋水清不肯做這種事，劉振國也不是肯徇私的人。」

卓玉貞道：「所以秋水清雖然每個月都給他一百兩銀子買酒，他還是不滿意，只要一喝醉，就要想法子來折磨我。」

燕南飛道：「直到今天早上你才覺得不能忍受？」

卓玉貞勉強忍住了淚，道：「我是個女人，名義上又是他的女兒，無論他怎樣對我，我都可以忍受，但是今天早上……」

燕南飛道：「今天早上他做了什麼事？」

卓玉貞道：「他要把我肚子裡的孩子打出來，他不要我生秋水清的孩子，因爲……因爲他已經知道孔雀山莊的凶訊。」

燕南飛動容道：「可是昨天晚上才發生的事，他本不該知道的。」

卓玉貞道：「可是他的確知道了。」

燕南飛沉下了臉，傅紅雪的臉色更蒼白。

——只有一種人才會這麼快就得到消息。

——就算他昨天晚上沒有到孔雀山莊去殺人，也一定是個把風的。

燕南飛道：「我若看見那麼多人無辜慘死，回家後我也會忍不住想大醉一場。」

傅紅雪沉默著，忽然問道：「你認得劉振國？他是個什麼樣的人？」

燕南飛道：「振遠鏢局的局面很大，能做到振遠鏢局的總鏢頭並不容易。」

傅紅雪道：「他懂得用人？」

燕南飛道：「他用的都是好手，一流好手。」

傅紅雪的手握緊。

卓玉貞道：「我義父的武功不弱，若不是酒害了他，他說不定也會做到總鏢頭的。」

傅紅雪冷冷道：「做總鏢頭難，殺人容易。」

燕南飛道：「你認為他是兇手之一？」

傅紅雪道：「不是兇手，也是幫兇！」

燕南飛道：「那麼現在我們就該去找他。」

傅紅雪道：「上車時我就已經吩咐過，現在我們走的就是這條路。」

他看著卓玉貞：「所以我希望你說的全部都是真話。」

卓玉貞直視著他，說謊的人絕不敢正視他的眼睛，也絕不會有這種坦然的表情。

燕南飛看著她，再看看傅紅雪，好像也有什麼意見要說出來。

他還沒有開口，就聽見一個人大聲道：「現在我們絕不能回卓家去。」

明月心已醒了。

她的血流得太多，身子太虛弱，這句話顯然是她用盡了所有力氣才說出來的。

燕南飛讓她躺得更舒服些，才問：「我們爲什麼不能回卓家去？」

明月心喘息著道：「因爲現在那裡一定已是個陷阱。」

她急著要將心裡的想法說出來，蒼白的臉已掙得發紅：「公孫屠絕不會就這樣放過我們的，他當然想得到我們要找卓東來，他們的人多，而且全都是好手，我又受了傷。」

燕南飛不讓她說下去：「你的意思我明白，傅紅雪一定也會明白的。」

明月心道：「你們不明白，我不是爲了我自己，我也知道就憑你們兩個人已足夠對付他們，可是卓姑娘呢？你們要對付楊無忌的劍，要對付公孫屠的鈎，還要對付蕭四無的飛刀，哪裡還有餘力照顧她？」

傅紅雪沒有開口，也沒有反應。

明月心看著他，道：「這次你一定要聽我的，現在就應該趕緊叫車子停下來。」

傅紅雪道：「不必。」

明月心道：「你……你爲什麼不肯？」

傅紅雪臉上還是全無表情，淡淡道：「因爲這條路並不是到卓家去的路。」

明月心怔了怔，道：「不是？怎麼會不是？」

傅紅雪道：「因爲我本來就是要他趕車出城的，他怎麼敢走別的路？」

明月心鬆了口氣，道：「原來你的想法也跟我一樣。」

傅紅雪冷冷道：「我從不拿別人的生命冒險。」

明月心道：「可是你剛才……」

傅紅雪道：「我剛才那樣說，只不過是爲了試探試探這位卓姑娘。」

他的話還沒有說完，馬車忽然停下。

趕車的轉過頭，陪著笑道：「這裡已經是城外了，傅大俠要往哪條路走？」

傅紅雪冷冷的看著他陪笑的臉，忽然問道：「你練的是不是先天無極派的功夫？」

趕車的笑容突然僵硬，道：「小人根本沒有練過功夫。」

傅紅雪不聽他的，又問道：「趙無極、趙無量兄弟，是你的父或叔？還是你的師長？」

車夫吃驚的看著他，就好像看見了鬼一樣。

他趕車的技術純熟，一直都坐在前面趕車，非但沒有什何舉動，而且很聽話。

他實在想不通這個臉色蒼白的怪物，怎麼會一眼就看破他的來歷。

傅紅雪道：「你的膚色光滑，肌理細密，就好像用熟油浸出來，只有練過先天無極獨門氣功的人，才會這麼樣。」

的。」

——這怪物好尖銳的眼力！

車夫終於嘆了口氣，苦笑道：「在下趙平，趙無極正是家父。」

傅紅雪道：「你是不是有個名字叫食指？」

趙平勉強點了點頭，他已看出在這怪物面前根本沒有說謊的餘地。

傅紅雪道：「以你的家世出身，竟會做這種見不得天日的事，我本該替先天無極清理門戶的。」

趙平變色道：「可是我……」

傅紅雪不讓他開口，冷冷道：「你若不是趙無極的獨子，現在就已死在車輪下。」

他坐在車廂裡，連動都沒有動。

——一隻手上，最靈活的就是食指。

——一個坐在車廂裡不動的人，怎麼能殺得了靈活如食指的趙平？

趙平終於想通了，身子已準備掠起。

傅紅雪道：「今天我不殺你，我只要你留下一隻殺人的手！」

趙平忽然大笑，道：「抱歉得很，我的手還有用，不能給你。」

忽然間，刀光一閃，血花四激。

趙平身子已掠起，忽然看見一隻血淋淋的手憑空落下。

他還不知道這就是他自己的手。

刀太快，他還沒有感覺到痛苦。

他甚至還在笑。

等到這隻手落在地上，他才發現自己的手已少了一隻。

笑聲立刻變成了慘呼，他的人也重重跌下。

刀光不見了，刀已入鞘。

傅紅雪還是坐在那裡，動也不動。

趙平將斷腕塞入衣襟，用一隻手扳著車窗，掙扎著站起來，盯著他。

傅紅雪道：「你還不走？」

趙平咬著牙，道：「我不走，我要看看你的刀。」

傅紅雪道：「刀不是給人看的。」

趙平道：「你砍斷了我的手，你至少應該讓我看看你的刀。」

傅紅雪凝視著他，忽然道：「好，你看！」

刀光一閃，一根根斷髮雨絲般飄散。

這是趙平的頭髮。

等到他看見這雨絲般的落髮，刀光已不見了。

刀已入鞘。

他還是沒有看見這柄刀。

他的臉卻已因恐懼而扭曲，忽然一步步向後退，嘶聲嚷呼道：「你不是人，你是個惡鬼，你用的也是把鬼刀……」

漆黑的刀，漆黑的眸子。

卓玉貞也在看著這柄刀，已看了很久，眼睛裡也有了恐懼。

這柄刀彷彿已長在傅紅雪手上，已成了他身體的一部份。

卓玉貞試探著問：「你有沒有放下過這把刀？」

傅紅雪道：「沒有。」

卓玉貞道：「你能不能讓我看看？」

傅紅雪道：「不能。」

卓玉貞道：「你有沒有讓別人看過？」

傅紅雪道：「沒有！」

卓玉貞道：「這真是把鬼刀？」

傅紅雪道：「鬼不在刀上，在心裡，只要心裡有鬼的人，就避不開這把刀！」

人沒有動，馬車也沒有動。

燕南飛嘆了口氣，道：「看來我們現在已沒有什麼地方可去了！」

傅紅雪道：「有。」

燕南飛道：「去哪裡？」

傅紅雪道：「孔雀山莊。」

燕南飛很意外：「又到孔雀山莊去？現在那裡還有什麼？」

傅紅雪道：「還有個秘密地窖。」

燕南飛立刻明白：「你要明月心躲到那裡去養傷？」

傅紅雪道：「沒有人想得到她會在那裡，那裡已是死地。」

燕南飛道：「這也是置之死地又後生？」

傅紅雪道：「是。」

燕南飛道：「我們還是坐這輛車去？」

傅紅雪道：「車馬不會洩露秘密，更不會出賣人。」

燕南飛道：「只有人才會出賣人，所以你趕走了趙平。」

傅紅雪道：「是。」

燕南飛道：「現在誰去趕車？」

傅紅雪道：「你。」

地室的石壁上雖然被炸開個大洞，別的地方依舊堅固完整。

燕南飛道：「現在這裡唯一的出入道路，就是這個洞了。」

傅紅雪道：「只能出，不能入。」

燕南飛道：「爲什麼？」

傅紅雪道：「因爲明月心還有孔雀翎。」

燕南飛道：「她的孔雀翎也有用？」

傅紅雪道：「有。」

燕南飛道：「只要她拿著孔雀翎守在這裡，就沒有人衝得進來？」

傅紅雪道：「絕沒有。」

燕南飛嘆道：「不管怎麼樣，我還是希望沒有別的人來。」

卓玉貞忍不住道：「你們是不是要讓她一個人留在這裡？」

傅紅雪道：「不是。」

卓玉貞道：「誰留下來陪她？」

傅紅雪道：「你。」

卓玉貞道：「你們呢？你們要走？」

傅紅雪道：「是。」

卓玉貞道：「到哪裡去？」

傅紅雪道：「去殺人！」

卓玉貞道：「去殺那些殺人的人？」

傅紅雪點點頭：「公孫屠不肯放過我，我也同樣不能放過他！」

卓玉貞看著他手裡的刀：「殺人的人是不是心裡都有鬼？」

傅紅雪道：「是。」

卓玉貞道：「他是不是一定躲不開你這把刀？」

傅紅雪道：「一定。」

卓玉貞忽然跪下，淚也流下：「求求你，把他那顆心帶回來，我要用他的心祭我肚裡孩子的父親。」

傅紅雪凝視著她，忽然道：「我可以做這種事，你卻不能說這種話。」

卓玉貞道：「爲什麼？」

傅紅雪道：「因爲話裡有殺氣。」

卓玉貞道：「你怕我肚裡的孩子染上殺氣？」

傅紅雪點點頭，道：「有殺氣的孩子，長大後難免殺人。」

卓玉貞咬緊牙根，道：「我希望他殺人，殺人總比被殺好。」

傅紅雪道：「你忘了一點！」

卓玉貞道：「你說。」

傅紅雪道：「殺人的人，遲早總難免被殺的！」

二

地室中陰森而黑暗，連桌椅都是石頭的，又硬又冷。

明月心卻坐得很舒服，因爲傅紅雪臨走時已將車上所有的墊子都拿來了。

華麗的馬車，柔軟的墊子，卓玉貞也分到一個。

傅紅雪一走，她就忍不住嘆息，道：「想不到他居然還是個這麼細心的人！」

明月心道：「他是個怪人，燕南飛也怪，但他們都是人，而且是男人，真正的男人。」

卓玉貞道：「他們好像對你都不錯。」

明月心道：「我對他們也都不錯。」

卓玉貞道：「可是你總得要有選擇的，一個女人，總不能同時嫁給兩個男人。」

明月心勉強笑了笑，道：「我已選擇好了。」

卓玉貞道：「你選的是誰？」

明月心道：「是我自己。」

她淡淡的接著道：「一個女人雖不能同時嫁給兩個男人，卻可以兩個都不嫁。」

卓玉貞閉上了嘴，她當然也看得出明月心不願再談論這件事。

明月心輕撫著手裡的孔雀翎，她的手比黃金還冷，她有心事。

是不是卓玉貞說了那些話，才勾起了她的心事？

過了很久，卓玉貞忽然又問道：「你手裡拿著的真是孔雀翎？」

明月心道：「不是真的。」

卓玉貞道：「你能不能讓我看看？」

明月心道：「不能。」

卓玉貞忍不住問：「爲什麼？」

明月心道：「因爲孔雀翎雖然不是真的，但卻也是件殺人的利器，也有殺氣，我也不願讓你肚裡的孩子染上殺氣。」

卓玉貞看著她，忽然笑了：「你知道我爲什麼笑？」

明月心道：「不知道！」

卓玉貞道：「我忽然發現你說話的口氣，就好像跟傅紅雪完全一模一樣，所以……」

明月心道：「所以怎麼樣？」

卓玉貞又笑了笑，道：「假如你非嫁不可，我想你一定會嫁給他的。」

明月心笑了笑，笑得很勉強：「幸好我並不是非嫁不可。」

卓玉貞垂下頭：「可是我卻非嫁不可。」

明月心道：「爲什麼？」

卓玉貞淒然道：「因爲我的孩子，我不能讓他沒有父親。」

明月心也忍不住要問：「你想要誰做他的父親？」

卓玉貞道：「當然要一個真正的男人，一個可以保護我們的男人。」

明月心又忍不住問：「一個像傅紅雪那樣的男人？」

卓玉貞居然不否認。

明月心笑得更勉強：「你知不知道他有多麼無情？」

卓玉貞幽幽的一笑，道：「是有情？是無情？又有誰能真的分得清？」

三

「我們還是坐這輛車去？」

「嗯。」

「現在應該由誰來趕車了？」

「你。」

燕南飛終於沉不住氣了：「爲什麼還是我？」

傅紅雪道：「因爲我不會。」

燕南飛怔住：「爲什麼你說的話總是要讓我一聽就怔住？」

傅紅雪道：「因爲我說的是真話。」

燕南飛只有跳上車，揮鞭打馬：「你看，這並不是件困難的事，人人都會的，你爲什麼不學？」

傅紅雪道：「既然人人都會，人人都可以爲我趕車，我何必學？」

燕南飛又怔住。

「你說的確實都是真話。」他苦笑著搖頭：「但我卻希望你偶而也說說謊。」

「爲什麼？」

「因爲真話聽起來，好像總沒有謊話那麼叫人舒服。」

馬車前行，走了很久，傅紅雪一直在沉思，忽然問道：「你認得那個陪楊無忌下棋的人？」

燕南飛點點頭，道：「他叫顧棋，是公子羽手下的大將。」

傅紅雪道：「聽說他門下有四大高手，就是以『琴棋書畫』爲名的。」

燕南飛道：「是五大高手，俞琴、顧棋、王書、吳畫、蕭劍。」

傅紅雪道：「這五個人你都見過？」

燕南飛道：「只見過三個，那時公子羽還沒有找到俞琴和蕭劍。」

傅紅雪凝視著他，道：「那時是什麼時候？」

燕南飛閉上了嘴。

傅紅雪卻不放鬆，追問道：「是不是你跟公子羽常常見面的時候？」

燕南飛還是閉著嘴。

傅紅雪道：「他的秘密你都知道，他門下高手你都很熟，你們以前當然常有來往。」

燕南飛不否認，也不能否認。

傅紅雪道：「你們究竟有什麼關係？」

燕南飛冷冷道：「別人一向都說你惜語如金，爲什麼我總覺得你是個多話的人？」

傅紅雪道：「因爲你不會說謊，又不敢說真話。」

燕南飛道：「現在我要說的是你，不是我。」

傅紅雪道：「我要說的卻是你。」

燕南飛道：「我們能不能說說別的？直到現在我還不知道你要到哪裡去！」

傅紅雪道：「你知道，要找獵人，當然要到他自己佈下的陷阱那裡去找。」

燕南飛道：「是卓東來的家？」

傅紅雪道：「以前是的。」

燕南飛道：「現在已不是？」

傅紅雪道：「死人沒有家。」

燕南飛道：「卓東來現在已是個死人？」

傅紅雪道：「所以那地方現在已只不過是個陷阱。」

燕南飛嘆了一口氣，道：「我只希望那些獵人還留在那裡沒有走！」

傅紅雪道：「他們應該還沒有走，要做獵人，第一樣要學會的就是忍耐。」

卓東來果然已是個死人，連屍體都已冰冷。

這並不意外，要想以殺人爲業，第一樣應該學會的就是滅口！你只要參加過他們的一次行動，隨時都有可能被他們殺了滅口；在他們眼中看來，一個人的生命絕不會比一條野狗珍貴。

卓東來已像是野狗般被殺死在樹下。

傅紅雪遠遠的看著，目光中充滿了悲傷和憐憫。

——生命本是可貴的，爲什麼偏偏有些人不知道多加珍惜？

他同情這個人，也許只因爲自己幾乎也被毀在「酒」字上。

——酒的本身並不壞，問題只在你自己。

——你自己若是願意沉淪下去，不能自拔，那麼世上也絕沒有任何人能救你。

燕南飛心裡的感觸顯然沒有這麼深，他還年輕，還有滿懷雄心壯志。

所以他只想問：「陷阱在這裡，獵人呢？」

傅紅雪沉默著，還沒有開口，屋角後忽然響起　聲輕叱：「看刀！」

一閃刀光如閃電，直向他背後打來。傅紅雪沒有閃避，沒有動，動的是他的刀！

「叮」的一響，火星四激，一道刀光沖天而起，看來就像是已衝破雲層飛至天外。

傅紅雪的刀已入鞘。

燕南飛鬆了一口氣，道：「看來至少還有一個人沒有走！」

傅紅雪淡淡道：「我看得出他早已學會忍耐。」

這兩句話說完，刀光才落下，落下時已分成兩點，流星般掉在地上。

是一柄刀，飛刀！

刀鋒相擊，餘力反激，竟已沖天飛起數丈。

四寸長的飛刀，已斷成了兩截。

有誰能想像這一刀飛出時的力量和速度？

可是傅紅雪反手揮刀，就將這一刀擊落，百煉精鋼的刀鋒，竟被擊斷。

屋角後有人在嘆息：「果然是天下無雙的刀法，你果然沒有說謊。」

傅紅雪緩緩轉過身：「你爲什麼還不走？」

他一轉身，就看見了蕭四無。

蕭四無是空著手走來的，冷冷道：「蕭公子的四無之中，並沒有『無恥』二字，就算要走，也要走得光明磊落。」

他的手裡沒有刀，就像是一個處女忽然變成赤裸，連手都不知道應該放在那裡才好。

可是他沒有逃。

傅紅雪看著他：「你只有一把刀？」

蕭四無道：「今天我要對付的是你，我只能帶一把刀！」

傅紅雪道：「爲什麼？」

蕭四無道：「因爲我知道第一刀就是最後一刀，所以我這一刀擊出，必盡全力。」

傅紅雪道：「你自己先將自己置之於死地，出手時才能全無顧忌？」

蕭四無道：「正是如此。」

他緩緩的接著道：「何況我這一刀擊出，勢在必中，若是不中，再多千百柄刀也是沒用的。」

傅紅雪盯著他，忽然揮了揮手，道：「你說得好，你走！」

蕭四無道：「你讓我走？」

傅紅雪道：「這次我也不殺你，只因爲你說了兩個字。」

蕭四無道：「哪兩個字？」

傅紅雪道：「看刀！」

飛刀出手，先發聲示警，這絕不是卑鄙小人的行徑。

傅紅雪道：「我的刀只殺心裡有鬼的人，你的刀上有鬼，心中卻無鬼。」

蕭四無的手忽然握緊，眼睛裡忽然露出種奇怪的表情，過了很久，才緩緩道：「我若不說這兩個字，你能不能破我那一刀？」

傅紅雪道：「你已後悔？」

蕭四無道：「不是後悔，不過想知道實情而已。」

傅紅雪又盯著他看了很久，冷冷道：「你若不說那兩個字，現在你已是個死人！」

蕭四無連一個字都不再說，掉頭就走，並且走得很快，而且絕不回頭。

屋角後卻又有人在嘆息：「就算他不後悔，你卻要後悔的。」

一個人緩緩走出來，青衣白襪，正是顧棋。

傅紅雪道：「我後悔？後悔什麼？」

顧棋道：「後悔沒有殺了他！」

傅紅雪的手握緊。他本有兩次機會殺了那個驕傲的年輕人，可是他全都放過了。

顧棋道：「良機一失，永不再來，若要殺人，百無禁忌。」

他笑了笑，接著道：「這次你不殺他，下次只怕就要死在他手裡。」

傅紅雪盯著他，忽然冷笑，道：「你呢？這次我該不該殺你？」

顧棋道：「這就要看了，看你是要殺我的中盤？還是要殺我的右角的那條大龍？看你拿的是白子？還是黑子？」

傅紅雪不懂，他不下棋。有閒暇的人才下棋，他有閒暇時只拔刀。

所以顧棋只好自己笑著道：「我的意思是說，你不能殺我的人，只能殺我的棋，因爲我只會下棋，何況這局棋本是你們下的，你根本連我的棋都殺不了。」

他微笑著從傅紅雪面前走過去，他知道傅紅雪絕不會出手，因爲他完全沒有戒備，任何人都可以殺了他。但傅紅雪不是任何人，傅紅雪就是傅紅雪。

燕南飛看著他走過去，忽然笑了笑，道：「看來你這一著又沒有走錯。」

顧棋道：「可是今天我連輸了三盤。」

燕南飛道：「輸給楊無忌？」

顧棋道：「只有他才能贏我。」

燕南飛道：「爲什麼？」

顧棋道：「因爲他殺棋也像殺人一樣百無禁忌，我卻有心事。」

燕南飛道：「什麼心事？」

顧棋道：「我怕輸棋。」

只有怕輸的人才會輸不該輸的棋，愈怕愈輸，愈輸愈怕。

只有心中充滿畏懼的人才會殺不該殺的人——對正義的畏懼，對真理的畏懼。

夜已很深。

顧棋走出門，忽又回頭，道：「我勸你們也不必再留在這裡。」

燕南飛道：「這裡已沒有人？」

顧棋道：「沒有活的，只有死的。」

燕南飛道：「公孫屠他們不在這裡？」

顧棋道：「他們根本就沒有來，因爲他們急著要到別的地方去。」

燕南飛道：「到哪裡去？」

顧棋道：「你們剛才是從哪裡來的，他們就是到那裡去。」

燕南飛還想再問，他已走出門，燕南飛追出去，人已不見了。

只能聽見他的聲音從遙遠的地方傳來：「據說孔雀死的時候，明月也一定會陪著沉下去，沉入地下，沉入海底……」

十二 明月何處有

一

夜色更深，大地一片黑暗。

因爲今夜沒有明月。

今夜的明月是不是已經死了？

燕南飛打馬狂奔，傅紅雪動也不動的坐在他身旁。

華麗的馬車，沉重的車廂。

「我們爲什麼一定要坐車？」

「因爲我們有車！」

「馬已累了，一匹倦馬，載不動兩個人，卻可以拉車！」

「因爲車有輪？」

「不錯。」

「我們也有腿，爲什麼不能自己走？」

「因爲我們也累了，我們的力氣要留下來。」

「留下來殺人？」

「只要有人可殺，只要有可殺的人。」

孔雀已死了。

孔雀山莊已不再是孔雀山莊。

黑夜中還有幾點星光，淡淡的星光照在這一片廢墟上，更顯得淒涼。

已往返奔波數百里的馬，終於倒下。

地窖中沒有人，什麼都沒有，所有能搬走的東西都已被搬走！

火光跳動，因爲燕南飛拿著火摺子的手在抖。

——據說孔雀死的時候，明月也會陪著沉下去。

燕南飛用力咬著牙：「他們怎麼會知道的？怎麼知道人在這裡？」

傅紅雪握刀的手沒有抖，臉上的肌肉卻在跳動，蒼白的臉已發紅，紅得奇怪，紅得可怕。

燕南飛道：「我們來的時候，後面絕沒有人跟蹤，是誰……」

傅紅雪忽然大吼：「出去！」

燕南飛怔住：「你叫我出去？」

傅紅雪沒有再說話，他的嘴角已抽緊。

燕南飛吃驚的看著他，一步步向後退，還沒有退出去，傅紅雪已倒下，就像是忽然有條看不見的鞭子抽在他身上。

他一倒下去，就開始抽縮。

那條看不見的鞭子彷彿還在繼續鞭打，不停的鞭打。

傅紅雪整個的人都已因痛苦而痙攣扭曲，喉嚨裡發出低吼，就像是野獸臨死前的吼聲：

「我錯了，我錯了……」

他一隻手在地上抓，又像是一個快淹死的人想去抓一條根本不存在的浮木。

地上也鋪著石塊，他的指甲碎裂，他的手已開始流血。

他另一隻手還是在緊緊握著他的刀。

刀還是刀！

刀無情，所以永恆。

燕南飛知道他絕不願讓任何人看見他此刻的痛苦和他的痼疾。

可是燕南飛沒有退出去，因爲他也知道，刀雖然還是刀，傅紅雪卻已不再是傅紅雪。

——現在無論誰走進來，都可以一刀殺了他。

——老天爲什麼要如此折磨他？爲什麼要這樣的人有這種病？

燕南飛勉強控制著，不讓眼淚流下。

火摺子滅了，因爲他不忍再看。

他的手卻已握住衣下的劍柄。

石壁上那個洞在黑暗中看來，就像是神話中那獨眼惡獸的眼睛。

他發誓，現在無論誰想從這裡闖進來，他都要這個人立刻死在他劍下！

他有把握。

沒有人從這裡進來，黑暗中卻忽然有火光亮起！

火光是從哪裡來的？

燕南飛霍然回頭，才發現那扇有十三道鎖的鐵門，已無聲無息的開了一線。

火光從門外照進來，門大開，出現了五個人。

兩個人高舉著火把，站在門口，另外三個人已大步走了進來。

第一個人右腕纏著白布，用一根緞帶吊在脖子上，左手倒提著一柄弧形劍，眼睛裡卻充滿了仇恨和怨毒。

他身旁的一個人道袍玄冠，步履穩重，顯得胸有成竹。

最後一個人滿臉刀痕交錯，嘴角雖帶著笑意，看來卻更陰險殘酷。

燕南飛心沉了下去，胃裡卻有一股苦水翻上來，又酸又苦。

他應該想得到的，別人打不開門上的十三道鎖，公孫屠卻能打得開，石壁上那個洞，並不是這裡唯一可以出入的門戶。

他們都沒有想到，他們都太有把握，所以他們就犯了這致命的錯誤。

公孫屠忽然伸出一隻手，攤開手掌，掌心金光閃閃，赫然正是孔雀翎。

孔雀翎已到了他手裡，明月心呢？

燕南飛勉強忍耐著，不讓自己嘔吐。

公孫屠笑道：「你們不該讓她用這種暗器去對付牆上一個洞的，我們是人，不是老鼠，既不會打洞，也不會鑽洞。」

他笑得十分愉快：「若不是她全心全意要對付這個洞，我們要進來只怕還不容易。」

燕南飛忍不住長長嘆息：「我錯了。」

公孫屠道：「你的確錯了，你本該殺了我的！」

楊無忌淡淡道：「所以你以後一定要記住我的話，若要殺人，就應該百無禁忌。」

公孫屠道：「你不該提醒他的，若是他還有第二次機會，我豈非死定了。」

楊無忌道：「他還有沒有第二次機會？」

公孫屠道：「沒有。」

楊無忌搖搖頭，悠然道：「現在他唯一能殺的人，就是他自己。」

楊無忌道：「他至少還可以殺傅紅雪。」

公孫屠說道：「傅紅雪是趙平的，他連動都不能動。」

燕南飛看著他們，只覺得他們的聲音彷彿已變得很遙遠！

他本該集中全部精神力量，來對付他們的。

他應該知道這已是他的生死關頭，他們絕不會放過他，他也不能退縮。

就算有路可退，也絕不能退。

可是他卻忽然覺得很疲倦。

這是不是因爲他自己心裡已承認自己不是這兩人的敵手？

明月已消沉，不敗的刀神已倒下，他還能有什麼希望？

公孫屠正在問趙平：「你這隻手是被誰砍斷的？」

趙平道：「傅紅雪。」

公孫屠道：「你想不想報復？」

趙平道：「想。」

公孫屠道：「你準備怎麼樣對付他？」

趙平道：「我有法子。」

公孫屠道：「你現在爲什麼還不出手？你難道看不出這是你最好的機會？」

楊無忌道：「良機一失，永不再來，等傅紅雪清醒時，就已太遲了。」

公孫屠道：「現在你也用不著擔心燕南飛。」

趙平忍不住問：「爲什麼？」

公孫屠道：「因爲只要他一動，傅紅雪立刻就會變成隻孔雀。」

趙平道：「孔雀？」

公孫屠道：「這一筒孔雀翎無論插在誰身上，那個人都會變成隻孔雀，死孔雀。」

趙平笑了：「可是我倒不希望他死得太快。」

公孫屠也笑了：「我也不希望。」

趙平忽然放下手裡的弧形劍衝出去，一把抓起傅紅雪的頭髮，抬起膝蓋，猛撞他下顎，接著又反手一掌切在他後頸上。

傅紅雪的頭再垂下時，他的腳已踢出，一腳將傅紅雪踢得飛了出去，撞上石壁。

他的人也跟著衝過去，用右肘抵住傅紅雪的咽喉，厲聲道：「張開眼來看看我是誰！」

傅紅雪額上青筋一根根凸起，非但不能抵擋，也已不能呼吸。

趙平冷笑道：「你砍斷了我這隻手，我就要用這隻手扼斷你脖子。」

燕南飛額上的青筋也已一根根凸起，彷彿也已不能呼吸。

公孫屠獰笑道：「你爲什麼不去救你的朋友？難道你就站在這裡看著他死？」

燕南飛不能動。

他知道他若是動了，傅紅雪只有死得更快。

可是他也不能不動。

趙平正在用另一隻手猛摑傅紅雪的臉，好像並不想立刻就要他的命。

但這種侮辱豈非比死更難受。

燕南飛握緊了衣下的劍柄，滿頭汗落如雨，忽然道：「你們就算能殺了他，也未必能殺我。」

公孫屠：「你想怎麼樣？」

燕南飛道：「我要你們放了他。」

公孫屠道：「你呢？」

燕南飛道：「我情願死！」

公孫屠大笑：「我們不但要你死，也不能讓他活著。」

楊無忌冷冷道：「若要殺人，百無禁忌。」

公孫屠笑聲停止，厲叱道：「趙平，殺了他，現在就殺了他！」

趙平咬了咬牙，手肘用力。

就在這時，忽然有刀光一閃！

是傅紅雪的刀！

天上地下，獨一無二的刀！

他們都以爲這一戰已十拿九穩，因爲他們都忘了一件事。

傅紅雪手裡還是緊緊握著他的刀。

也就在這時，燕南飛忽然揮手，鮮紅的劍光血雨般灑出，捲住了公孫屠。

楊無忌的劍也已出鞘。

他拔劍的動作純熟巧妙，他的出手準確有效，一劍刺出，正是燕南飛必死之處。

燕南飛這一劍就算能殺了公孫屠，他自己也必將死在楊無忌劍下。

他只有先回劍自救。

公孫屠的人立刻自血雨般的劍光中脫出，凌空翻身，掠出了門。

楊無忌長劍一式，身隨劍走，也跟著掠出。

燕南飛當然絕不肯放過他，正想追出去，突聽一聲驚呼，一聲厲喝：「接住！」

一條人影從門外飛撲過來，披頭散髮，滿臉血污，赫然竟是卓玉貞。

幸好燕南飛的劍雖快，眼睛更快，一劍剛刺出，立刻懸崖勒馬，及時收了回來。

卓玉貞慘呼著撲倒在他身上，只聽「噹」的一聲，鐵門已闔起！

門外立刻傳來「叮、叮、叮」一連串輕響，十三道鎖已全部鎖上，除了公孫屠外，天下已絕沒有第二個人能打開這道門了。

燕南飛跺了跺腳，不理會已倒在地上的卓玉貞，轉身從壁上的洞裡竄了出去。

「你照顧卓姑娘，我去將公孫屠的頭顱提回來見你！」

傅紅雪的刀既然已出鞘，他還有什麼顧慮？

現在他一心只想殺人！

殺那個殺人的人！

刀尖還在滴著血。

趙平已倒在刀下，卓玉貞就倒在他身旁，只要抬起頭，就可以看見從刀尖滴落的血。

一滴滴鮮血落在石地上，再濺開，散成一片濛濛的血霧。

傅紅雪動也不動的站在那裡，看著鮮血從刀尖滴落。

這次他的刀居然還沒有入鞘。

卓玉貞掙扎著坐起來，眼睛一直在盯著他的刀。

她實在想看看這把刀究竟有什麼神奇的地方？

這把刀殺人時，就好像已被天上諸神祝福過，又好像已被地下諸魔詛咒過！

這把刀上一定有很多神奇的符咒。

她失望了。

——狹長的刀身略帶彎曲，銳利的刀鋒，不太深的血槽，除了那漆黑的刀柄外，這柄刀看來和別的刀並沒有什麼不同。

卓玉貞輕輕吐出口氣，道：「不管怎麼樣，我總算看見了你的刀，我是不是應該感激這個死在你刀下的人？」

她說得很輕很慢，彷彿是在自言自語，其實當然不是的。

她只不過想讓傅紅雪明白，她要做的事，總是能做到。

可是這句話一說出來，她立刻就知道自己說錯了，因爲她已看見了傅紅雪的眼睛。

這雙眼睛在一瞬間之前還顯得很疲倦，很悲傷，現在忽然就變得比刀鋒更銳利冷酷。

卓玉貞的身子不由自主在向後退縮，囁嚅著問：「我說錯了什麼？」

傅紅雪盯著她，就像是野豹在盯著牠的獵物，隨時都準備撲起。

但是等到他臉上的紅暈消褪時，他只不過嘆息了一聲，道：「我們都錯了，我比你錯得更可怕，爲什麼要怪你？」

卓玉貞試探著問：「你也錯了？」

傅紅雪道：「你說錯了話，我殺錯了人。」

卓玉貞看著地上的屍體：「你不該殺他的？他本來豈非正想殺你？」

傅紅雪道：「他若真的想殺我，現在地上這屍體就應該是我。」

他垂下頭，眼睛裡又充滿悔恨悲傷。

卓玉貞道：「他不殺你，是不是因爲報答你上次不殺他的恩情？」

傅紅雪搖頭。

——那絕不是報答，你無論砍斷了誰一隻手，那個人唯一「報答」你的方法，就是砍斷你一隻手。

——也許那只不過是種莫名其妙的感激，感激你讓他知道了一些以前他從未想到的事，感激你還爲他保留了一點人格和自尊。

傅紅雪了解他的心情，卻說不出。

有些複雜而微妙的情感，本就是任何人都說不出的。

刀尖的血已滴乾了。

傅紅雪忽然道：「這是第一次，也是最後一次。」

卓玉貞道：「我知道，這是你第一次殺錯人，也是最後一次。」

傅紅雪冷冷道：「你又錯了，殺人的人，隨時都可能殺錯人的。」

卓玉貞道：「那麼你是說——」

傅紅雪道：「這是你第一次看見我的刀，也是最後一次。」

他的刀終於入鞘。

卓玉貞鼓起勇氣，笑著道：「這把刀並不好看，這只不過是把很普通的刀。」

傅紅雪已不想再說下去，剛轉過身，蒼白的臉忽又抽緊：「你怎麼能看得見這把刀的？」

卓玉貞道：「刀就在我面前，我又不是瞎子，怎麼會看不見？」

她說得有理，可是她忘記了一件事。

這裡根本就沒有燈光。

傅紅雪五歲時就開始練眼力，黑暗悶熱的密室，閃爍不定的香頭，日復一日，年復一年。

他苦練了十年，才能看得見暗室中的蚊蟻，現在也能看見卓玉貞的臉。

就因爲他練過，所以他知道這絕不是件很容易的事。

卓玉貞怎麼能看得見這把刀的？

傅紅雪的手又握緊刀柄。

卓玉貞忽然笑了笑，道：「也許你還沒有想到，有些人天生就是夜眼。」

傅紅雪道：「你就是？」

卓玉貞道：「我不但是夜眼，還能看穿別人的心事。」

她的笑容很黯淡：「現在你心裡一定又在想，我是不是真的卓玉貞，你當然不會認爲我是個妖怪，但卻很可能是公孫屠他們派來的奸細，說不定是個很有名的女殺星，甚至連明月心都很可能是被我出賣的，因爲沒有別的人知道我們在這裡。」

傅紅雪不能否認。

卓玉貞看著他，眼睛裡又有了淚光：「你爲什麼總是不相信我？爲什麼？」

傅紅雪沉默著，過了很久才緩緩道：「也許你不該這麼聰明的。」

卓玉貞道：「爲什麼不應該？像秋水清那樣的男人，怎麼會找一個笨女人替他生孩子？」

傅紅雪閉上了嘴。

卓玉貞卻不肯停止：「我生下來的孩子，也一定是聰明的，所以我絕不能讓他一生下就沒有父親，我不能讓他終生痛苦悔恨。」

傅紅雪的臉在抽搐。

他了解她的意思，沒有人比他更了解，他也是個一生下來就沒有父親的孩子。

一個沒有父親的聰明孩子，本身就是個悲劇，等他長大後，一定還會替別人造成許多悲劇。

因爲他心裡的仇恨遠比愛多得多。

傅紅雪終於嘆了口氣，道：「你可以替你的孩子找個父親。」

卓玉貞道：「我已經找到了一個。」

傅紅雪道：「誰？」

卓玉貞道：「你。」

二

地室中更黑暗，在黑暗中聽來，卓玉貞的聲音彷彿很遙遠！

「只有你才配做我孩子的父親，只有你才能保證這孩子長大成人，除了你之外，絕沒有別人。」

傅紅雪木立在黑暗裡，只覺得全身每一根肌肉都在逐漸僵硬。

卓玉貞卻又做了件更令他吃驚的事。

她忽然抓起了趙平的弧形劍：「你若不答應，我不如現在就讓這孩子死在肚裡。」

傅紅雪失聲道：「現在？」

卓玉貞道：「就是現在，因爲我感覺到他快要來了。」

她雖然在盡力忍耐著，她的臉卻已因痛苦而扭曲變形。

女人生育的痛苦，本就是人類最不能忍受的幾種痛苦之一。

傅紅雪更吃驚，道：「可是你說過你只有七個月的！」

卓玉貞笑了笑，道：「孩子本來就是不聽話的，何況還在肚裡的孩子，他要來的時候，誰也沒法子阻止。」

她的笑容雖痛苦，卻又充滿了一種無法描敘的母愛和溫柔。

她輕輕的接著道：「這也許只因爲他急著想看看這世界，也許是因爲我剛才被那些人震動了胎氣的緣故，所以……」

她沒有說下去，陣痛使得她整個人都開始痙攣扭曲。

可是她手裡還是緊緊握著那柄弧形劍，就正如傅紅雪剛才一直都在握著他的刀。

她顯然已下了決心。

傅紅雪道：「我……我可以做他的義父。」

卓玉貞道：「義父不能代替父親，絕不能。」

他似已用出所有力氣才能說出這幾個字，連聲音都已嘶啞。

傅紅雪道：「你要我怎麼樣？」

卓玉貞道：「我要你讓我做你的妻子，我的孩子才是你合法的子女。」

陣痛又來了，她咬著牙，勉強笑道：「你若不答應，我絕不怪你，只求你把我們的屍體葬在孔雀山莊的墳地裡。」

難道這就是她最後一句話？傅紅雪如果不肯答應，她立刻就死！

傅紅雪已怔住。

他遭遇過最可怕的敵人，最兇險的危機。

但是他從未遭遇過這樣的難題。

秋水清可以說是因為他才死的，卓玉貞可以說是秋水清的妻子。

現在秋水清的屍骨未寒，他怎麼能答應？怎麼能做這種事？

可是從另一面看，既然秋水清是因為他而死的，孔雀山莊四百年的基業也因他而毀於一夕，現在秋家已剩下這一點骨血，他無論怎麼樣犧牲，都應該保護她，讓她順利生產，保護她的孩子長大成人。

他又怎麼能不答應？

你若遇見這種事，你說你應該怎麼辦？

三

陣痛的間隔已漸短，痛苦更劇烈，弧形劍的鋒刃，已刺破了她的衣服。

傅紅雪終於作了痛苦的決定：「我答應！」

「答應做我的丈夫？」

「是的。」

四

這決定是否正確。

沒有人能判斷，他自己也不能，只是此時此刻，他已沒有別的選擇。

你若是他，你是否也會這麼樣做？

喘息、呻吟、吶喊……忽然間全部停止，變得死一般靜寂。

然後就有一聲洪亮的嬰兒啼聲，劃破了靜寂，爲人地帶來了新的生機。

傅紅雪的手上染著血，但卻是生命的血！

這次他用自己一雙手帶來的，是生，不是死！

生命在躍動。

他看著自己的手，只覺得心裡也在奇妙的躍動著。

趙平的屍體還倒在那裡，是死在他刀下的，在那一瞬間，他就已奪去了一個人的生命。

可是現在又有新的生命誕生了，更生動，更活躍的生命。

剛才的痛苦和悲傷，已在嬰兒的第一聲啼哭裡被驅散。

剛才那些罪惡的血腥，已被這新生的血沖洗乾淨。

在這短短的片刻時間裡，他送走了一條生命，又迎接了一條生命。

這種奇妙經驗，帶給他一種無比鮮明強烈的刺激，他的生命無疑也已變成更生動活躍。

因爲他已經過了血的洗禮，就像是一隻已經過火的洗禮的鳳凰，已獲得了第二次新生。

這種經驗雖痛苦，卻是生命的成長過程中，最珍貴，最不能缺少的。

因爲這就是人生！

舊的死亡，新的誕生，人生本就是這樣子的。

直到這一刻，傅紅雪才真正對生命有了種新的認識，正確的認識！

傾聽著懷抱中生命的躍動，他忽然感覺到一種前所未有的寧靜和歡愉。

他終於知道自己這決定是正確的，世上絕沒有任何事能比生命的誕生更重要。

一個人活著的真正意義，豈非就在於創造宇宙間繼起的生命！

卓玉貞正在用虛弱的聲音問：「是男的？還是女的？」

傅紅雪道：「是男的，也是女的！」

他的聲音出奇歡愉：「恭喜你，你生了一對雙胞胎。」

卓玉貞滿足的嘆了口氣，疲倦的臉上露出充滿幸福的笑容，道：「我也該恭喜你，莫忘記你是他們的父親。」

她想伸手去抱她的孩子，可是她還太虛弱，連手都抬不起！

就在這時，只聽「轟隆隆」一聲大震，就像是泰山崩塌，千百斤石塊倒了下去，打在這地下秘室上，碎石急箭般從石壁上的大洞外射入。

然後這唯一出入的道路，就又被堵死。

傅紅雪幾乎忍不住要放聲狂呼。

新的生命剛誕生，難道他又要迎接一次死亡？

十三　生死之間

一

死黑！死寂！

沒有光，沒有聲音，都不可怕，真正可怕的是沒有希望。

他們已完全陷入死亡的陷阱裡。

孩子們沒有哭，孩子們在吃奶，只有在他們的吮吸中，還躍動著生命的活力。

可是他們的生命能維持多久呢？

傅紅雪又握緊了他的刀，可是現在這死亡的陷阱連他的刀都已無法突破！

他本該去安慰卓玉貞的，卻不知道該說什麼，他的心太亂。

生死之間，他一向看得很淡，他放不下的是這兩個孩子。

雖然他並不是孩子們的真正父親，可是他們之間已有了種奇妙的聯繫，甚至比父子更親密的聯繫。

因爲這兩個孩子是他親手迎接到人世來的，彷彿已成了他自己生命的延續。

這種情感複雜而微妙，就因爲人類有這種情感，所以這世界才能存在。

卓玉貞忽然道：「我聽明月心說過，你們以前好像也曾被關在這裡？」

傅紅雪道：「嗯。」

卓玉貞道：「你以前既然有法子脫身，現在一定也能想出法子來的。」

她眼睛裡發著光，充滿了希望。

傅紅雪實在不忍讓她的希望破滅，但卻又不能不讓她知道事實的真象。

「上次我們脫身，只因為那時候這裡正好有件破壁的利器。」

現在這裡卻已是空的，除了他們四個人之外，只有一具屍體。

屍體已冰冷僵硬，他們遲早已必將變成這樣子的。

卓玉貞眼睛卻還存著一線希望：「我常聽人說，你的刀就是天下無雙的利器！」

傅紅雪看著手裡的刀，聲音中充滿痛恨：「這是殺人的利器，不是救人的。」

他痛恨的不是別人，是他自己，只要能讓孩子們活下去，他不惜做任何事。

可是他偏偏無能為力。

卓玉貞的希望終於完全破滅了，卻勉強笑了笑，道：「我們至少還有一個希望。」

她在安慰傅紅雪：「燕南飛要你在這裡等，他一定會回來的。」

傅紅雪道：「他若要回來，早已該回來，現在就算回來了，也一定會認為我們已不在這裡。」

卓玉貞閉上了嘴。

她當然也知道傅紅雪說的是事實，燕南飛絕對想不到他們會在這裡逗留這麼久的，更想不到傅紅雪會被人活活埋葬在這裡。

以傅紅雪的耳目和反應，上面無論任何人只要有一點行動，都應該瞞不過他。

又有誰能想得到那時他正在爲孩子接生？又有誰能想得到這裡會有孩子的啼哭？

世上本就有很多事是任何人都無法預料的，眞實的事有時甚至比神話還離奇。

孩子們又開始哭了。

傅紅雪手心在淌著冷汗，他忽然想起他還可以爲他們做一件事。

一件他本來寧死也不願去做的事。

可是現在他一定要去做。

——趙平也是個老江湖，老江湖的身上總是會帶著些急救應變的東西。

去剝奪一個死人的所有，這種事他本來一想起就會噁心。

可是現在他卻已經在做這種事。

他找出了一個火摺子，一捲長繩，一塊驅蛇避邪的雄黃精，一瓶刀傷藥，半截已經啃過了的人參，一串鑰匙，一朵珠花，幾個金錁子，幾張銀票和一封信。

珍珠和黃金本是世人不擇手段去奪取的珍寶，甚至不惜用自己的人格去交換，但是現在，卻已變得毫無價值。

這豈非也是種諷刺？

生育後的虛弱，孩子們的奶汁。

無論誰都知道卓玉貞現在最需要的就是人參。

傅紅雪默默的拔出刀，削去了被啃過的部份——這是他第一次為了件沒有生命的東西拔刀，卻已是卓玉貞第二次看見他的刀。他不在乎。

他和卓玉貞之間的藩離，已在生育的過程中被打破了。

現在他們兩人之間，也已有了種奇異的聯繫。

卓玉貞也沒有提起這件事，默默的接過人參，眼睛卻盯在那朵珠花上。

那是朵牡丹，每一顆珍珠都毫無瑕疵。

柔潤的光澤，精巧的鑄工，在黑暗中看來更顯得非凡和美麗。

她眼睛裡又發出了光。

她畢竟是個女人。

珠寶的魅力，本就是任何女人都不能抵抗的。

傅紅雪遲疑著，終於遞給了她。

也許他本不該這麼做，可是此時此刻，他又何苦不讓她多享有一點樂趣？一點欣喜？

卓玉貞笑了，笑得就像是個孩子。

啼哭中的孩子忽然已睡著。

傅紅雪道：「你也該睡了！」

卓玉貞道：「我睡不著。」

傅紅雪道：「只要閉上眼睛，自然就會睡著的。」

他看得出她已很疲倦，她失去太多血，經過太多苦難驚嚇。

她的眼睛終於闔起，忽然就已沉入了寧靜而甜蜜的黑暗裡。

傅紅雪靜靜的看著他們，沉睡中的母親和嬰兒們，這本該是幅多麼幸福，又多麼美麗的圖畫，可是現在……

他咬了咬牙，決心不讓自己流淚。

現在他一定要找出每一樣可以幫助他們脫身的東西，他雖然有一雙能夠在暗中視物的眼睛，但是他也太疲倦。

他閃亮了火摺子，第一眼看見的，卻是那信封上的八個字。

「面呈

燕南飛吾弟。

羽。」

羽？

公子羽？

這封信難道是公子羽託趙平交給燕南飛的？

吾弟？

他們之間究竟是什麼關係？

傅紅雪抑制了自己的好奇，摺起這封信，收藏在懷裡。

趙平沒有機會將這封信交出來，他希望自己還有機會能再見燕南飛。

可是他自己也知道，這希望實在渺茫得很。

對傅紅雪來說，除了這封信和人參外，從趙平身上找到的東西根本全無價值。

因為他忽略了一點——像趙平這種男人身上，本不該帶著珠花的。

等他想到這一點時，已經太遲。

二

母親和孩子們都仍在沉睡，黑暗中忽然響起一陣奇異的聲音。

傅紅雪又亮起火摺子，就看見幾條蛇從石櫃中竄出來，竄向左角的陰暗處。

他們受不了這雄黃的氣味。

地窖裡已沒有通風處，空氣漸漸沉濁，雄黃的氣味顯得分外強烈。

傅紅雪立刻又發現了一件可怕的事——也許還用不著等到飢渴難耐時，他們就已窒息而死。

尤其是孩子。

孩子們還沒有適應環境的能力。

就在這時，他又發現了另一件事，一件令人興奮的事。

幾條蛇一竄入那陰暗的角落裡，就不見了。

那裡一定有出路。

角落裡的石壁上果然有道裂隙，也不知是早已存在的？還是被他上一次震裂的？

雖然他不是蛇，雖然他不知道這面石壁外在地上？還是在地下？

可是只要有一點機會，他就絕不能錯過。

他拔出了他的刀！

三

卓玉貞醒來時，傅紅雪已在石壁上挖掘了很久，石壁上的裂隙已漸漸大了，甚至連最胖的老鼠，都已可出入。

只可惜他們不是老鼠。

孩子們醒了又哭，哭了又睡。

卓玉貞解下外衣，鋪在地上，悄悄的放下沉睡中的孩子，掙扎的悄悄站起。

傅紅雪在喘息，身上的衣衫已濕透，睡著了的人也許還不覺得，可是他的體力消耗太多，空氣的沉濁幾乎已令他無法忍受。

他必須立刻脫身，他更用力，忽然間，「崩」的一響，刀鋒上已被崩出個缺口。

這柄刀已成了他身體的一部份，甚至也已是他生命中的一部份。

可是他的手沒有停。

卓玉貞咬下一口人參，默默的遞過去。

傅紅雪搖頭：「孩子們要吃奶，你比我更需要體力。」

卓玉貞淒然道：「可是你若倒了下去，還有誰能活？」

傅紅雪咬了咬牙，刀鋒上又崩出個缺口。

卓玉貞的眼淚流了下來。

這本是天下無雙的利器，足以令風雲變色，群雄喪膽，可是現在卻比不上一把鐵鍬有用。

這是多麼殘酷，多麼悲哀的事？

這種感覺傅紅雪自己當然也能體會到，他幾乎已真的要倒了下去。

卓玉貞的手忽然悄悄伸過來，手裡滿捧著一掌甘泉。

傅紅雪剛開口，甘泉就已流入他嘴裡，一種無法描敘的甘美芬芳直沁入他的心。

這是她的奶汁。

傅紅雪本已發誓不再流淚的，可是此時此刻，熱淚還是忍不住要奪眶而出。

就在這時，石壁的裂隙中忽然有樣東西伸了進來，赫然竟是一把劍。

鮮紅的劍！

劍上縛著條衣襟，上面有十個字，是用血寫出來的：「我還沒有死，你也死不得！」

孩子們又哭了。

洪亮的啼聲，象徵著活躍的生命！

四

陽光滿天

孩子們終於看見了陽光。

傅紅雪只希望世上所有生於黑暗中的孩子，都能活在陽光下。

「我本來已走了，我已走了三次。」

「可是你又回來三次。」

「我自己也不知道爲什麼要回來，我本來以爲你們絕不會在裡面的。」燕南飛在笑：「因為我本來做夢也想不到傅紅雪也有被人活埋的一天。」

他的笑並沒有絲毫惡意，他真的是滿心歡愉：「最後一次我本來又準備走了。」

「你為什麼沒有走？」

「因為我忽然聽見了一聲奇怪的聲音，就好像有人在吃蠶豆一樣。」

「那是刀口崩缺的聲音。」

「是誰的刀？」

「我的。」

燕南飛的眉挑起，嘴張大，吃驚的看著傅紅雪，甚至比聽見大地缺了個口還吃驚。

傅紅雪卻笑了笑，道：「我的刀只不過是把很普通的刀。」

燕南飛道：「你的手呢？」

傅紅雪道：「我的手還在。」

燕南飛道：「只要你的手還在，缺了口的刀也一樣可以殺人。」

傅紅雪笑容忽然消失：「人呢？」

燕南飛嘆了口氣，苦笑道：「人還在，只可惜我不知道他們在哪裡。」

遠處有車馬，卻沒有人。

傅紅雪道：「你是坐車來的？」

燕南飛笑了笑，道：「三次都是坐車來的，我討厭走路，能坐車的時候，我絕不走路。」

傅紅雪看著他，道：「只因爲討厭走路？不是因爲你的腿？」

燕南飛也在看著他，忽然嘆了口氣，道：「爲什麼我一點事都瞞不過你！」

孩子是用傅紅雪的外衣包著的，燕南飛一直抑制著自己的驚奇，沒有問這件事。

因爲傅紅雪也一直沒有提起。

他知道傅紅雪這個人若是不願提起一件事，你最好裝不知道！

卓玉貞卻已帶著笑向他招呼：「燕叔叔，你爲什麼不來看看我們的孩子？」

燕南飛實在有點沉不住氣了，忍不住問：「你們的孩子？」

卓玉貞用眼角瞟著傅紅雪，道：「他難道沒有告訴你？」

燕南飛道：「告訴我什麼？」

卓玉貞嫣然笑道：「這兩個孩子一個姓秋，一個姓傅，男孩子承繼秋家的血脈，叫秋小清，女孩子先生出來，叫傅小紅。」

她眼睛裡充滿了驕傲和滿足：「這是我跟他商量好的，我們已經……」

她紅著臉，垂下頭。

燕南飛看著她，再看看傅紅雪，臉上的表情比剛剛聽見刀缺口時更吃驚。

傅紅雪卻已轉過頭，將孩子的衣包拉緊，道：「你們爲什麼不先上車去？」

卓玉貞已在車廂中坐下，燕南飛和傅紅雪才慢慢的走過去。

他們一直都沒有開口，過了很久，傅紅雪忽然問：「你想不到？」

燕南飛勉強笑了笑，道：「世上本就有很多令人想不到的事。」

傅紅雪道：「你反對？」

燕南飛道：「我知道你一定有苦衷，也許……」

傅紅雪打斷了他的話，道：「如果時光能倒流，我還是會這麼樣做，孩子們不能沒有父親，總有一個人要做他們父親的。」

燕南飛笑容已開朗，道：「除了你，我實在也想不出還有誰能做他們的父親。」

他走路很慢，走路的姿勢竟似已和傅紅雪變得差不多，而且還在不停的咳嗽。

傅紅雪忽然停下來，盯著他，道：「你受了幾處傷？」

燕南飛道：「不多。」

傅紅雪忽然出手，拉開了他的衣襟，堅實的胸膛上，赫然有兩條指痕。紫色的指痕，就好像是用顏料畫上去的。

傅紅雪瞳孔立刻收縮，道：「這是天絕地滅大紫陽手？」

燕南飛道：「嗯。」

傅紅雪道：「你腿上中的是透骨釘還是搜魂針？」

燕南飛苦笑道：「若是搜魂針，現在我哪裡還站得住？」

傅紅雪道：「西方星宿海有人來了？」

燕南飛道：「只來了一個！」

傅紅雪道：「來的是多情子？還是無情子？」

燕南飛嘆了口氣，道：「多情子的手下也一樣不留情的。」

傅紅雪道：「透骨釘還在你腿上？」

燕南飛道：「現在我腿上只有一個洞。」

他的手從懷裡伸出來，掌心已多了件寒光閃閃的暗器。

若將天下所有的暗器選出十種最可怕的來，透骨釘無疑是其中之一。

燕南飛忽又笑了笑，道：「幸好我的運氣還不錯，他打出了十三枚透骨釘，我只挨了一枚，而且還沒有打在我關節上，所以我跑得還比他們快一點，否則多情子不殺我，楊無忌也要了我的命。」

他笑得居然還很愉快：「我可以告訴你一個秘密，殺人的本事我雖不如你，逃命的本事我卻絕對是天下第一。」

傅紅雪的手也在懷裡，等他說完了才拿出來，指尖挾著一封信：「坐上車再看。」

「誰趕車？」

「我。」

燕南飛笑了：「我記得你以前好像不會趕車的。」

傅紅雪道：「現在我會了。」

燕南飛道：「你幾時學會的？」

傅紅雪凝視著他忽然反問：「你以前就會逃命？」

燕南飛想了想，搖了搖頭。

傅紅雪道：「你幾時學會逃命的？」

燕南飛道：「到了非逃命不可的時候。」

傅紅雪又閉上嘴，他相信燕南飛已明白他的意思——

一個人到了非去做那件事不可的時候，就一定會做的。

信寫得很長，居然有三張紙，還沒有上車，燕南飛就已開始看了。

他一向性子急。

傅紅雪卻很沉得住氣，沒有問他信上寫的是什麼。

看來那彷彿是封很有趣的信，因為燕南飛眼睛裡帶著笑意。

一種充滿了譏誚的笑意。

他忽然道：「看來公子羽真是個好人，對我真是關心得要命。」

傅紅雪道：「哦？」

燕南飛笑道：「他勸我快快離開你，因爲你現在已變成種好像瘟疫一樣的東西，無論誰沾著你都會倒楣。」

他大笑，又道：「他甚至還列了一張表。」

傅紅雪道：「一張表？」

燕南飛道：「表上將要殺我們的人都列了出來，要殺你的人比想殺我的人還多一個。」

傅紅雪冷冷道：「一個不算多。」

燕南飛道：「有時不算多，有時也不算少，只看這個人是誰了。」

他的笑容很不愉快：「嚴格說來，要殺你的這個人根本不能算一個人。」

傅紅雪道：「算什麼？」

燕南飛道：「至少也該算十個人。」

傅紅雪道：「是不是星宿海的無情子？」

燕南飛道：「跟這個人比起來，無情子最多也只能算是個剛學會殺人的孩子。」

傅紅雪道：「這個人是誰？」

燕南飛上了車，關上車門，好像生怕自己會跌下來：「這個人也是用刀的，用的是把很特別的刀。」

傅紅雪道：「什麼刀？」

燕南飛又將車門拉緊了些，然後才一字字道：「天王斬鬼刀！」

五

車廂很寬敞。卓玉貞將女孩子放在膝上，手裡抱著男孩子，眼睛卻盯著燕南飛，終於忍不住問：「天王斬鬼刀究竟是把什麼樣的刀？」

燕南飛勉強笑了笑，道：「老實說，那根本不能算一把刀。」

卓玉貞道：「算十把？」

燕南飛沒有直接回答，卻反問道：「你看過蕭四無的刀？」

卓玉貞想了想，點點頭：「我見過他的人，他總是用一把刀修指甲。」

燕南飛道：「至少要五百把那樣的刀，才能打出一把天王斬鬼刀！」

卓玉貞吸了口氣：「五百把刀？」

燕南飛又問道：「你知道他一刀殺死過幾個人？」

卓玉貞道：「兩個？三個？五個？」

燕南飛嘆了口氣，道：「他一刀殺過二十七個人，每個人的頭都被他砍成了兩半。」

卓玉貞臉色變了，將懷裡的孩子抱得更緊了些，眼睛看著窗外，勉強笑道：「你是不是故意嚇我？」

燕南飛苦笑道：「你若是看見那把刀，就知道我是不是在嚇你了。」

他忽然搖頭：「可是你當然不會看見的，老天保佑，千萬不要讓你看見才好。」

卓玉貞沒有再問，因爲她已看見了一樣很奇怪的事：「你看，那裡有個輪子。」

馬車有車輪子並不奇怪，可是這車輪子怎麼會自己往前面滾？

燕南飛忍不住伸頭過去看了一眼，臉色也變了，道：「這車輪是我們車上的。」

一句話未說完，車廂已開始傾斜，斜斜的往道路衝了出去。

卓玉貞又大叫：「你看，那裡怎麼會有半匹馬？」

半匹馬？世界上怎麼會有半匹馬？

更嚇人的是，這半匹馬居然也在往前面跑，用兩條腿跑。

忽然間，一片血雨亂箭的激飛而出。

這半匹馬又跑出去七八步才倒下，肝腸內臟一條條拖在地上。

燕南飛大喝：「小心。」

喝聲未歇，馬車就凌空翻了出去，就好像自己在翻跟斗一樣。

燕南飛撲過去，抱住了卓玉貞和孩子，飛起一腳，踢開車門。

一隻手從外面伸出來，只聽傅紅雪的聲音道：「拉住。」

兩隻手一拉一提，傅紅雪拉住燕南飛，燕南飛抱住卓玉貞和孩子。

叱吒一聲，大人和孩子都已飛出。

接著就是「轟」的一響，車廂已撞在道旁的一棵大樹上。

撞得粉碎。

正午。

天氣明朗，陽光艷麗。

新鮮的陽光正照在大道上，卻忽然有一片烏雲掩來，擋住了日色，就彷彿連太陽都不忍看見這條大路上剛才發生的事。

車廂已粉碎。

拉車的馬已變成兩半，後面的一半還套在車上，前面的一半卻倒在路中央。

剛才這裡究竟發生了什麼事？

卓玉貞緊緊抱著孩子，不讓孩子哭出來，雖然她也不知道剛才發生了什麼事，可是她實在太害怕，怕得連疼痛都已感覺不到。

雖然她全身的骨頭都幾乎跌散，可是恐懼卻已使她完全麻木。然後她就忍不住開始嘔吐。

一個年輕的樵夫，站在道旁的樹林裡，也在不停的嘔吐。

剛才他正準備走上這條大路，又退下來，因爲他看見一輛馬車正往這裡奔過來。

趕車的臉色蒼白，好像恨不得一下子就將這輛馬車趕出八百里路去。

「這人莫非急著趕去奔喪？」

年輕氣盛的樵夫正準備罵他兩句，還沒有罵出口，就看見刀光一閃。

事實上，他根本分不清楚那究竟是刀光？還是厲電？

他只看見一道光從對面的樹林裡飛出，落在拉車的馬背上。

這匹生龍活虎般的奔馬，忽然間就分開了——前面的一半，居然和後面一半分開了。

前面的半匹馬竟用兩條腿奔出來。

以後又發生了什麼，這樵夫根本沒有看見，他簡直不能相信這是真的事。

他希望這只不過是個夢，噩夢。

但是他已經在嘔吐。

十四 天王斬鬼刀

一

能一刀腰斬奔馬的，應該是把什麼樣的刀？

沒有人看見。刀光是從道旁的樹林飛出來的，馬車又衝出二三十丈，從這裡看過去看不見人，更看不見刀，傅紅雪擋在卓玉貞和孩子身前，眼睛還在盯著那片濃密的林子，蒼白的臉彷彿已白得透明。

燕南飛喘過一口氣，立刻問道：「你有沒有看見那把刀？」

傅紅雪搖搖頭。

燕南飛道：「但是你一定已知道那是把什麼刀。」

傅紅雪點點頭。

燕南飛嘆了口氣，道：「看來公子羽的消息果然靈通得很，苗天王果然來了。」

苗天王的刀，當然是天王斬鬼刀！

傅紅雪的手握緊，冷冷的道：「來的人只怕還不少。」

就在這時，道路兩頭都有兩輛大板車並排駛了過來，將來去的道路都完全封鎖。

左面第一輛板車上，擺著張木几，兩個人正盤膝坐在桌上下棋，第二輛板車上，也坐著兩個人，一個在修指甲，一個在喝酒。他們對自己做的事好像都很專心，誰也沒有抬起頭來往這邊看一眼。

傅紅雪和燕南飛居然也好像沒有看見他們。

右面的第一輛板車上，坐著好幾個女人，有老有少，有的在繡花，有的嗑瓜子，還有的在梳頭，最老的一個，赫然竟是鬼外婆。第二輛板車上，卻擺著口嶄新的棺材，還有口吊在鐵架上的大銅鍋。

據說天下最大的一口鍋，就是少林寺的煮飯鍋。少林寺的和尚多，終年不見油葷，卻整天都在勞動，飯量當然特別大，就算每個和尚一頓吃五碗飯，五百個和尚一頓要吃多少碗？要用多大的鍋煮飯，才能讓這些和尚吃得飽？

燕南飛到過少林寺，特地去看過那口鍋，他天生是個好奇的人。

板車上的這口紫銅鍋，看來竟不比少林寺的煮飯鍋小。最奇怪的是，鍋裡居然還有兩個人，圓圓的臉，肥頭大耳，額角上卻有些刀疤毒蛇般掛下來，從眉心一直掛到嘴角，使得他這張看來本該很和氣的臉，突然變得說不出的邪異邪惡。

板車走得並不快，鐵架上的銅鍋輕輕搖盪，人坐在裡面，就好像坐在搖籃裡一樣。

烏雲遠去，太陽又升高了些，燕南飛的心卻在往下沉。

可是他一定要勉強作出笑臉，喃喃道：「想不到多情子居然沒有來。」

傅紅雪冷冷道：「一擊不中，全身而退，這本是他們星宿海的老規矩。」

燕南飛笑得彷彿更愉快：「除了他之外，該來的好像全來了，不該來的也來了。」

他看著銅鍋裡那臉上有刀疤的胖子，微笑著又道：「郝廚子，你怎麼會來的？」

胖子臉上的毒蛇在蠕動。他在笑，笑容卻使得他的臉看來更獰惡詭秘：「我是來收屍的。」

燕南飛道：「收誰的屍？」

郝廚子道：「什麼屍都收，死馬收進肚子，死人收進棺材。」

板車全部停下來。下棋的還在下棋，喝酒的還拿著杯子，梳頭的也還在梳頭。

郝廚子笑道：「看來大家今天的口福不錯，郝廚子做的五香馬肉，並不是人人都能吃得到的。」

燕南飛道：「你的拿手菜好像不是五香馬肉？」

郝廚子道：「我的拿手菜材料不好找，還是將就些吃五香馬肉的好。」

這句話說完，他的人已鑽出銅鍋，下了板車，沒有親眼看見的人，實在難相信這個足足有一百多斤的大胖子，動作居然還這麼輕巧靈敏。

他身上也有一把刀，菜刀。

卓玉貞忍不住想問了：「這個郝廚子，真的是好廚子？」

燕南飛道：「假的。」

卓玉貞道：「爲什麼別人叫他廚子？」

燕南飛道：「因爲他喜歡炒菜，也因爲他喜歡用菜刀。」

卓玉貞道：「他的拿手菜是什麼？」

燕南飛道：「火爆人心，清炒人腰。」

年輕的樵夫剛停止嘔吐，只抬頭看了一眼，就怔住。他做夢也想不到這地方會忽然變得這麼熱鬧。

今天他只吃了兩個乾饅頭，幾根鹹菜，本來以爲早就全吐完了，再也沒有什麼可吐的，可是他再多看兩眼，立刻又忍不住吐了起來，吐得比剛才還厲害。

郝廚子已拔出了他的菜刀，一刀砍在死馬身上，就連皮帶肉砍下了一大塊，隨手一拋，就拋入了那個大銅鍋裡。他的右手操刀，左手拋肉，兩隻手一上一落，動作又輕巧，又熟練，一匹馬眨眼間就被他躲成了一百三十多塊，比別人的刀切豆腐還容易。

馬肉已經在鍋裡，五香料呢？

郝廚子將刀上的血在鞋底上擦乾淨，就走回去打開了那口棺材；棺材裡裝著的竟是各式各樣的作料，油、鹽、醬、醋、茴香、八角……只要你能想得出來，棺材裡都有。

郝廚子喃喃道：「這輛破板車，正好作柴燒，等到馬車燒光，肉也熟了。」

正在下棋的楊無忌忽然道：「我的那份不用太爛，我的牙齒好。」

郝廚子道：「出家的道士也吃馬肉？」

楊無忌道：「有時連人肉都吃，何況馬肉。」

郝廚子笑道：「道士若是真想吃人肉，等一等這裡也會有材料的。」

楊無忌道：「我本來就在等，我一點也不著急。」

郝廚子大笑，用眼角瞟著傅紅雪，道：「人肉最補血，若是多吃點人肉，臉色也就不會發白了。」

他大笑著，用一隻手就將那近三百斤重的銅鍋連鐵架一起提了下來，又用車廂的碎木，在銅鍋下生起了一堆火。火焰閃動，燒得「噼啪噼啪」的響。

孩子又哭了，卓玉貞只有悄悄的拉開衣襟，餵他們吃奶。

手裡拿著酒杯的公孫屠忽然吐出口氣，道：「好白的皮膚。」

郝廚子笑道：「好嫩的肉。」

正在嗑瓜子的鬼外婆卻嘆息了一聲，道：「好可憐的孩子。」

傅紅雪只覺得胃在收縮，他握刀的手背上青筋凸出，彷彿已將拔刀。

燕南飛卻按住了他的手，壓低聲音道：「現在不能動。」

傅紅雪當然也看得出現在不能動。這些人雖然故作悠閒，其實卻無異是個馬蜂窩，只要一動，後果就不堪設想。可是不動又怎樣呢？這麼樣耗下去，難道真的等他們吃完了馬肉，再吃人肉？

燕南飛聲音壓得更低，忽又問道：「你認不認得『八個膽子八條命』杜十七？」

傅紅雪搖搖頭。

燕南飛道：「這個人雖然不是大俠，卻比我認得的那些大俠都有俠氣，我已跟他約好了在前面城裡的天香樓茶館見面，只要能找到他，什麼事都能解決的，我跟他交情很不錯。」

傅紅雪道：「那是你的事。」

燕南飛道：「我的事就是你的事。」

傅紅雪道：「我不認得他。」

燕南飛道：「可是他認得你。」

下棋的還在下棋，每個人都還在做他自己做的事，根本沒有注意他們，就好像已將他們當作死人。

燕南飛又問道：「你是不是很講理的人？」

傅紅雪道：「有時是的，有時不是。」

燕南飛道：「現在是不是已到了不能不講理的時候？」

傅紅雪道：「好像是的。」

燕南飛再問：「卓玉貞和她的孩子能不能死？」

傅紅雪道：「不能。」

燕南飛嘆了口氣，道：「只要你能記住這句話就好了，我們走吧。」

傅紅雪道：「走？怎樣走？」

燕南飛道：「你一聽我說『小狗』兩個字，就把卓玉貞和孩子抱上那輛馬車，藏到棺材裡去，別的事由我來負責！」

他笑了笑又道：「莫忘記我逃命的本事還是天下第一。」

傅紅雪閉上了嘴。他當然明白燕南飛的意思，他現在已完全沒有選擇的餘地，無論怎麼樣，他都絕不能讓卓玉貞和孩子落入這些人手裡。

鬼外婆坐的那輛板車上，一共有五個女人，除了她之外，都很年輕，而且很不難看。不難看的意思就是好看，最好看的一個正在梳頭，長長的頭髮，又黑又亮。

燕南飛忽然道：「聽說苗天王大大小小一共有七八十個老婆。」

鬼外婆道：「是八十個，他喜歡整數。」

燕南飛道：「聽說他不管到哪裡，至少還要帶四五個老婆跟在身邊，因爲，他隨時隨地都可能用得著的。」

鬼外婆道：「他是個精力充沛的男子漢，他的老婆都有福氣。」

燕南飛道：「你是不是其中之一？」

鬼外婆嘆了口氣，道：「我倒很想，只可惜他嫌我太老了。」

燕南飛道：「誰說你老，我看你比那位梳頭的老太太至少年輕十歲。」

鬼外婆大笑，梳頭的女人臉色已變了，狠狠的盯著他。

燕南飛又朝她笑了笑，道：「其實你也不能算太老，除了鬼外婆外，你還是最年輕的一個。」

現在每個人都已看出他是在故意找麻煩了，卻還猜不透他究竟想幹什麼，本來故意不看他的人，現在也不禁多看他兩眼。

他果然又去找郝廚子：「除了剁肉切菜外，你這把菜刀還有什麼用？」

郝廚子道：「還能殺人。」

他臉上的毒蛇又開始蠕動：「用一把上面鑲滿了珍珠的寶刀殺人，跟用菜刀殺人並沒有什麼不同。」

燕南飛道：「有一點不同。」

郝廚子道：「哪一點？」

燕南飛卻不理他了，轉過身，打開了棺材，喃喃道：「想不到這裡面居然還有蔥薑，卻不知道有辣椒沒有呢？」

郝廚子大聲道：「哪一點不同？」

燕南飛還是不理他，道：「哈，這裡果然有辣椒，看來這口棺材簡直就是個廚房。」

郝廚子本來坐著的，現在卻站起來：「你爲什麼不說？究竟有哪點不同？」

燕南飛終於回頭，微笑道：「究竟有哪點不同，我也不知道，我只知道紅燒五香馬肉裡是應該擺點辣椒的。」

他提著串辣椒，走到銅鍋旁，又道：「大概沒有人不吃辣椒的，不吃辣椒的是小狗。」

郝廚子已氣得臉都白了，就在這時，突聽一聲馬嘶一聲輕叱。

傅紅雪已抱起卓玉貞，卓玉貞抱著孩子，兩大兩小四個人搶上板車！

卓玉貞將孩子放進棺材，傅紅雪揮鞭打馬，燕南飛提起吊著銅鍋的鐵架。

公孫屠擲杯而起，大喝一聲：「小心！」

兩個字未說完，卓玉貞也已鑽進棺材，自己闔起了蓋子。

燕南飛反手一掄，將一鍋滾燙的馬肉連鍋帶鐵架一起掄了出去，「呼」的一聲，飛向對面的板車！

湯汁四濺，健馬驚嘶，板車傾倒，一塊塊滾燙的馬肉帶著湯汁亂箭般飛出，只要沾著一點，立刻就燙起一個水泡。

板車上的人用衣袖蒙面，飛掠而起！

傅紅雪右手握刀，左手揮鞭，已從兩輛傾倒的板車間衝了出去！

蕭四無身子凌空，突然翻身，右臂上每一根肌肉都已貫注真力。

飛刀就在他的右手上。

楊無忌身子掠起時已反手抓住劍柄。

蕭四無的刀已出手。

這一次他完全沒有發出一點聲音，這一刀還是用出了全力，打的還是傅紅雪後背。

板車雖已傾倒，讓出的路並不寬，傅紅雪必須全神駕馭馬車，他背後也沒有長眼睛，根本不知道這閃電般的刀光已打過來，就算他知道，也不能回身閃避，否則就算他避開了這一刀，也避不開前面路上的板車！

就在這間不容髮的一瞬間，他的刀突然自肋下穿出，「叮」的一響，漆黑的刀鞘迸出火花，一把四寸長的飛刀已被打落在板車上。

楊無忌的劍迅速出鞘，玉女穿梭，凌空下擊。

傅紅雪肋下挾住刀鞘，反手拔刀，刀光一閃，迎上了劍光。

刀劍並沒有相擊；劍光的來勢雖快，刀更快，楊無忌的劍尖堪堪已刺在傅紅雪的咽喉，最多只差一寸，這一寸就是致命的一寸，只聽得一聲慘呼，鮮血飛濺，漫天血雨中，憑空落下了一條手臂來，手裡還緊緊握著劍——形式古雅的松紋鐵劍！

楊無忌的人落下來時，正落在那滾燙的銅鍋上。

這就是他一生中最有希望殺死傅紅雪的一次，這一次他的劍差不多已刺入傅紅雪的咽喉裡。

只不過差了一寸。

健馬長嘶，板車已經絕塵而去，一片鮮血般的劍光飛過來，隔斷了道路！

傅紅雪沒有回頭。他聽見了燕南飛的咳嗽聲，燕南飛為他斷後的這一劍，想必也已盡了全力。

他不敢回頭去看，他生怕自己一回頭，就會留下來，和燕南飛並肩死戰。

只可惜有些人是不能死的！

絕不能！

二

冷夜，荒塚。

一輛板車在亂墳堆中停下來，星光如豆，荒涼的亂石崗上渺無人蹤。

板車上的棺材裡卻忽然有個人坐了起來，長髮披肩，眼如秋水。她就算是鬼，也一定是個美麗的女鬼，足以令荒塚中夜讀的書生為她迷醉。

她眼波流動，彷彿在尋找；她找的並不是書生，而是一個握刀的人。

——傅紅雪到哪裡去了？為什麼將她一個人留在這裡？

她眼睛裡剛露出恐懼之色，傅紅雪就已出現在她眼前。

荒墳間有霧升起，從霧中看過去，夜色彷彿是蒼白的，蒼白如傅紅雪的臉。

看見了這張蒼白的臉，卓玉貞雖然鬆了口氣，卻還是很驚疑：「我們爲什麼要到這裡來？」

傅紅雪不答反問：「一粒白米，要藏在什麼地方最安全？」

卓玉貞想了想，道：「藏在一大堆白米裡。」

傅紅雪道：「一口棺材要藏在什麼地方才最不引人注意？」

卓玉貞終於明白他的意思，白米藏在米堆裡，棺材藏在亂墳間。

但她卻還是有點不明白：「我們爲什麼不去找燕南飛的那個朋友杜十七？」

傅紅雪道：「我們不能去。」

卓玉貞道：「你不信任他？」

傅紅雪道：「燕南飛能信任的人，我也同樣能信任。」

卓玉貞道：「你爲什麼不去？」

傅紅雪道：「天香樓是個大茶館，杜十七是個名人，我們若去找他，不出三個時辰，公孫屠他們就會知道的！」

卓玉貞嘆了口氣，柔聲道：「想不到你做事比我還細心！」

傅紅雪迴避了她的眼波，從懷裡拿出個油紙包：「這是我在路上買的一隻燻雞，你用不著分給我，我已經吃過東西。」

卓玉貞默默的接過來，剛打開油紙包，眼淚就滴在燻雞上。

傅紅雪假裝沒有看見：「我已經去看過，附近兩三里之內都沒有人煙，後面也沒有人跟蹤我們，你一定要好好睡一覺，天亮時我要你去做一件事。」

卓玉貞道：「什麼事？」

傅紅雪道：「去打聽杜十七晚上睡在哪裡？我去找他的時候，絕不能讓任何人見到。」

卓玉貞道：「我們還是要去找他？」

傅紅雪點點頭，道：「我的樣子太引人注目，認得你的人本就不多，我還懂一點易容。」

卓玉貞道：「你放心，我也不是個弱不禁風的女人，我能夠照顧自己的！」

傅紅雪道：「你會不會騎馬？」

卓玉貞道：「會一點！」

傅紅雪道：「那麼明天一早你就騎馬去，到了有人的地方，立刻將這匹馬放走，在路上攔輛車，回來的時候，可以買匹驢子。」

北方民風剛健，女人騎驢子倒也不少。

卓玉貞道：「我一定會特別小心的，只不過孩子們……」

傅紅雪道：「孩子們交給我，你餵他們吃飽奶之後再走，所以你今天晚上一定要好好的睡。」

卓玉貞道：「你呢？」

傅紅雪道：「你用不著擔心我，有時我走路時都可以睡覺的！」

卓玉貞看著他，眼波中充滿了柔情，也充滿了憐惜，彷彿有很多話要說。

傅紅雪卻已轉過身，面對著夜色深沉的大地，現在就似已睡著了。

三

正午。

孩子們終於睡著了，卓玉貞已去了三個時辰。

傅紅雪坐在墳堆後的陰影裡，癡癡的看著面前的一片荒墳，已很久沒有動。

他心裡在想什麼？

——埋葬在這些荒墳裡的是些什麼樣的人？那其中有多少無名的英雄？有多少寂寞的浪子？

——生前寂寞的人，死後是不是更寂寞？

——他死了之後，有沒有人埋葬他？埋葬在哪裡？

——這些問題有誰能答覆？

沒有人！

傅紅雪長長吐出口氣，慢慢的站起來，就看見一匹驢子走上了山崗。

瘦弱而疲倦的驢子，平凡而憔悴的婦人。

傅紅雪看著她，心裡也不禁對自己的易容術覺得很滿意。

卓玉貞終於安全回來，沒有人認出她，也沒有人跟蹤她。

看到傅紅雪和孩子，她的眼睛裡就發出了光，就像是世上所有的賢妻良母一樣，她先過去吻了孩子，又拿出個油紙包道：「這是我在鎮上買的燻雞和牛肉，你不必分給我，我已經吃過飯了。」

傅紅雪默默的接過來。

她的指尖輕輕觸及了他的手，他的手冰冷。

如果一個人已在烈日下耽了兩三個時辰，如果他的手還是冰冷的，他一定有心事。

卓玉貞看著他，柔聲道：「我知道你一定在爲我擔心，所以我一有了消息就趕回來了。」

傅紅雪道：「你已打聽出杜十七……」

卓玉貞搶著道：「誰也不知道杜十七晚上睡在哪裡。就算有人知道，也沒有人肯說。」

杜十七無疑是個很喜歡朋友的人，他當然應該有很多朋友。

卓玉貞道：「可是我打聽出另一件事。」

傅紅雪在聽著！

卓玉貞道：「他的朋友雖然多，對頭也不少，其中最厲害的一個叫胡昆，城裡每個人都知道，胡昆已準備在下個月初一之前殺了杜十七，而且好像很有把握。」

傅紅雪道：「今天好像已經是二十八了。」

卓玉貞點點頭，道：「所以我心裡就在想，這兩天杜十七的行蹤，胡昆一定知道得比誰都清楚。」

——你若想打聽一個人，去找他的朋友，遠不如去找他的仇敵。

傅紅雪道：「你去找過胡昆？」

卓玉貞道：「我沒有。」

她微笑著又道：「但是你可以去找他，可以冠冕堂皇的去找他，用不著怕公孫屠他們知道，他們知道了說不定反而更好。」

她笑得溫柔而甜蜜，就像是條又溫柔又甜蜜的小狐狸。

傅紅雪看著她，忽然明白了她的意思，眼睛裡立刻露出了讚賞之意。

卓玉貞道：「城裡最大的茶館不是天香樓，是登仙樓。」

傅紅雪道：「胡昆常常到那裡去？」

卓玉貞道：「他每天都去，幾乎從早到晚都在那裡，因爲登仙樓就是他開的！」

四

天黑了之後，傅紅雪就將卓玉貞和孩子們留在那亂石山崗上。留在那陰森、荒涼、黑暗、恐怖的亂墳間，他怎能放心的？也許就因爲那裡太荒涼，太黑暗，絕對沒有人想得到他會將他們留在那裡，所以他才放心。

他是不是真的絕對放心？不是的，可是他一定要爲他們安排好很多事，讓他們平平安安的活下去，他知道自己絕不能永遠陪著他們的！

——世上沒有任何一個人能永遠陪著另一個人。

——人與人之間無論相聚多久，最後的結局都是別離。

——不是死別，就是生離。

他忽然想到了明月心。

他一直在勉強控制著自己，不讓自己去想她。

可是在這無人的山坡上，在這寂寞的靜夜裡，愈是不該想的事，反而愈容易想起來。

所以他不但想起了明月心，還想起了燕南飛，想起了他們在離別時，明月心凝視著他的眼波，也想起了燕南飛那乾澀的咳嗽聲，和血紅的劍。

現在他們的人在哪裡？是在天涯？還是在洪爐裡？

傅紅雪不知道！

他甚至不知道自己的人在哪裡？是在洪爐裡？還是在天涯？

他緊緊握著他的刀，他只知道這把刀是從洪爐裡煉出來的！

他的人現在豈非也正如洪爐裡的刀？

十五 先付後殺

一

胡昆站在登仙樓上的雕花欄杆旁，對所有的一切都覺得很滿意。

這裡是個高尙而有氣派的地方，裝潢華麗，用具考究，每張桌椅都是上好的楠木，碗盞用的是江南景德鎭的瓷器。

到這裡來品茶喝酒的，也大多是高尙而有氣派的客人。

雖然這裡的訂價比城裡任何地方都至少高出一倍，可是他知道這些人都不在乎，因爲「奢侈」的本身就是種享受。

平時他總是喜歡站在這裡，看著這些高尙而有氣派的人在他胯下走來走去，讓他覺得自己永遠都是高高在上的。

雖然他身高還不滿五尺，但是這種感覺卻總是能讓他覺得自己比任何人都高出一個頭。

所以他喜歡這種感覺。

他也喜歡高尙而有氣派的事，正如他喜歡權力一樣。

唯一令他覺得有點煩惱的，就是那個不要命的杜十七。

這個人喝起酒來不要命，賭起錢來不要命，打架的時候更不要命，就好像真的有九條命一樣。

「就算他真有九條命，我也絕不能讓他活過下個月初一。」

胡昆早已下了決心，而且有了很周密的計劃。

只可惜他並沒有絕對能成功的把握。

想到這件事，他總是會覺得有點心煩，幸好就在這時，他等的人已來了。

他等的人叫屠青，是他花了三萬兩銀子專程從京城請來殺杜十七的人。

屠青這名字在江湖中並不響亮，因爲他做的事根本不允許他太出名。

他要的也不是名聲，而是財富。

他是個專門受僱殺人的刺客，每次任務的代價，至少是三萬兩。

這是種古老而神秘的行業，在這一行裡招搖和出風頭都是絕對犯忌的事。

在他們自己的圈子裡，屠青卻無疑是個名人，要的代價也比別人高。

因爲他殺人是從不失手的！

屠青身高七尺，黝黑瘦削，一雙灼灼有光的眼睛銳利如鷹。

他穿的衣服質料雖然高貴，剪裁合身，但顏色並不鮮艷。

他的態度冷靜沉著，手裡提著個顏色灰黯的狹長包袱。

他的手乾燥而穩定。

這一切都很配合他的身分，讓人覺得無論出多高的代價都是值得的！

胡昆對這一切顯然也很滿意。

屠青已在角落裡找了個位子坐下，連看都沒有抬頭去看一眼。

他的行動必須保守秘密，絕對不讓別人看出他和胡昆之間有任何關係，更不能讓人知道他是為什麼而來。

胡昆吐出口氣，正準備回到後面的密室去小飲兩杯，忽然又看見一個臉色蒼白的陌生人走了進來，走路的姿態怪異而奇特，手裡緊緊握著一把刀。

漆黑的刀！刀還在鞘中，他的人卻像是柄出了鞘的刀，殘酷而鋒利。

他的目光也像是刀鋒，四下掃了一眼，就盯在屠青身上。屠青低下頭喝茶。

這個陌生人嘴角帶著冷笑，在附近找了個位子坐下。

忽然間，「咔嗞」一響，一張上好的楠木椅子，竟被他坐斷了。

他皺了皺眉，一雙手扶上桌子，忽然又是「咔嗞」一響，一張至少值二十兩銀子的楠木桌，也平空裂成了碎片。

現在無論誰都已看得出他是來找麻煩的！

胡昆的瞳孔在收縮。

——難道這個人也是杜十七從外地請來對付他的高手？

他的保鏢和打手已準備衝出去，胡昆卻用手勢阻止了他們。

他已看出這個陌生人絕不是他們能對付得了的！

屠青既然已來了，爲什麼不趁這個機會先試試他的功夫？

胡昆是個生意人，而且是個很精明的生意人，付出每一兩銀子都希望能十足收回代價來。

何況，這個陌生人找的也許並不是他，而是屠青。

這個陌生人當然就是傅紅雪。

二

屠青還在低著頭喝茶。

傅紅雪忽然走過去，冷冷道：「起來。」

屠青不動，也不開口，別的客人卻已悄悄的溜走了一大半。

傅紅雪再重複一遍：「站起來。」

屠青終於抬起頭，好像剛看見這個人一樣：「坐著比站著舒服，我爲什麼要站起來？」

傅紅雪道：「因爲我喜歡你這張椅子。」

屠青看著他，慢慢的放下茶杯，慢慢的伸出手，拿起桌上的包袱。

包袱裡無疑就是他殺人的武器。

胡昆的手也握緊，心跳忽然加快。

他喜歡看人殺人，喜歡看人流血。

五年來能令他興奮的事已不多，甚至連女人都不能，殺人已是他唯一還覺得有刺激的事。

可是他失望了。

屠青已站起來，拿起了包袱，默默的走開。——他的行動一向小心謹慎，當然絕不會在這麼多人眼前出手的。

胡昆忽然道：「今天小店提前打烊，除了有事找我的之外，各位最好請便。」於是想看熱鬧的也不能不走了，大廳忽然只剩下兩個人——屠青低著頭喝茶，傅紅雪抬起頭，盯著樓上雕花欄杆後的胡昆。

胡昆道：「你有事找我？」

傅紅雪道：「你就是胡昆？」

胡昆點點頭，冷笑道：「杜十七若是叫你來殺我，你就找對人了。」

傅紅雪道：「你若想找人去殺杜十七，也找對人了。」

胡昆顯然很意外：「你？」

傅紅雪道：「我不像殺人的人？」

胡昆道：「你們有仇？」

傅紅雪道：「殺人並不一定是爲了仇恨。」

胡昆道：「你殺人通常都是爲了什麼？」

傅紅雪道：「爲了高興。」

胡昆道：「要怎麼樣才能讓你高興？」

傅紅雪道：「幾萬兩銀子通常就可以讓我很高興了。」

胡昆眼睛裡發出了光，道：「我能讓你高興，今天就替我去殺杜十七？」

傅紅雪道：「據說你並不是一個很小氣的人。」

胡昆道：「你有把握能殺他？」

傅紅雪道：「我保證他絕對活不到下個月初一。」

胡昆笑了：「能夠讓朋友們高興，我自己也很愉快，只可惜你來遲了一步。」

傅紅雪道：「你已找到別人？」

胡昆用眼角瞟著屠青，微笑著點頭。

傅紅雪冷冷道：「你找的若是這個人，就找錯人了。」

胡昆道：「哦？」

傅紅雪道：「死人是不能殺人的。」

胡昆道：「他是死人？」

傅紅雪道：「若不是死人，現在就該殺了我。」

胡昆道：「爲什麼？」

傅紅雪道：「因爲你若不能讓我高興，我就一定會去找杜十七。」

胡昆道：「你若去找杜十七，就會讓杜十七提防著他。」

傅紅雪道：「我還會幫杜十七殺了他。」

胡昆道：「先殺他，再殺我。」

傅紅雪道：「杜十七活著，你就非死不可。」

胡昆道：「所以他現在就該殺了你。」

傅紅雪道：「只可惜死人是不會殺人的！」

胡昆嘆了口氣，轉向屠青，道：「他說的話你聽見沒有？」

屠青道：「我不聾。」

胡昆道：「你爲什麼還不殺了他？」

屠青道：「我不高興。」

胡昆道：「要怎麼樣才能讓你高興？」

屠青道：「五萬兩。」

胡昆好像吃了一驚，道：「殺杜十七只要三萬，殺他要五萬？」

屠青道：「杜十七不知道我，他知道！」

胡昆道：「所以，你能暗算杜十七，卻不能暗算他。」

屠青道：「而且他手裡有刀，所以我冒的險比較大。」

胡昆道：「但你卻還是有把握能殺了他。」

屠青冷冷道：「我殺人從未失手過！」

胡昆吐出口氣，道：「好，你殺了他，我給你五萬兩。」

屠青道：「先付後殺。」

嶄新的銀票，壹千兩一張，一共五十張。

屠青已數過兩遍，就像是個守財奴一樣，用手指蘸著口水數了兩遍，再用一塊方巾包起來，收到腰上繫著的錢袋裡。

用血汗賺來的錢總是特別值得珍惜的，他賺錢雖然很少流汗，卻常常流血。

血當然比汗更珍貴！

傅紅雪冷冷的看著他，臉上全無表情，胡昆卻在微笑，忽然道：「你一定已經是個很有錢的人。」

屠青不否認。

胡昆道：「你成了親？」

屠青搖搖頭。

胡昆的笑容更友善，道：「你爲什麼不把錢存在我這裡，我出你利息，三分息。」

屠青又搖搖頭。

胡昆道：「你不肯？難道你不信任我？」

屠青冷冷道：「我唯一信任的人就是我自己。」

他拍了拍衣下的錢囊：「我所有的財產全都在這裡，只有一種法子可以拿走！」

胡昆當然不敢問出來，可是眼色卻已等於在問：「什麼法子？」

屠青道：「殺了我！」

他盯著胡昆：「誰殺了我這就是誰的，所以你也不妨試試。」

胡昆笑了，笑得很勉強：「你知道我不會試的，因爲……」

屠青冷冷道：「因爲你沒有這麼大的膽子。」

他忽然轉向傅紅雪，「你呢？我若殺了你，你有什麼留給我？」

傅紅雪道：「只有一個教訓。」

屠青道：「什麼教訓？」

傅紅雪道：「不要把殺人的武器包在包袱裡，要殺人的人，和快要被殺的人都沒有耐性，絕不會等你解開包袱的。」

屠青道：「這是個很好的教訓，我一定會時常記在心裡。」

他忽然笑了笑，又道：「其實，我自己也同樣沒有耐性，要等到解開包袱再殺人，我一定也會急得要命。」

他終於伸出手，去解包袱——這包袱裡究竟是什麼武器？

胡昆實在很想看看他用的是什麼武器，眼睛不由自主盯在包袱上。

誰知包袱還沒有解開，屠青已出手。他殺人的武器並不在這包袱裡，他全身上下都是殺人的武器。只聽「格」的一響，他的腰帶上和衣袖裡，已同時飛出七道寒光，衣領後射出三枚緊背花裝弩，雙手打出滿把鐵蓮子，腳尖也有兩柄尖刀蹦了出來。

暗器發出，他的人也躍起，拐子鴛鴦腳連環踢出，就在這一刹那間，他已使出了四種致命的武器。他那引人注目的包袱，卻還是好好的擺在桌子上。這一著實在出人意料，連胡昆都大吃一驚，就憑這一著已值得他花五萬兩。

他相信屠青這次也絕不會失手，可是他錯了，因為他還不知道這個臉色蒼白的陌生人就是傅紅雪。

傅紅雪已拔刀。

天下無雙的刀，不可思議的刀法。

無論多惡毒的暗器，無論多複雜的詭計，遇見了這把刀，都像是冰雪到了陽光下。

刀光一閃，一連串金鈴般的輕響，滿天暗器落地，每一件暗器都被削斷了，都是從正中間斷的，就算巧手匠人用小刀一件件仔細分割，也未必能如此精確。

刀光消失後，才看見血。血是從臉上流下的！

屠青的臉。

一道刀口從他眉毛間割下來，劃過鼻尖，這一刀只要多用三分力，他的頭顱無疑也要被削成兩半。

刀已入鞘。

鮮血從鼻尖流落，流入嘴唇，又熱又鹹又苦。屠青臉上每一根肌肉都已因痛苦而抽搐，他的人卻沒有動；他知道自己殺人的生涯已結束。

這是種秘密的行業，無聲無息的殺人，無聲無息的消失。

無論誰臉上有了這麼樣一條顯著的刀疤，都絕對不適宜再幹這一行了。

傅紅雪看著這條刀疤，忽然揮了揮手，道：「你走吧。」

屠青的嘴唇也在抽搐：「到哪裡去？」

傅紅雪道：「只要不去殺人，隨便哪裡你都可以去。」

屠青道：「你……你爲什麼不殺了我？」

傅紅雪道：「你一定要五萬兩，才肯殺我，要我殺你，至少也得五萬兩。」

他冷冷的接著道：「我也從來不免費殺人的。」

屠青道：「可是我身上帶著的不止五萬，你殺了我，就都是你的。」

傅紅雪道：「那是另外一回事，我的規矩也是先收費，再殺人。」

規矩就是原則。

無論在哪種行業裡，能成功的人，一定都是有原則的人。

屠青不再開口，默默的從錢囊中拿出兩疊銀票，一疊五十張。

他又仔仔細細數了兩遍，擺在桌上，抬頭看了胡昆一眼：「這還是你的。」

胡昆在咳嗽。

屠青道：「你可以付他五萬兩，叫他殺了我。」

胡昆忽然不咳了：「你身上還有多少？」

屠青閉著嘴。

胡昆盯著他，眼睛裡又發出光。

屠青已提起了桌上的包袱，慢慢的往外走！

胡昆忽然大聲道：「殺了他，我付五萬兩。」

傅紅雪冷冷道：「要殺這個人，你自己動手。」

胡昆道：「爲什麼？」

傅紅雪道：「因爲他已經受了傷，已沒有還手之力。」

胡昆雙手握緊欄杆，突聽「篤」的一響，三柄飛刀釘在欄杆上。

飛刀是從包袱裡拿出來的，這包袱也有殺人的武器。

屠青冷冷道：「我從不免費殺人，爲了你，卻可以破例一次，你想不想試試？」

胡昆臉色早已變了。

他實在猜不透這包袱裡還有多少種武器，屠青身上又還有多少種！

但是他已看出來，無論哪種武器，只要有一柄，已足夠致他於死地。

屠青終於走出去，走到門口突又回頭，盯著傅紅雪，盯著傅紅雪手上的刀，彷彿從未見過這樣的人，也從未見過這樣的刀。

他忽然問道：「貴姓？」

傅紅雪道：「姓傅。」

屠青道：「傅紅雪？」

傅紅雪道：「是的。」

屠青輕輕嘆息，道：「其實我早就該想到你是誰了。」

傅紅雪道：「可是你沒有想？」

屠青道：「我不敢想。」

傅紅雪道：「不敢？」

屠青說道：「一個人若是想得太多，就不會殺人了。」

三

門外夜色已深，無星無月，屠青一走出去，就消失在黑暗裡。

胡昆長長吐出口氣，喃喃道：「你爲什麼不殺了他？難道你不怕他洩露你的秘密？」

傅紅雪道：「我沒有秘密。」

胡昆道：「難道你已不想去殺杜十七？」

傅紅雪道：「我殺人不是秘密。」

胡昆又嘆了口氣，道：「桌上有八萬兩銀票，殺了杜十七，這些都是你的！」

傅紅雪道：「先付後殺。」

胡昆勉強笑了笑。道：「現在你就可以拿去。」

傅紅雪拿起銀票，也數了兩遍，才慢慢的問道：「你知道杜十七在哪裡？」

胡昆當然知道：「爲了清查他的行蹤，我已花了一萬五千兩。」

傅紅雪淡淡道：「殺人本就是件很奢侈的事。」

胡昆嘆了口氣，看著他將銀票收進懷裡，忽又問道：「你殺人不是秘密？」

傅紅雪道：「不是！」

胡昆道：「你不怕在大庭廣眾間殺人？」

傅紅雪道：「無論什麼地方都可以殺人。」

胡昆笑了。真的笑了：「那麼你現在就可以去找他。」

傅紅雪道：「他在哪裡？」

胡昆瞇起眼，道：「他正在拚命。」

傅紅雪道：「拚命？」

胡昆道：「拚命的賭，拚命的喝，我只希望他還沒有輸光，還沒有醉死。」

四

杜十七不但贏了，而且很清醒。

一個人在贏的時候，總是很清醒的，只有輸家才會神智不清。

他正在洗牌。

三十二張用烏木做的牌九，每一張他都彷彿能如意操縱，甚至連骰子都聽他的話。

他並沒有玩花樣，做手腳，一個人賭運來的時候，根本就不必做假。

剛才他拿了一對「長三」，統吃，現在他幾乎已贏了兩萬，本來一定還可以多贏些。

只可惜下注的人已漸漸少了，因爲人家的口袋都已快空了。

他希望能有一兩個新生力軍加入，就在這時，他看見一個臉色蒼白的陌生人走了進來。

傅紅雪在看他洗牌，他的手巨大而有力。

杜十七又推過一次莊，四手牌，兩手統吃，卻只吃進了三百多兩。

下注的人大多都已顯得沒有生氣。

在賭場裡，錢就是血，沒有血的人，怎麼會有生氣？

——不知道這個臉色蒼白的陌生人，身上的血旺不旺？

杜十七忽然抬頭向他笑了笑，道：「朋友是不是也想玩兩把？」

傅紅雪冷冷的看著他，道：「只玩一把。」

杜十七道：「只玩一把？一把見輸贏？」

傅紅雪道：「是的！」

杜十七笑了：「好，就要這麼樣賭才痛快。」

他直起腰，全身的骨節立刻「格格」發響，一塊塊肌肉在衣下流竄不停。

這是十八年苦練的結果！

他身高八尺二寸，闊肩細腰，據說用一雙手就可以扼斷牛頭。看著他的人，每一個眼睛裡都不禁露出敬畏之色；就好像臣子看著他們的帝王。

八十張銀票都已拿了出來，嶄新的銀票，蒼白的手。

杜十七道：「你有多少？」

傅紅雪道：「八萬兩。」

杜十七輕輕吹了聲口哨，眼睛亮得就好像燃起了兩盞燈，問道：「八萬兩賭一把？」

傅紅雪道：「不論輸贏，只賭一把。」

杜十七道：「只可惜我沒有那麼多。」

傅紅雪道：「無妨。」

杜十七道：「無妨的意思，就是沒有關係？」

傅紅雪點點頭。

杜十七笑了：「這些錢莫非是偷來的？所以你不在乎？」

傅紅雪道：「不是偷來的，是買命的！」

杜十七道：「買誰的命？」

傅紅雪道：「你的！」

杜十七臉上的笑容僵硬，旁邊的人手已握緊拳頭，有的握緊刀。

傅紅雪卻連看都沒有看一眼，道：「我輸了，這八萬兩給你，你輸了，就跟我出去。」

杜十七道：「爲什麼要我出去？」

傅紅雪道：「因爲我不想在這裡殺你。」

杜十七又笑了，笑得卻已有些勉強：「你輸了，還是要殺我？」

傅紅雪道：「無論輸贏，我都非殺你不可。」

杜十七道：「你的意思是說，不是你殺了我，就是我殺了你，無論誰輸誰贏，我們反正都要拚一次命的，只不過這裡的人太多，而且都是我的人，所以你不願在這裡出手。」

傅紅雪冷冷道：「我不想多殺人。」

杜十七笑道：「你好像很有把握能殺了我。」

傅紅雪道：「沒有把握，怎麼會來？」

杜十七大笑。

傅紅雪道：「八萬兩銀子已經可以做很多事，你死了之後，你的朋友兄弟還是用得著的！」

忽然間，一把刀從後面砍過來，直砍他的後頸。

傅紅雪沒有動，杜十七卻已抓住握刀的手。

「叮」的一響，尖刀落下，又是「格」的一聲，刀尖已被拗斷。

杜十七沉下臉，厲聲道：「這件事跟你們沒關係，你們只准看，不准動。」

沒有人敢動。

杜十七又笑了：「你們都是我的好兄弟，你們先看我把他這八萬兩銀子贏過來。」

他一把扯開衣襟，露出銅鐵般的胸膛，道：「我們怎麼賭？」

傅紅雪道：「你說！」

杜十七道：「賭小牌九，一翻兩瞪眼，最痛快。」

傅紅雪道：「好。」

杜十七道：「還是用這副牌？」

傅紅雪點點頭。

杜十七眨了眨眼，道：「你知道我用這副牌已贏過幾把？」

傅紅雪搖搖頭。

杜十七道：「我已連贏了十六把，用這副牌賭，我的手氣特別好。」

傅紅雪道：「再好的手氣，也有轉壞的時候。」

杜十七盯著他，道：「殺人你有把握，賭錢你也有？」

傅紅雪淡淡道：「沒有把握，怎麼會賭？」

杜十七大笑：「這次你錯了，賭錢這種事，連神仙都未必有把握，我以前也見過很多像你一樣有把握的人，現在都已輸得上吊。」

五

三十二張牌排成四行，一行八張。

杜十七推出了一行，道：「我們兩個人對賭，上下兩家是空門。」

傅紅雪道：「我懂。」

杜十七道：「所以我們就不如賭四張。」

傅紅雪道：「好。」

杜十七用兩根手推出了四張牌：「骰子擲出的是單，你拿第一副。」

傅紅雪道：「牌是你洗的，骰子我來擲。」

杜十七道：「行。」

傅紅雪拿起骰子，隨隨便便的擲了出去。

七點，單。

杜十七道：「我拿第二副。」

兩張烏木牌九，「啪」的一闔，再慢慢推開。

杜十七眼睛裡露出光，嘴角露出了笑，他的兄弟也鬆了口氣。

大家都看得出他手上拿的是副好牌。

傅紅雪卻冷冷道：「你輸了。」

杜十七道：「你怎知道我輸了？你知道我手上是什麼牌？」

傅紅雪道：「是一張天牌，一張人牌，天槓。」

杜十七吃驚的看著他，道：「你看過自己手上的牌沒有？」

傅紅雪搖搖頭，道：「我用不著看，我的牌是對雜五。」

杜十七忍不住掀開他的牌，果然是雜五。

雜五對恰巧贏天槓。

杜十七怔住，每個人都怔住。

然後才是一陣騷動：「這小子有鬼，這小子認得牌。」

傅紅雪冷笑道：「牌是誰的？」

杜十七道：「我的。」

傅紅雪道：「我動過牌沒有？」

杜十七道：「沒有。」

傅紅雪道：「那麼我怎麼會有鬼？」

杜十七嘆了口氣，苦笑道：「你沒有鬼，我跟你走。」

又是一陣騷動。

握刀的又想動刀，握拳的又想動手。

杜十七厲聲道：「賭錢我雖然輸了，賭命我還沒有輸，你們吵什麼？」

騷動立刻靜了下來，沒有人敢開口。

杜十七又笑了，笑得還是那麼愉快：「其實你們都該知道，賭命我是絕不會輸的。」

傅紅雪道：「你有把握？」

杜十七微笑道：「就算我沒有把握，可是我有九條命，你卻只有一條。」

六

無星，無月，無燈。

黑暗的長巷，冷清清的長夜。

杜十七忽然嘆了口氣，道：「其實我也沒有九條命，我根本連一條命都沒有。」

傅紅雪道：「哦？」

杜十七道：「我這條命已經是燕南飛的。」

傅紅雪道：「你知道我是誰？」

杜十七點點頭道：「我欠他一條命，他欠你一條，我可以替他還給你。」

他停下來，臉上還帶著微笑：「我只希望你能讓我明白一件事。」

傅紅雪道：「什麼事？」

杜十七道：「你怎麼認得那些牌的？」

傅紅雪沒有回答，卻反問道：「你知不知道每個人手指都有指紋？」

杜十七道：「我知道，有的人手上是箕，有的人手上是籮。」

傅紅雪道：「你知不知道世上絕沒有兩個人的指紋是完全相同的？」

杜十七不知道。

這種事在那時根本沒有人知道。

他苦笑道：「我很少去看別人的手，尤其是男人的手。」

傅紅雪道：「就算你常常看，也看不出，這其間的分別本來就很小。」

杜十七道：「你看得出？」

傅紅雪道：「就算是同一模子裡烘出來的餅，我也能一眼看出它們的分別來。」

杜十七嘆道：「這一定是天才。」

傅紅雪淡淡道：「不錯，是天才，只不過這種天才卻是在連一點光都沒有的密室中練出來的。」

杜十七道：「你練了多久？」

傅紅雪道：「我只不過練了十七年，每天只不過練三五個時辰。」

杜十七道：「你拔刀也是這樣練出來的？」

傅紅雪道：「當你練眼力的時候，一定要不停的拔刀，否則就會睡著。」

杜十七苦笑道：「現在我總算明白『天才』是什麼意思了。」

天才的意思就是苦練，不停的苦練。

傅紅雪道：「那副牌九是用木頭做的，木頭上也有木紋，每張牌上的木紋都不同，我已看你洗過兩次牌，那三十二張牌我已沒有一張不認得。」

杜十七道：「那手骰子擲出的若是雙，你豈非還是輸？」

傅紅雪道：「那手骰子絕不會擲出雙的。」

杜十七道：「爲什麼？」

傅紅雪淡淡道：「因爲擲骰子我也是天才。」

長巷已到了盡頭，外面的道路更黑暗。

現在夜已很深。

傅紅雪忽然掠上屋脊，最高的一層屋脊，附近每一個陰暗的角落都在他眼底。

他殺人就不是給人看的，這一次更不能讓任何人看見。

杜十七終於也跟上來：「你究竟要我幹什麼？」

傅紅雪道：「要你死！」

杜十七道：「真的要我死？」

傅紅雪道：「現在你就已是個死人。」

杜十七不懂。

傅紅雪道：「從現在開始，你至少要死一年。」

杜十七想了想，好像已有點懂了，卻還是不太懂。

傅紅雪道：「甚至連棺材我都已替你準備好，就在城外的亂葬崗上。」

杜十七眨了眨眼，道：「棺材裡是不是還有些別的東西？」

傅紅雪道：「還有三個人。」

杜十七道：「活人？」

傅紅雪道：「可是有很多人都不想讓他們活下去。」

杜十七道：「你是不是一定要讓他們活下去？」

傅紅雪點點頭，道：「所以一定要替他們找個安全秘密的地方，絕不能讓任何人找到他們。」

杜十七眼睛漸漸亮了：「然後我就把棺材抬回來，替自己風風光光的辦件喪事。」

傅紅雪道：「你一定要死，因爲誰也不會想到要去找個死人追查他們的下落。」

杜十七道：「何況我又是死在你手裡的，別人一定會認爲這是跟胡昆的交換條件，你替他殺了我，他替你藏起那三個人。」

現在他終於明白了，這本是件很簡單的事，只不過傅紅雪做得很複雜而已。

傅紅雪道：「我不能不特別小心，他們的手段實在太毒辣。」

杜十七道：「他們究竟是些什麼人？」

傅紅雪道：「楊無忌、蕭四無、公孫屠，還有一把天王斬鬼刀。」

他沒有說出公子羽的名字，他不願讓杜十七太吃驚。

可是這四個人的名字，已經足夠讓一個有八個膽子的人吃驚了。

杜十七凝視著他，道：「他們要對付你，你當然也不會放過他們。」

傅紅雪也不否認。

杜十七忽然嘆了口氣，道：「我並不怕他們，因爲，我已是個死人，死人就用不著再怕任何人，可是你……」

傅紅雪不否認。

杜十七道：「你將這裡的事安排好，是不是就要去找他們？」

他看了看傅紅雪，再看了看那柄漆黑的刀，忽然又笑了笑，道：「也許應該擔心的並不是你，而是他們，一年後說不定也都變成了死人。」

傅紅雪目光在遠方，人也彷彿到了遠方。

遠方一片黑暗。

他緊緊握著他的刀。

過了很久，才緩緩道：「有時我也希望我能有九條命，要對付他們那些人，一條命實在太少了。」

七

荒涼的山谷，貧瘠的土地。

山村裡只有十幾戶人家，山麓下一棟小屋有竹籬柴扉，還有幾叢黃花。

杜十七遠遠的看著竹籬下的黃花，眼睛裡彷彿充滿了柔情。

到了這裡，他好像已忽然變成了個純樸的鄉下人。

傅紅雪心裡彷彿也有很多感慨。

他剛從小屋出來，出來的時候卓玉貞和孩子都已睡著。

——你們可以安心待在這裡，絕不會有人找到這裡來的。

——你呢？你要走？

——我不走，我也要在這裡住幾天。

他一直很少說謊，可是這次說的卻是謊話。

他不能不說謊話，因爲他已不能不走，既然要走了，又何必再多留傷悲？

傅紅雪輕輕嘆息，道：「這是個好地方，能夠在這裡安安靜靜過一輩子，一定是有福氣的人。」

杜十七勉強笑了笑，道：「我就是在這裡長大的，我本來也可以做個有福氣的人。」

傅紅雪道：「那麼，你爲什麼要走？」

杜十七沉默著，過了很久，忽然問道：「你有沒有看見那邊竹籬下的小黃花？」

傅紅雪點點頭。

杜十七道：「那是個小女孩種的，一個眼睛大大，辮子長長的小女孩。」

傅紅雪道：「現在她的人呢？」

杜十七沒有回答，也不必回答，眼睛裡的淚水，已替他說明了一切。

——黃花仍在，種花的人卻已不在了。

又過了很久，他才緩緩道：「其實我早就應該到這裡陪陪她的，這幾年來，她一定很寂寞。」

——人死了之後，是不是也同樣會寂寞？

傅紅雪拿出了那疊銀票，交給杜十七：「這是胡昆想用來買你這條命的，你們隨便怎麼花，都不必覺得抱歉。」

杜十七道：「你爲什麼不自己交給她？難道你現在就要走？」

傅紅雪點點頭。

杜十七道：「難道你不向她道別？」

傅紅雪淡淡道：「既然要走，又何必道別？」

杜十七道：「你爲她做了這麼多事，她當然一定是你很親的人，你至少也應該……」

傅紅雪打斷了他的話：「你爲我做了這麼多事，你並不是我的親人。」

杜十七道：「但我們是朋友。」

傅紅雪冷冷道：「我沒有親人，也沒有朋友。」

夕陽西下，又是夕陽西下的時候。

傅紅雪走到夕陽下，腳步還是沒有停，卻走得更慢了，就彷彿肩上已墜著一副很沉的擔子。

——他真的沒有親人？沒有朋友？

杜十七看見他孤獨的背影遠去，忽然大聲道：「我忘了告訴你一件事，胡昆已死了，被人用一根繩子吊死在登仙樓的欄杆上。」

傅紅雪沒有回頭：「是誰殺了他？」

杜十七道：「不知道，沒有人知道，我只知道殺他的人臨走時留下兩句話。」

那兩句話是用鮮血留下來的——這是我第一次免費殺人，也是最後一次殺人。

夕陽更暗淡，傅紅雪眼睛裡卻忽然有了光。

屠青終於放下了他的刀，屠刀。

這種人若是下了決心，就永遠不會更改的。

——可是我呢？我手裡拿著的豈非也是把屠刀，我要等到什麼時候才能放下來？

傅紅雪緊緊的握著他的刀，眼睛裡的光又暗淡了。

他還不能放下這把刀。只要這世界上還有公孫屠那種人活著，他就不能放下這把刀！

絕不能！

十六 天龍古剎

一

正午，陽光滿天。

傅紅雪從客棧裡走出來的時候，只覺得精神抖擻，足以對付一切困難和危險。

他整整睡了一天，又在熱水裡泡了半個時辰，多日來的疲倦都已隨著泥垢被沖洗乾淨。

近年來很少拔刀，他發覺用刀來解決問題，並不一定是最好的法子。

可是現在他的想法已改變，所以他必須振作起來。

因爲殺人不但是件很奢侈的事，而且還需要足夠的精神和體力。

現在他雖然還不知道那些人在哪裡，可是他相信一定能找出些線索的。

二

鄭傑是個樵夫，二十一歲，獨身，住在山林間的一座小木屋裡，每天只下山一次用乾燥的柴木來換食鹽、大米、肥肉和酒，偶而也會到城門後那些陰暗的小巷中去找一次廉價的女人。

他砍來的柴總是賣給大路旁的茶館，他的柴乾燥而便宜，所以茶館裡的掌櫃總是會留他喝碗茶再走，有時他也會自己花錢喝壺酒！

即使在喝了酒之後，他也很少開口，他並不是個多嘴的人。

可是這兩天他卻很喜歡說故事，一個同樣的故事，他至少已說了二、三十遍。

每次他開始說的時候，總要先強調：「這是千真萬確的事，是我親眼看見的，否則我也不會相信。」

故事發生在三天前的中午，從他看見樹林裡有刀光一閃的時候開始。

「你們一定做夢也想不到世上會有那樣的刀，刀光只閃了一閃，一匹生龍活虎般的好馬，忽然就被砍成了兩半。」

「有個看來就像是花花大少般的年輕人，用的劍竟是鮮紅的，就像是血一樣，無論誰只要一碰到他那把劍立刻就得躺下。」

「他還有個朋友，一張臉白得發青，白得像是透明的。」

「這個人更可怕……」

同樣的故事雖然已說了二、三十遍，說的人還是說得津津有味，聽的人也還聽得津津有味。

可是這一次他居然沒有說完就閉上了嘴，因為他忽然發現這個臉色發白的人站在他面前，一雙眼睛正如刀鋒般的盯著他。

漆黑的刀，閃電般的刀光，亂箭般的血雨……

鄭傑只覺得胃部又在收縮抽搐，幾乎又忍不住吐了出來。

他想溜，兩條腿偏偏已發軟。

傅紅雪冷冷的看著他，忽然道：「說下去。」

鄭傑勉強作出笑臉，「說……說什麼？」

傅紅雪道：「那天我走了之後，你又看見了什麼事？」

鄭傑擦了擦汗，道：「我看見了很多事，可是我全都沒有看清楚。」

他並沒有完全在說謊，當時他的確已經快被嚇得暈了過去。

傅紅雪想知道的也只有一件事：「那個用紅劍的人後來怎麼樣了？」

鄭傑這次回答得很快：「他死了。」

傅紅雪的手握緊，心下沉，全身都已冰冷，很久之後才能開口問：「他怎麼會死的？是誰殺了他？」

鄭傑道：「他本來不會死的，你趕著車走了之後，他替你擋住了那三個人，別人好像都不敢去碰他的劍，所以他也找個機會走了，走得可真快，簡直就像一陣風一樣。」

他嘴裡在說話的時候，心裡在想著當時的經過，臉上的表情也跟著有很多種不同的變化。

可是他說得很快，因爲這故事他已說熟：「只可惜他剛竄入道旁的樹林，那道斬馬的刀光，又忽然飛了出來，他雖然避開了第一刀，但是那個人第二刀又砍了下來，而且一刀比一刀快。」

他沒有說下去，也不必說下去，因爲結局大家都已知道！

前面是天王斬鬼刀，後面是公孫屠和蕭四無，無論誰在那種情況下，結局都是一樣的。

傅紅雪沉默著，表面看來雖然平靜，心裡卻好像有千軍萬馬在衝刺踐踏。

明月消沉，燕子飛去，也永不再回了。

他沉默了很久，才問道：「那個人是個什麼樣的人？」

鄭傑道：「他看來簡直就像是天神，就像是魔王一樣，站在那裡至少比任何人都高出一個頭，耳朵上戴著金環，穿著身用獸皮做的衣服，手上提的那把刀，最少也有七八尺長。」

傅紅雪道：「後來呢？」

鄭傑道：「那個外號叫廚子的人，本來想把你那朋友斬碎了放在鍋裡煮的，可是本來在下棋的一個人卻堅決反對，後來……」

他吐出口氣，接著道：「後來他們就將你那朋友的屍體，交給了天龍古刹的和尚。」

傅紅雪立刻問：「天龍古刹在哪裡？」

鄭傑道：「聽說就在北門，可是我沒有去過，很少人到那裡去過！」

傅紅雪道：「他們交給了哪個和尚？」

鄭傑道：「天龍古刹裡好像只有一個和尚，是個瘋和尚，聽說他……」

傅紅雪道：「他怎麼樣？」

鄭傑苦著臉，彷彿又將嘔吐：「聽說他不但瘋，而且還喜歡吃肉，人肉。」

三

陽光如火焰，道路如洪爐。

傅紅雪默默的走在洪爐上，沒有流一滴汗，也沒有流一滴淚。

他已只有血可流。

——能夠坐車的時候，我絕不走路，我討厭走路！

他恰巧和燕南飛相反，能夠走路的時候，他絕不坐車！

他好像故意要折磨自己的兩條腿，因爲這兩條腿帶給他太多不便和痛苦。

——有時候我甚至在走路的時候都可以睡著。

現在他當然不會睡著，他的眼睛裡帶著種很奇怪的表情，卻不是因爲悲哀和憤怒造成的，而是由於疑惑和思索。

然後他就突然轉回頭，往來路！

他又想起了什麼？

是不是他心裡還有些想不通的事，一定要回去問那年輕的樵夫？

可是鄭傑已不在那茶館裡。

「他剛走了。」茶館的掌櫃道：「這兩天他總是在這裡說那故事，總要坐到天黑以後才走，可是今天走得特別早。」

他對這臉色蒼白的陌生人顯然也有些畏懼，所以說話時特別小心，也說得特別詳細：「而且他走得很匆忙，好像有什麼急事要去做。」

「他是從哪條路走的？」

掌櫃指著對面一條長巷，臉上帶著阿諛而淫猥的笑容：「那條巷子裡有個他的老相好，好像是叫做小桃子，他一定是找她去了。」

陰暗骯髒的窄巷，溝渠裡散發著惡臭，到處都堆著垃圾。

傅紅雪卻像是完全沒有感覺。

他眼睛裡發著光，握刀的手上青筋凸起，彷彿很興奮，很激動。

他究竟想到了什麼？

一扇破爛的木板門後，忽然閃出個戴著串茉莉花的女人。

花香，廉價脂粉，和巷子裡的惡臭混合成一種低賤而罪惡的誘惑。

她故意將自己一張脂粉塗得很厚的臉，挨近傅紅雪，一雙手已悄悄過去，故意磨擦著傅紅雪大腿根部的某點。

「裡面有張床，又軟又舒服，再加上我和一盆熱水，只要兩錢銀子。」

她瞇著眼，眼睛裡露出了淫蕩的笑意：「我只有十七歲，可是我的功夫好，比小桃子還好。」

她笑得很愉快，她認為這次交易已成功了。

因為這個男人的某一部份已有了變化。

傅紅雪蒼白的臉突然發紅，他不僅想嘔吐，而且憤怒；在這麼樣的一個低賤的女人面前，他竟然也不能控制自己生理上的慾望。

這是因為他已太久沒有接觸過女人？還是因為他本來就已很興奮？

——無論哪一種興奮，都很容易就會引發性的衝動。

戴著茉莉花的女人身子挨得更近了，一雙手也動得更快。

傅紅雪的手突然揮出，重重摑在她臉上，她的人也跌倒，撞到木板門，仰面跌在地上。

奇怪的是，她臉上並沒有驚訝憤怒的表情，卻露出種說不出的疲倦，悲哀和絕望。

這種侮辱她早已習慣了，她的憤怒早已痲木，令她悲哀的是，這次交易又沒有成功。

今天的晚飯在哪裡？一串茉莉花是填不飽肚子的。

傅紅雪轉過臉，不忍再看她，將身上所有的銀子都掏出來，用力擲在她面前。

「告訴我，小桃子在哪裡？」

「就在最後面靠右首的那一家。」

茉莉花已掉了，她爬在地上，撿著那些散碎的銀子，根本不再看傅紅雪一眼。

傅紅雪已開始往前走，只走出幾步，忽然彎下腰嘔吐。

巷子裡只有這扇門最光鮮體面，甚至連油漆都沒有剝落。

看來小桃子非但功夫不錯，生意也很不錯。

門裡靜悄悄，沒有聲音。

一個年輕力壯的男人，和一個生意不錯的女人，在一間屋子裡，怎麼會如此安靜？

門雖然上了門，卻並不牢固，做這種事的女人並不需要牢固的門閂。

就正如她們絕不需要一根牢固的褲帶。

推開門，裡面就是她們的客廳，也就是她們的臥房，牆壁好像還是剛粉刷過的，掛滿了各式各樣令人意想不到的圖片。

一大把已枯萎了的山茶花插在桌上的茶壺裡，茶壺旁擺著半碗吃剩下的豬腰麵。

吃腰補腰，這種女人也並不是不注意補養自己身體的。身體就是她們的本錢，尤其是腰。

除了一張鋪著大紅繡花的木板床之外，屋子裡最奢華的一件東西就是擺在床頭上的神龕，那精緻的雕刻，高貴的黃幔，恰巧和四壁那些淫猥低劣的圖片形成一種極強烈的對比。

她爲什麼要將神龕放在床頭？

難道她要這些神祇親眼看到人類的卑賤和痛苦？看著她出賣自己，再看著她死。

小桃子已死了，和鄭傑一起死在床上，鮮血將那床大紅繡花被染得更紅。

血是從頸子後面的大血管裡流出來的，一刀就已致命。

殺人的不但有把快刀，而且還有極豐富的經驗。

傅紅雪也並不驚訝，難道這件事本就在他意料之中？

——一個平時並不多嘴的人，怎麼會整天在茶館說故事？連柴都不砍了。

——他喝酒、吃肉，而且嫖女人，當然不會有積蓄。

——那麼他兩天不工作之後，怎麼會有錢來找小桃子？

——而且那故事他說得太熟，太精采，甚至連臉上的表情都能完全配合，就好像早已習慣了很久。

從這些線索推理出的結論已很明顯！

——他故意留在人最多的茶館裡不停的說故事，爲的就是傅紅雪去找他。

——公孫屠他們給了他一筆錢，要他說謊，說給傅紅雪聽。

——所以現在他們又殺了他滅口。

只不過這些推論縱然完全正確，卻仍然還有些問題存在！

——他說的那故事中，究竟有哪些是真的？哪些是謊話？他們爲什麼要說那些謊話？是爲了要替殺死燕南飛的真兇掩飾？還是爲了要讓傅紅雪到天龍古剎？

傅紅雪不能確定。可是他已下了決心，就算天龍古剎是個殺人的陷阱，他也非去不可。

就在這時，血泊中那赤裸的女人突然飛身而起，從枕下抽出一把刀，直刺他的胸膛。

後面的衣櫃裡，也有個人竄了出來，掌中一柄銀槍毒蛇般的刺向他的背。

這是絕對出人意料的一著。

鄭傑真的死了，沒有人會想到死在他身旁的女人還活著。

也沒有人去注意一個赤裸倒臥在血泊中的低賤女人。

更沒有人能想到這女人的出手不但狠毒準確，而且快如閃電。

傅紅雪沒有動，也沒有拔刀，他根本用不著招架閃避。

就在這一剎那間，門外突然有刀光一閃，擦著那銀槍刺客的右頸飛過，釘在那赤裸女人的咽喉上。

鮮血箭一般從男人的右頸後標出來，女人的身子剛掠起，又倒下。

刀光只一閃，就奪去了兩個人的性命魂魄。

鮮血雨點般灑落。

傅紅雪慢慢的轉過身，就看見了蕭四無。

他手裡還有一把刀，這次他沒有修指甲，只是冷冷的看著傅紅雪。

傅紅雪冷冷道：「一刀兩命，好刀！」

蕭四無道：「真的好？」

傅紅雪道：「好！」

蕭四無轉身走了兩步，忽又回頭，道：「你當然看得出我並不是要殺你。」

傅紅雪道：「哦？」

蕭四無道：「我只不過想要你再看看我的刀。」

傅紅雪道：「現在我已看過！」

蕭四無道：「你已看過我三次出手，還有兩次是對你而發的，對於我的出手，世上已沒有別人能比你更清楚。」

傅紅雪道：「很可能。」

蕭四無道：「葉開是你的朋友，你當然也看過他出手。」

傅紅雪承認。

他當然看過，而且不止一次。

蕭四無道：「現在我只想問你一件事，你若不願告訴我，我也不怪你。」

傅紅雪道：「你問。」

蕭四無道：「我的飛刀究竟有哪一點比不上葉開？」

傅紅雪沉默著，過了很久才緩緩道：「你出手暗算我兩次，第一次雖盡全力，卻在出手前就已發聲示警，第二次雖未出聲，出手時卻留了兩分力。」

蕭四無也不否認。

傅紅雪說道：「這只因爲你自己心裡也知道不該殺我的，你根本沒有非殺我不可的理由，所以你出手時，就缺少了一種無堅不摧的正氣。」

他慢慢的接道：「葉開要殺的，卻都是非殺不可的人，所以他比你強！」

蕭四無道：「就只這一點？」

傅紅雪道：「這一點就已足夠，你就已永遠比不上他！」

蕭四無也沉默了很久，忽然轉過身，頭也不回的走了。

傅紅雪並沒有回頭。

走出一段路，蕭四無忽又回頭，大聲道：「你看著，總有一天我會比他強的，等到那一天，我一定要殺了你。」

傅紅雪淡淡道：「我一定等著你。」

四

若要殺人，百無禁忌。

這一次傅紅雪是不是也該殺了蕭四無的？

——你這次不殺他，下次只怕就要死在他刀下。

這次傅紅雪又沒有出手，但是他並不後悔，因爲他已放下了一把種子，放在蕭四無的心裡。

是正義的種子。

他知道這些種子總有一天會開花結果的。

走出窄巷時，那十七歲的小女人又在鬢角插上了那串茉莉花，站在門口，偷偷的看著傅紅雪，顯得有點害怕，又有點好奇。

從來也沒有人會無緣無故給她幾十兩銀子，這個臉色蒼白的跛子一定是個怪人。

傅紅雪雖然不願再看到她，卻還是難免看了一眼。

等他走到巷口，她忽然大聲道：「你打我，就表示你喜歡我，我知道你以後一定還會來找我的。」

她的聲音更大：「我一定等著你。」

五

天龍古剎就是大天龍寺，本是個香火鼎盛的地方，誰也不知道爲了什麼忽然冷落下來的，可是關於這方面的傳說卻很多。

流傳最廣的一種傳說是：這外貌莊嚴的古剎，其實卻是個淫窟，進香拜佛的美貌婦女，常常會被擄入廟裡的機關密室中去，不從的就被活活打死。

所以每到無星無月的晚上，附近就會有她們的孤魂冤鬼出現。

至於這廟裡是不是真的有機關密室？究竟有多少良家婦女被姦淫污辱？誰也不能確定，因為誰也沒有親眼看見過！

可是自從這種流言一起，到這來進香的人就漸漸少了。

一個人若是相信只用一點香油錢就可以換取四季的平安多福，對於流言的真假，當然也就不會去研究得很仔細。

古刹外是一片茂密的叢林，雖然在春天，落葉也堆得很厚。

本來那條直達廟門的小路，早已被落葉荒草掩沒，就算是來過多次的人，一走入這陰暗的樹林，也很難辨認路途。

傅紅雪連一次都沒有來過！

從他現在站著的地方看去，四周都是巨大的樹木，幾乎完全都是一模一樣的。

他根本分不出要往哪個方向走才正確。

正在猶豫間，落葉上已響起了一陣腳步聲，一個眉清目秀，清雅如鶴的僧人，踏著落葉施然而來，一身飄逸的月白僧衣上，點塵不染。

他的年紀雖不大，看來卻無疑是個修為極深的高僧。

傅紅雪雖然並不是個虔誠的佛徒，對於高僧和名士卻同樣尊敬。

「大師往何處去？」

「從來處來，當然是往去處去。」

僧人重眉斂目，雙手合什，根本連看都沒有看他一眼。

傅紅雪卻還是不肯放棄問路的機會，現在已沒有時間容他走錯路。

「大師可知道天龍古剎往哪裡走？」

「你跟我來。」

僧人的步履安詳而緩慢，看來這條路就算是通往西天的，他也絕不會走快一步。

傅紅雪只有慢慢的在後面跟著！

天色更黯了，他們終於來到一座小小的六角亭前，亭外的欄杆朱紅漆已剝落，亭內放有一張琴，一局棋，一壺酒，一副筆墨，還有個紅泥小火爐。

在這幽靜的樹林裡，撫琴下棋，吟詩煮酒，高僧正如名士，總是雅興不淺的。

傅紅雪雖然從來也沒有這樣的閒情雅致，對於別人這種高尚的嗜好，也同樣尊敬。

清雅如鶴的高僧，已走入小亭，拾起一枚棋子，凝視著，眼睛裡帶著思索的表情，彷彿正在考慮著，不知應該怎麼走這一步棋。

於是他將這枚棋子，慢慢的放進嘴裡，「咕嘟」一聲，吞了下去。

然後又將那張琴劈碎，塞入火爐裡，點起一把火，將壺裡的酒倒出來洗腳，卻將石硯中的墨汁倒入壺裡，擺到火上去煮，再將棋盤捧起來，不停的敲打，臉上露出滿意的笑容，竟像是覺得這種聲音，遠比琴聲悅耳動聽。

傅紅雪看得怔住。

——這修爲高深的高僧，難道竟是個瘋和尚？

傅紅雪又怔住。

——那和尚不但瘋，而且喜歡吃肉，人肉。

僧人上上下下的看著他，好像正在打量他身上有幾斤可吃的肉。

傅紅雪卻還是不能相信。

「你真的是個瘋和尚？」

「瘋就是不瘋，不瘋就是瘋。」僧人嘻嘻的笑著：「也許真正瘋的不是我，是你。」

「是我？」

「你若不瘋，爲什麼要去送死？」

傅紅雪的手握緊，道：「你知道我是誰？知道我要到哪裡去？」

僧人點了點頭，又搖了搖頭，忽然仰面向天，喃喃道：「完了完了，千年的古剎就要倒塌，人海中到處血腥，你叫和尚到哪裡去？」

他忽然提起爐上的酒壺，對著口往嘴裡倒，墨汁從嘴角流出來，玷污了他一塵不染的月白僧衣。

他忽然跪到地上，放聲痛哭起來，指著西方大聲道：「你要去死，就趕快去吧，有時活著的確還沒有死了的好。」

就在這時，西方忽然有鐘聲響起！

只有古剎的千年銅鐘，才能敲得出如此清脆響亮的鐘聲。

古剎中若只有一個瘋和尚，敲鐘的人是誰？

痛哭著的僧人忽然又跳起來，眼睛裡充滿了驚嚇與恐懼。

「這是喪鐘。」他大叫著道：「喪鐘一響，就一定有人要死的！」

他跳起來用酒壺去擲傅紅雪，接著道：「你若不死，別人就要死了，你爲什麼還不趕快去死？」

傅紅雪看著他，淡淡道：「我去。」

十七 喪鐘

一

鐘聲停了，餘音猶在。傅紅雪已到了大龍古剎的大門外。

暗灰色的古老建築雖已陳舊，卻依稀仍可想見昔日的莊嚴宏大。院子裡一座巨大的千斤鼎上銅綠斑斑，石階上也長滿青苔，雖然顯得有些淒涼冷落，可是雄偉的大殿仍然屹立如山，廊間的庭柱也壯如虎腰。

這已歷盡滄桑的古剎，怎麼會突然倒塌？

「瘋和尚說的當然是瘋話。」

大殿裡供奉的神祇，久已未享人間肉食香火，卻還是高高在上，俯視著人類的悲痛和愚昧。殿角已結起蛛網，破舊的神幔在風中飄蕩，聽不見人聲，也看不見人影。

那敲鐘的人呢？

傅紅雪默默的站在神前，心裡忽然有了種奇怪的感覺，忽然想跪下去，跪在這鍍金已剝落的佛像前，祈求平安；爲卓玉貞和她的孩子們祈求平安。

這是他生平第一次變得如此虔誠，可是他並沒有跪下去，因爲就在這時，大殿外突然傳來

「咔哧」一聲響。

他轉過頭，就看見外面有一道驚虹厲電般的刀光飛舞閃動。刀光過處，那粗如虎腰的庭柱立刻被砍斷，只聽「咔哧、咔哧」之聲不絕於耳，山嶽般屹立的大殿突然開始搖動。

他抬起頭，立刻又發現殿上那巨大的樑木已往下傾斜。

那瘋和尚說的並不是瘋話！飛舞的刀光繞著大殿閃過，這屹立千年的古剎竟真的已將倒塌！

那究竟是柄什麼樣的刀？竟有如此可怕的威力！

傅紅雪緊緊握著他的刀！

這柄刀本是天下無雙的利器，可是這柄刀也絕沒有如此可怕的威力！

「轟」的一聲震動，大殿已倒塌了一角。

可是傅紅雪並沒有倒下去。山可崩，地可裂，有些人卻永遠不倒的。

大殿又倒塌了一角，瓦礫塵土紛飛，樑上的燕子早已飛了出去。

傅紅雪卻還是動也不動的站著！

外面不但有那柄足以令神怒鬼怨的天王斬鬼刀在等著他，還不知有多少令人無法預測的殺機！

他忽然冷笑。

「苗斬鬼，你的刀是把好刀，你的人卻是個鼠輩，你爲什麼不敢和我正面相對，決一死戰，卻只敢在背後弄鬼？」

刀光消失，大殿外卻有人也在冷笑：「只要你不死，到後院來見我。」

這斬鬼的天王笑聲竟如鬼哭，一字字接著道：「我一定等著你！」

二

「我一定等著你。」

同樣的一句話，同樣的六個字，從不同的人嘴裡說出來，就有了完全不同的意義！

此時此刻，傅紅雪竟忽然想起了那個戴著茉莉花的女人，想起了她倒在地上，那種充滿了痛苦、悲傷和絕望的眼色。

她也是人。無論什麼樣的人，都不會自己願意受那種污辱的。

她這一生，豈非永遠都像是處於一所搖搖欲倒的屋子裡，前面無路可進，後面也無路可退，只有等著瓦礫塵土壓下來，壓在她身上。

傅紅雪的手緊握，忽然開始向外走，他走得很慢，走路的姿態看來還是那麼痛苦醜惡。可是他既然開始往外走了，就絕不會停下來。

門戶已倒塌。飛揚的塵土，遮住了他的眼睛，他從斷木瓦礫間慢慢的走了過去。

又是天崩地裂般一聲震動，大殿的中央已塌落了下來。

瓦礫碎木，急箭般打在他背後。

他沒有回頭，他甚至連眼睛都沒有眨一眨。這不但要有驚人的鎮定之力，還得要有絕對處變不驚的勇氣！就因爲他能鎮定，就因爲他有勇氣，所以他避開了第一次殺機。

他剛剛一腳跨出大殿的門檻，外面就至少有五十件暗器閃電般打了過來。

如果他吃驚回頭，如果他精神崩潰，他就要倒下去。

像這座雄偉的殿堂一樣倒下去。

——勇氣和信心，就是人的柱子，支持著人類長存。

——只要這兩根柱子不斷，人類就永遠不會滅亡的！

暗器剛剛被擊落，就有兩道寒光驚虹般交剪飛來，是一柄劍，一把鈎！

傅紅雪的刀已出鞘，刀光斜削，他的人已竄出。

他不敢停止回頭，他不知道那裡還有多少致命的埋伏。

院子裡的銅鼎猶在，他瘦削的身子就像是標槍般飛出，落在銅鼎後。

一陣風吹來，他覺得冷如刀割，割在他肩頭，低下頭，才發現肩上已被割破條四寸長的傷口。那一劍一鈎來勢之迅急兇險，若非身歷其境，絕對沒有人能想像。

他肩上在流血，刀鋒也在流血。刀鋒上的血是誰的？

那把鈎，當然是公孫屠的鷹喙，劍卻絕不是楊無忌的松紋古劍。

這柄劍遠比楊無忌更快、更準、更可怕，何況楊無忌握劍的手已被砍斷了。

傅紅雪肩上的傷是劍傷，他的刀傷了誰？

大殿幾乎已完全倒塌，他轉身去看時，已看不見人影。

一擊不中，全身而退！這不但是星宿海的規矩，也是老江湖們遵守不渝的原則！

可是那把天王斬鬼刀爲什麼不再出現了呢？他第一擊腰斬奔馬，第二擊摧毀了大殿，他爲什麼不向傅紅雪出手？他是不是真的會在後院等著傅紅雪？

三

後院中清雅幽靜，卻還是看不見人影，一片青翠的桑木林中，有人曼聲輕歌，歌曲溫柔委婉，令人黯然魂銷。

林中有三間明軒，門窗都是敞開著的。

走進樹林，就可以看見一個天神般的巨人，箕踞在臨窗的一張胡床上，披頭亂髮，用一根金帶束住，身上披著件繡金的坎肩，腰下卻繫著條虎皮戰裙，一雙豹眼炯炯有光，一身古銅色的皮膚也在閃閃生光，看來就像是太古洪荒時開天闢地的巨人，又像是波斯神話中不敗的戰神。

四個輕衫高髻的女人，環伺在他的身旁，一個手捧金杯，坐在他膝上，一個爲他梳頭，一個在爲他脫靴，還有一個正遠遠的坐在窗下，曼聲低唱。

她們正是那天和鬼外婆同乘一輛板車而來的，她們雖然都已不再年輕，卻別有一種成熟的婦人風韻。

——若不是成熟的婦人，又怎麼能承受這健壯的巨人？

屋角燃著一爐香，矮几上擺著一柄刀，刀柄長一尺三寸，刀鋒長七尺九寸，華麗的鯊魚皮刀鞘上，綴滿了耀眼的珠寶。

這柄刀就是天王斬鬼刀？這個人就是苗天王？

傅紅雪踏著落葉，慢慢的走過去。

他已看見了這個人；他的臉上雖然還是完全沒有表情，可是全身每一根神經都已綳緊。

力能摧殿堂，腰斬奔馬的刀，本只有在神話中才能尋找，可是現在卻偏偏已在他眼前出現了。

窗下輕歌的女人，只回眸看了他一眼，歌聲依然如舊，聽來卻更淒涼。

手捧金杯的女人忽然嘆息一聲，道：「好好的一個人，爲什麼偏要來送死。」

梳頭的女人冷冷道：「因爲他就算活著，一定也不好過！」

脫靴的女人卻吃吃的笑了起來，道：「我喜歡看殺人。」

梳頭的女人道：「殺這個人卻未必好看。」

脫靴的女人道：「爲什麼？」

梳頭的女人道：「看他的臉色，這個人可能連一點血都沒有。」

手捧金杯的女人道：「就算有，也一定是冰的。」

脫靴的女人還在笑：「冷的血總比沒有血好，我只希望他有一點血就夠了，我一向都是個很容易滿足的女人。」

傅紅雪已走到窗口，停下來，她們說的話，他好像連一個字都沒聽見。

他真的連一個字都沒聽見。

因爲他所有的精神力量，都已集中在這天神般的巨人身上。

苗天王已伸出了巨大的手掌，握住了擺在矮几上的那柄刀。

他忽然問：「苗天王？」

傅紅雪道：「這就是天王斬鬼刀？」

苗天王冷冷道：「有時斬鬼，有時殺人，只要刀一出鞘，無論是人是鬼，都必將死在刀下。」

傅紅雪道：「很好。」

苗天王豹眼中露出了驚訝之色：「很好？」

傅紅雪道：「你的刀已在手，我的人已在刀卜，這難道還不好？」

苗天王笑了：「很好，的確很好。」

傅紅雪道：「只可惜我還沒有死。」

苗天王道：「生死本是一瞬間的事，我不急，你急什麼？」

傅紅雪閉了嘴。

刀柄上纏著紫綢，就像是血已凝結時那種顏色。

苗天王的手輕撫刀柄，悠然道：「你是不是在等著我拔刀？」

傅紅雪點點頭。

苗天王道：「江湖傳言，都說你的刀是柄天下無雙的快刀！」

傅紅雪不否認。

苗天王道：「你爲什麼不先拔刀？」

傅紅雪道：「因爲我要看看你的刀。」

——我若先拔刀，你的刀只怕就永遠無機會出鞘了。

這句話他雖然沒有說出來，可是他的意思已很明顯。

苗天王忽然大笑，霍然站起，膝上的女人立刻滾下了胡床。

他站著時身高九尺開外，腰粗不可抱，更顯得威風凜凜。

也只有他這樣的人，才配用這樣的刀。

傅紅雪站在他面前，就好像雄獅面前一條黑色豹子。

雄獅雖然威風可怕，豹子卻絕不退縮。

苗天王笑聲不絕，道：「你一定要讓我先拔刀？」

傅紅雪點點頭。

苗天王道：「你不後悔？」

傅紅雪冷笑。

就在這時，一道厲電般的刀光，已凌空向他急衝了下來！

苗天王的手還握著刀柄，刀鋒還留在那鑲滿珠玉的皮鞘裡。他沒有拔刀！刀光是從傅紅雪身後飛出的，就像是晴空中忽然打下一道霹靂閃電。傅紅雪已全神貫注在面前這個巨人身上，怎麼想得到刀光竟會從身後劈下。

窗下輕歌的女人，歌聲雖仍未停，卻已悄悄的閉上眼睛。

她看過這一閃刀光的威力——刀光過處，血肉橫飛。

她已看過太多次，已不忍再看！她顯然並不是真的喜歡看殺人。

可是這一閃刀光劈下時，並沒有橫飛血肉。

傅紅雪的身子忽然斜斜飛出，恰巧從刀光邊緣掠過，他的刀也已出鞘，反手一刀，向後掠出。

他已算準了部位，這一刀削出，正在後面拿刀的這個人下腹雙膝之間，他的計算從未錯誤。他的刀從來沒有失手過！

可是他一刀削出，也沒有看見血，只聽見「咔哧」一聲響，那不是骨頭斬斷的聲音，卻像是竹木拗斷聲。

九尺長的天王斬鬼刀一刀斬空，刀尖點地，驚虹般飛了出去，驚虹般的刀光中，彷彿有條短小的人影，帶著淒厲的笑聲飛入桑林！

笑聲和人影都不見了，地上卻多了兩截被削斷了的木棍。

——難道這就是那個人的兩條腿？

——難道那個人是踩著高蹺來的？

傅紅雪轉過身，刀已入鞘。

天神般的巨人已倒了下去，倒在胡床上，剛才的威風和神氣已全都不見了，這不敗的戰神，難道竟只不過是個紙紮的傀儡？

傅紅雪盯著他，道：「那個人是誰？」

巨人道：「苗天王，他才是真的苗天王。」

傅紅雪道：「你呢？」

巨人道：「我只不過是他的傀儡，擺出來做樣子給別人看的傀儡，就像是這把刀。」

他拔出了他的刀。

綴滿珠玉的華麗刀鞘中，裝著的竟是把塗著銀粉的木刀，這實在是件很荒謬的事，只有瘋了才會做出這種事。

傅紅雪忍不住問道：「他究竟是個什麼樣的人？爲什麼要做這種事？」

巨人垂下頭。

捧著金杯的女人不停的往杯中倒酒，自己倒，自己喝。

窗下的女人歌聲忽然停頓，大聲道：「他們不敢告訴你，我告訴你。」

她的歌聲清悅優美，可是，現在說話的聲音卻已因悲憤而嘶啞：「他根本不是個男人，卻拚命幻想自己是個能同時讓四個老婆滿足的大丈夫，他只有三尺八寸，卻拚命幻想自己是個天神般的巨人，他做這種事，只因爲他根本就是瘋子。」

捧著金杯的女人忽然拍手大笑：「好，罵得好，罵得好極了。」

她在笑，可是她的臉也已因痛苦而扭曲：「你爲什麼不索性讓這個姓傅的看看，我們那偉大的丈夫是怎麼滿足我們的？」

脫靴的女人忽然撕開了衣襟，雪白的胸膛上到處都是鞭韃的痕跡。

「他就是這麼滿足我們的！」她的笑比哭更淒涼：「我一向是個很容易滿足的女人，我簡直滿足得要命。」

傅紅雪默默的轉過身，默默的走了出去。他不忍再看，也不忍再聽。

他忽然又想起了那個戴著茉莉花的女孩子，她們都是一樣的，一樣被摧殘，被蹂躪。

在男人們的眼中，她們都是不要臉的女人。

——她們不要臉，是不是只因爲她們在忍受著男人的蹂躪？

——無論多瘋狂的蹂躪，都不能不忍受，因爲她們根本不能反抗，也無處逃避，這難道就是不要臉？就是無恥？

女人們在呼喊：「你爲什麼不救救我們？爲什麼不帶我們走？」

傅紅雪沒有回頭。

他並不是不想救她們，可是他完全無能爲力，她們的問題，本就是任何人都無法解決的。

——這世上只要有那些「很要臉」的男人存在，就一定會有她們這些「不要臉」的女人。

這才是根本的問題，這問題才是永遠無法解決的。

傅紅雪沒有回頭，只因爲他幾乎又忍不住要嘔吐。他知道唯一解救她們的法子，並不是帶她們走，只有殺了苗天王，她們才能真正得到解脫。

地上有新近斷落的枝葉，是被刀鋒削斷的，是天王斬鬼刀的刀鋒。

他沿著這些痕跡追了上去。

苗天王也許早已走遠了，他追的並不是苗天王這個人，而是一個目標。他知道自己只要還有一口氣在，就永遠不會放棄這個目標的！

現在他已明白，燕南飛爲什麼一定要殺公子羽。

他們要殺的並不是某一個人，而是這個人所代表的那種罪惡和暴力。

穿過桑林，走出後院，一個人正站在大殿的瓦礫間，看著他癡癡的笑。

「連千年的古剎都已倒塌了，你爲什麼還沒有死？你還等什麼？」

他月白的僧衣上墨汁淋漓，手裡卻拈著朵剛開放的鮮花。

一朵新鮮純潔的小花。

一朵小小的黃花。

——山麓下一棟小屋有竹籬柴扉，還有幾叢黃花。

——那是個小女孩種的，一個眼睛大大，辮子長長的小女孩。

傅紅雪的心沉了下去，瞳孔突然收縮，握刀的手也握得更緊。

「這朵花是從哪裡來的？」

「人是從來處來的，花當然也是從來處來的！」

瘋和尚還在癡癡的笑，忽然將手裡的花拋給了傅紅雪。

「你先看看這朵花是什麼花。」

「我看不出。」

「這是朵傷心別離花。」

「世上哪裡有這種花？」傅紅雪拈花的手冰冷。

「有的，這世上既然有人傷心，有人別離，怎麼會沒有傷心別離花？」

瘋和尚已不再笑，眼睛裡充滿了一種無法形容的哀傷：「這世上既然有傷心別離花，沾著它的人當然就難免要傷心別離。」

傅紅雪用兩根手指拈著花枝，他的手沒有動，這裡也沒有風。

可是花瓣卻忽然一片片飄落，花枝也枯了。

這雙手本是他拔刀的手，這雙手的力量，足以摧毀一切生命。

瘋和尚的哀傷更濃：「花從來處來，已往去處去，人呢？爲何還不回去？」

傅紅雪道：「回到哪裡去？」

瘋和尚道：「從哪裡來的，就該回到哪裡去，現在回去，也許還來得及。」

傅紅雪道：「來得及做什麼？」

瘋和尚道：「你要做什麼，我怎麼知道？」

傅紅雪道：「你究竟是什麼人？」

瘋和尚道：「我只不過是個瘋和尚，只不過偶然拾起了一朵小花而已！」

他忽然揮手，大喝道：「去，快去做你的事，莫來煩和尚，和尚要清靜。」

和尚已坐下，趺坐在瓦礫間，轉眼就已入定。

古剎的殿堂雖然已毀了，他心裡的殿堂還是完好無恙的，那就像是蝸牛的殼，風雨來臨時，他立刻就可以躲進去。

他是不是能看得出現在風雨已將來臨？

五

夕陽滿天，沒有風雨。風雨在人們的心裡，在傅紅雪的心裡。

——這朵黃花是不是從竹籬上摘來的？為什麼要叫做傷心別離花？

——誰傷心？誰別離？

傅紅雪不能問，不敢問，就算問也一定問不出來。

想知道這答案只有一個法子。

他用盡全力趕回去。

——現在回去，只怕還來得及。

可是他趕回去時，已來不及了。

竹籬下的黃花已完全不見，連一朵都沒有剩下來，人也已不見了。

桌上還剩著三樣小菜，一鍋粥，兩副碗筷，粥還是溫的！

床單上孩子的尿也還沒有乾透。

人呢？

「卓玉貞，杜十七！」

傅紅雪放聲大呼，沒有回應。

——是卓玉貞背棄了他？還是杜十七出賣了他們？

傅紅雪仰首向天，問天，天不應，問星，星無語，問明月，明月早已沉寂。他要到什麼地方才能找到他們？到什麼地方才能躲過這一場風雨？

夜色深沉，黑暗中突然傳來「篤、篤、篤」幾聲響，忽然有一道閃電亮起！

不是閃電，是刀光。刀光閃動中，隱約可以看見一條比樹梢還高的人影。

人影與刀光同時飛來，竟是個畸形的侏儒，踩著根一丈長的竹竿，手裡揮舞著一柄九尺長的刀。

天王斬鬼刀。

刀光一閃，斬破竹籬，急斬傅紅雪的頭顱。

傅紅雪退出八尺。

刀光又一斬，屋簷碎裂，天王斬鬼刀的威力，如雷霆霹靂，橫刀再斬傅紅雪，眨眼間已斬下了七刀。

傅紅雪再退，他只有退，因爲他既不能招架，也無法反擊，他一定要凌空掠起一丈，他的刀才能接觸到竹竿上的苗天王。可是他整個人都已在天王斬鬼刀的威力籠罩下。

苗天王雙手握刀，一刀接著一刀，根本不給他喘息的機會！

只不過就真的是雷霆霹靂，也有間歇的時候，就真的是天將戰神，力量也會用竭。

傅紅雪一連避開了七七四十九刀，身子突然從刀光中竄起。

他的刀也已出鞘。

天王斬鬼刀太長，一寸長，一寸強，可是刀鋒只能及遠，等到對方搶攻進來時，就無法自救。

他看出了苗天王這一點致命的弱點，他的刀已攻入了苗天王的心臟。

誰知就在這時，苗天王腳下踩著的兩根竹竿突然斷成了十餘節！

他的人忽然凌空落了下去，天王斬鬼刀也已撒手，卻反手抽出了另一柄刀。

一柄寒光四射的短刀，跟著身子下落之勢，急劃傅紅雪的胸腹。

傅紅雪這必勝的一招，反而造成了自己致命的破綻。

——虎豹竄起撲人時，有經驗的獵人往往會閃入牠們的腹中，舉刀劃破牠們的胸腹。

傅紅雪現在的情況就像是一條已凌空竄起的虎豹，獵人的刀已到了他的腹下。

他甚至已可感覺到，冰冷的刀鋒已劃破了他的衣服。

苗天王也已算準了他絕對避不開這一刀，這不是天王斬鬼刀，卻是殺人的刀。

他全身的力量都已集中在這柄刀上，但是他的力量卻忽然消失了，所有的力量都消失了，就像是皮囊中的氣忽然一下子被抽空。他的刀明明可以刺入傅紅雪的胸腹，卻偏偏無力刺下去。

這是怎麼回事？他想不通，死也想不通！

他看見了血，卻不是傅紅雪的血，血是從哪裡來的？他也想不通！

直到這時，他才忽然感覺到咽喉上有一陣無法形容的寒意，就好像咽喉已被割開了。

可是他不信。

他絕不相信剛才那刀光一閃，就已割破了他的咽喉，他死也不相信世上會有這麼快的刀。

他甚至連看都沒有看見這柄刀。

傅紅雪也倒了下去，倒在竹籬下，天地間又恢復了原來的和平與靜寂。

他忽然覺得說不出的疲倦。剛才的事，雖然在一瞬間就已過去，可是就在這一瞬間，他所有的力量都似已用盡了。

——生與死的距離，本就在一線之間。

直到現在，他才能完全明白這句話的意思，剛才他距離死亡實在已太近，這一戰只是他平生未遇的惡戰。

群星滿天，血已乾了，苗天王的血，不是他的！

可是他彷彿也有種血已流乾的感覺，現在苗天王若是還能揮刀，他一定無法抵抗。

他甚至覺得就算有個孩子提著把鏽刀來，也同樣可以殺了他。

幸好死人不能揮刀，如此深夜，這幽僻的山區也不會有人來。

他閉上眼睛，希望能小睡片刻，有了清醒的頭腦，才能行動思想。

誰知這時卻偏偏有人來了。

六

黑暗中忽然傳來了一陣腳步聲，緩慢而穩定的腳步聲中，彷彿帶著種奇異的韻律。

只有一個對自己所做的事覺得很有把握的人，走路時才會帶著這種韻律。

這個人是誰？他爲什麼來的？來做什麼？

傅紅雪靜靜的聽著，心裡忽然也有了種奇異的感覺！

這腳步聲的韻律，竟和那深山古刹中的鐘聲完全一樣。

那是喪鐘。

這腳步聲的韻律中，竟彷彿也充滿了殺機。

請續看《天涯·明月·刀》下冊

天涯・明月・刀（上）

作者：古龍
發行人：陳曉林
出版所：風雲時代出版股份有限公司
地址：10576台北市民生東路五段178號7樓之3
電話：(02) 2756-0949　　傳真：(02) 2765-3799
封面原圖：明人出警圖（原圖為國立故宮博物館典藏）
封面影像處理：風雲編輯小組
執行主編：劉宇青
業務總監：張瑋鳳
出版日期：古龍珍藏限量紀念版2024年7月二刷
ISBN：978-626-7369-48-7

風雲書網：http://www.eastbooks.com.tw
官方部落格：http://eastbooks.pixnet.net/blog
Facebook：http://www.facebook.com/h7560949
E-mail：h7560949@ms15.hinet.net
劃撥帳號：12043291
戶名：風雲時代出版股份有限公司

風雲發行所：33373桃園市龜山區公西村2鄰復興街304巷96號
電話：(03) 318-1378　　傳真：(03) 318-1378
法律顧問：永然法律事務所 李永然律師
　　　　　北辰著作權事務所 蕭雄淋律師

行政院新聞局局版台業字第3595號 營利事業統一編號22759935

國家圖書館出版品預行編目資料

天涯・明月・刀／古龍 著.　-- 三版.--
臺北市：風雲時代出版股份有限公司，2024.01
冊；公分.（Ｉ小李飛刀系列）古龍珍藏限量紀念版
　ISBN 978-626-7369-48-7（上冊：平裝）
　ISBN 978-626-7369-49-4（下冊；平裝）
857.9　　　　112019835